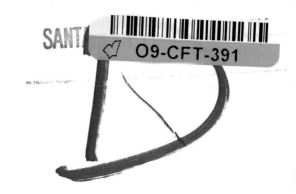

A E
& I

La burladora de Toledo

Autores Españoles e Iberoamericanos

La realización de esta obra fue posible gracias al apoyo
del Sistema Nacional de Creadores de Arte.

Angelina Muñiz-Huberman

La burladora de Toledo

 Planeta

Diseño de portada: Roxana Ruiz y Diego Álvarez

© 2008, Angelina Muñiz Sacristan

Derechos reservados

© 2008, Editorial Planeta Mexicana, S.A. de C.V.
Avenida Presidente Masarik núm. 111, 2o. piso
Colonia Chapultepec Morales
C.P. 11570 México, D.F.
www.editorialplaneta.com.mx

Primera edición: julio de 2008
ISBN: 978-970-37-0728-7

Impreso en los talleres de Litográfica Ingramex, S.A. de C.V.
Centeno núm. 162, colonia Granjas Esmeralda, México, D.F.
Impreso y hecho en México - *Printed and made in Mexico*

A Alberto, siempre.

A María Jesús González Hernández, quien me descubrió a Elena de Céspedes.

En recuerdo de mi gata Cleopatra.

Los datos históricos provienen de:
Elena de Céspedes, *Legajo 234,*
Expediente 24, Sección Inquisición,
Archivo Histórico Nacional, Madrid.

La semejanza es siempre menos perfecta que la diferencia. Diríase que la naturaleza se impuso, al crear, el no repetir sus obras, haciéndolas siempre distintas.

De la experiencia,
MICHEL DE MONTAIGNE

En el futuro, en generaciones por venir, la brecha entre los sexos se estrechará. Esta brecha, considerada una tragedia, un día se convertirá en una comedia de errores.

Una historia de amor y oscuridad,
AMOS OZ

Imaginar al otro no es sólo una herramienta estética. Es también un imperativo moral mayor. Y finalmente… es un profundo y muy sutil placer humano.

Discurso de aceptación
del Premio Goethe 2005,
AMOS OZ

Soy otro cuando soy, los actos míos
son más míos si son también de todos,
para que pueda ser he de ser otro,
salir de mí, buscarme entre los otros,
los otros que no son si yo no existo,
los otros que me dan plena existencia.

Piedra de sol,
OCTAVIO PAZ

PRIMERA PARTE

De la esclavitud a la libertad

1

El gato en la ventana

No cualquiera tiene el honor, el privilegio y la habilidad de disponer de dos sexos. Lo cual puede ser una ventaja o una desventaja. Si ventaja, se logra doble y simultáneo placer. Si desventaja, no se sabe a qué género pertenecer ni cómo actuar ante el opuesto. Más bien constituye una duplicidad y no una extravagancia.

Esto de ser hermafrodita o quizá travestista o pudiera ser homosexual fue descubierto poco a poco. Si a esto se agrega haber nacido en 1545 en Alhama de Granada en una España represiva, equívoca e intolerante, en la que por "quítame allá estas pajas" la sospechante Inquisición hacía de las suyas y aplicaba sus anticristianos métodos de persuasión, el panorama se complica. Pero estos y otros detalles habrán de ser aclarados de manera extensa y sobrada más adelante. Por ahora, la verdadera historia empieza así.

El gato, un extraño gato traído de las lejanas tierras de Oriente, saltó del alféizar de la ventana a la cama de Elena. Los azules ojos del gato detuvieron su mirada en el cuerpo dormido y escogieron qué lugar ocupar para también unirse al sueño. Las sábanas moldeaban el cuerpo de la joven mujer acostada de medio lado. Un cuerpo delgado, firme, plácidamente bello, de proporciones armónicas. El gato lo contemplaba y halló el mejor lugar para acomodar su cuerpo: se incrustó con suavidad en el hueco de las corvas, ronroneó, cerró los ojos y se quedó dormido.

La mujer extendió con lentitud el brazo izquierdo para palpar la suave forma y asegurarse de que ya había llegado el gato de sus correrías nocturnas. Elena seguiría un poco más en la cama. No le gustaba levantarse tan luego despertaba, sino esperar unos minutos más y gozar de esa breve inactividad antes de los quehaceres diarios y de que ya nada pudiera ser detenido. Si el día se quedase en ese momento, no habría afanes ni desasosiegos, temores ni acechos, aunque tampoco la luz que todo lo ilumina, el cántico o la plegaria. Movía sus pensamientos de un lado a otro y prefería imaginar sus lecturas y el repaso de los libros que había coleccionado, antes del enfrentamiento con las personas y sus demandas y exigencias, dolores y angustias. Ese era su trabajo y no es que se arrepintiera de ello: curar a los dolientes era lo que más amaba en la vida. ¿Lo que más amaba? Bueno, su gato que, por cierto, no era gato sino gata, constituida en su gran amor. Y también lo habían sido tantas personas: su madre, después su dueña y emancipadora, sus maestros, sus amantes. Pertenecía a una cadena de personas y de hechos. Esto le señalaba un lugar en el mundo y pensaba que cumplía con su deber. Hasta que los demás se lo negaran. Mientras tanto no se daría por vencida.

Según amanecía se estiraba en la cama, imitando los movimientos del gato cuando arqueaba el lomo y parecía crecer de estatura. Ella también ponía en movimiento sus elásticos músculos para que despertar ya no fuera un fastidio. El gato-gata la observaba y seguramente pensaba que él-ella tendría que hacer lo mismo. Pero aún los-las dos se regalaban otros minutos más y seguían desperezándose.

El gato procedía de Siam. Su madre, junto con otros gatos, había sido embarcada en la nao de la China para que acabara con los ratones. Luego de un azaroso viaje atracaron en el puerto de Cádiz y la madre dio a luz hermosos gatitos producto de sus devaneos. Los gatitos, en consecuencia, tenían

16

rasgos característicos de un siamés y de un gato rayado común y corriente. El resultado fue una gran mejora: la descendencia tenía los ojos azules de los siameses, mas no eran bizcos; el pelambre de color café claro como los siameses, pero las orejas, patas y cola que deberían ser negras, exhibían en su lugar las rayas típicas de los gatos ordinarios. Habían heredado también por parte de Siam la capacidad de maullar-hablar, la inteligencia y la fidelidad. La fortaleza provenía de la parte paterna así como el espíritu de aventura.

Eran gatos dotados de una gran elegancia, delgados, armónicos, de movimientos veloces, de carácter firme aunque sentimentales y, sobre todo, sabían responder a la mirada humana lo mismo que si fueran humanos o los humanos, felinos.

Cuando nacieron habían avisado a Elena, antes de que alguien los ahogara, porque sabían que ella protegía la vida ante todo. Elena los rescató y se quedó con uno. Éste era el que acababa de saltar por la ventana, se había dormido en sus corvas y, ahora, la observaba en su despertar. Y no sólo la observaba, sino que se acercó a su cara, como si fuera miope, y emitió una pregunta con un maullido interrogante. Originalmente el gato se llamaba Amenofis, pero cuando Elena descubrió que era hembra cambió de nombre de faraón y le dio el de Cleopatra. La historia de cómo mudó de sexo o si había sido un mal juicio original de clasificación, nunca llegó a saberse.

A Elena no le quedó más remedio que levantarse de la cama de una buena vez. Tomó agua fresca de la jofaina y se la echó en las manos para lavarse la cara. Buscó a tientas un lienzo y se secó. Amenofis seguía maullando para indicarle a su ama que tenía mucha hambre. Elena le contestaba: "Sí, sí, ya sé que tienes hambre, enseguida te doy de comer", y le daba unas sobras de la noche anterior.

Luego de que ella también comiera algo, bajaba las escaleras para aprestarse a su diario trabajo. Se dirigía a la casa del médico que era su mentor y de quien aprendía el arte de la curación. En la sala de espera ya había enfermos que aguardaban para ser aliviados de sus males. Mateo Tedesco, el médico, le pedía que se lavara las manos y que pusiera agua a hervir para limpiar las heridas, las llagas y cualquier tipo de infección. El instrumental médico o *armamentarium* estaba ya listo para ser usado si hubiera que hacer una operación. El herbario aparecía en perfecto orden, y gasas y paños relucientes de blancura se apilaban por tamaños.

Mateo Tedesco tenía ideas diferentes a las del resto de sus colegas y esto le había creado problemas. Se le tachaba de cristiano nuevo y de apegarse demasiado a los libros de Maimónides y no tanto a los de Galeno. Pero Tedesco aducía que los libros del médico y filósofo judío se utilizaban en las universidades italianas y francesas donde él había estudiado. La verdad es que no se sabía mucho acerca de él y el nombre de Tedesco se le había aplicado porque se creía que venía de Alemania, vía Italia. Lo que sí se sabía es que era un buen médico y que había salvado a enfermos desahuciados por otros médicos.

Poco después de ser liberada como esclava, Elena había acudido a él en busca de trabajo, pues lo conocía de sus visitas a la casa. Con cualquier cosa se hubiera conformado, pero cuando Mateo Tedesco le preguntó si sabía leer y escribir y al contestarle que sí, su sorpresa fue que le ofreciera ser su ayudante y enseñarle el arte de la medicina. La verdad es que Elena siempre creyó que podría lograr lo que se propusiera. No se explicaba la fuerza de tal convicción siendo que sus orígenes la marcaban, pero por eso mismo quería librarse de sus marcas.

Por lo pronto, había sido emancipada a la muerte de su dueña y se le había otorgado el derecho de usar su nombre: Elena de Céspedes. Lo cual le causaba una extraña sensación de ser y no ser. Era un orgullo contar con tal nombre, pero recordaba con nostalgia el de su infancia, como su madre la había llamado. Un nombre que le pertenecía y que iba unido a ella. El nuevo nombre, en cambio, le parecía una usurpación y que, además, no la definía. Algo impuesto desde fuera aunque se convirtiera en una ventaja para su nueva vida. Un nombre extraño, porque el otro era querido, sonaba como ella deseaba y se escribía como ella había aprendido. Un nombre de sus lejanas tierras africanas. Amba, Amba era su verdadero nombre. El que tenía el color del desierto, el aire de las tormentas de arena, la gota de agua que horada la piedra, el silencio de las dunas. Su nombre era todo. La herencia de su madre y su signo de vida. Porque había nacido y había sobrevivido.

Ahora, se encontraba en la casa de Mateo Tedesco, pero antes había salido de la suya y Amenofis se había quedado dormitando al sol, ante la ventana.

Sus recuerdos saltaban en desorden y el tiempo se le aglomeraba como racimos de uva que no se sabe por cuál empezar a cortar. Si cortaba una dorada uva era para regalársela a Amenofis y que jugara con ella. Amenofis jugaba lanzándola al aire y luego recogiéndola con la pata hasta que al hincarle una uña, el zumo se derramaba y entonces sacudía la pata nerviosamente, sorprendido por la fría humedad o como sintiendo asco.

De igual modo, como con la uva, la nueva nombrada Elena jugaba con su nombre no reconociéndose en él. Y si no se reconocía podía entonces actuar de otra manera que no era la suya. Dejar de ser la persona anterior y ser ahora una diferente. De ser esclava a ser libre. Poder deambular por las calles sin un quehacer determinado. Ya no recibir órdenes sin discutir. Usar una mejor vestimenta; comer lo que se le apeteciera. Mirar las cosas y las personas de frente y con la cabeza en alto. Tal vez esto era lo más importante, gracias a Mateo Tedesco, quien le pedía que lo mirara a los ojos y que no se humillara.

Fue todo un aprendizaje el de la libertad. Ser su propia dueña y disponer de sí le provocaba una dulce sorpresa. Poseer la medida del tiempo era inconcebible. Se repetía: el tiempo es mío: hago lo que quiero cuando quiero. Poseer el espacio también era una sorpresa. El espacio es mío: voy donde quiero. El movimiento libre era su adquirida característica. Descubrir que hay direcciones para escoger. Que el mundo se orienta debido a que la salida y la puesta del sol pertenecen a cada ser vivo: no antes ni después por decreto humano. Por ello ahora se apegaba a la naturaleza y dejaba que el sol entrara por la ventana junto con el salto del gato para despertarla.

Tener la compañía de un gato era también un acto de libertad. Un gato al que cuidar, alimentar, cepillar, hablar, jugar con él y esperar el maullido de respuesta. Estar a solas era otra adquisición: no compartir un cuarto, una cama, un techo. Sola, para hacer lo que se quiere y no preocuparse de molestar o de ser molestada. Sencillos actos que aún la sorprendían. Después de haber carecido de intimidad durante la primera parte de su vida disfrutarla ahora se convertía en la máxima actividad.

Se daba cuenta que sólo pensaba y hablaba de ahora, ahora, ahora, como si antes no hubiera tenido presente ni perspectivas. O sólo muy limitadas. Por lo que casi agradecía haber vivido en su anterior condición para descubrir el valor de tantas cosas nuevas de las que había carecido. Esto le hacía desear y ambicionar conocer todo aspecto de la realidad humana. Empezó por el cuerpo, aparentemente más fácil, gracias a las enseñanzas de Mateo Tedesco. Pero como siempre quedaba un misterio que no podía resolverse, su segundo paso, el del conocimiento del alma, se complicaba más y más cada día.

Desarrollaba intensamente el arte de observar, algo que provenía de su vida anterior, puesto que quien vive en servidumbre observa y calla. Pero ahora podía observar sin ser censurada. Sobre todo, la profesión en la que se iniciaba requería del poder agudo de la observación.

Decidió hacerse un cuadernillo doblando varios folios, con el fin de anotar los rasgos, gestos y actitudes de los pacientes que acudían a consulta, así como sus síntomas y enfermedades. Fue entonces cuando empezó a estudiar los tratados de medicina de Maimónides que Mateo Tedesco le dejaba leer y solía copiar los párrafos que le parecían interesantes. En particular le atrajeron los referentes a la materia sexual, pues era algo que le intrigaba y que quería entender. Observaba que el mundo se movía por cópulas y que había quien hablaba de ello y quien parecía ignorarlo. Materia tan importante era alabada, menospreciada o rechazada; nunca mencionada o demasiado exhibida. Obsesiva siempre en el fondo, presente por más o por menos. Tan poderosa o tan frágil que necesitaba de todos los extremos para ser expresada, para que, finalmente, los hilos se escaparan. Tensión que se liberaba. Desfogue, explosión, derramamiento y acogida. Intrusión y necesidad. Elevación y descenso. Pétalo y fango. Le atraía y le repugnaba sin saber de antemano cómo habría de reaccionar el día que se enfrentara a esa situación. Por eso, anotaba los datos de quienes habían escrito desde la experiencia médica. Porque la otra experiencia que había leído en los libros o visto representar en los escenarios le parecía falsa, imposible de alcanzar.

Se debatía entre la palabra y la vida: una cosa era lo que sucedía en las calles, en las tabernas, en las ventas, en los mercados y en las oscuras habitaciones; otra la que se describe en los libros donde había aprendido a leer y que eran su guía, o así pensaba ella. No le habían servido de mucho las historias descritas por los grandes poetas que se referían al amor. Y tal vez esa era la palabra errónea.

Sobre el amor se podían escribir páginas y páginas y aún muchas más que vendrían después de ésas. Pero sobre el acto sexual eran pocas y definitivas. Tajantes. Escuetas. Sin trascendencia.

Así, la verdad se dividía para Elena entre lo comprobable y lo imaginario. Una línea de relatividad se pespunteaba y el reino de la ambigüedad se instauraba. Pensaba que las definiciones no servían de mucho y que el paso por este valle de lágrimas era tan breve que no encontraba la manera de detenerlo un poco. A pesar de su poca edad había visto tanto dolor en sus años de esclavitud que no hallaba la manera de explicarlo ahora que gozaba de libertad. A lo único a que aspiraba era a poder conservar esa libertad y no perderla nunca.

A veces le gustaba soñar en negativo: se imaginaba que no era libre y cómo hubiera actuado entonces. Recordaba su vida anterior paso por paso para no olvidarla. Había un episodio que aún la sorprendía y que no podía explicarse bien. Su ama, la verdadera Elena de Céspedes, la llamó una vez a su cámara, le enseñó en secreto dos trajes de hombre, le pidió que le ayudara a ponerse uno y que luego ella se pusiera el otro. Así ataviadas salieron de noche, cuando todos descansaban, a recorrer las partes prohibidas de la ciudad para unas mujeres de bien. Bajaron al puerto y entraron en una taberna tratando de no llamar la atención. Fue una suerte que, en esa primera salida, el público estuviese muy entretenido en sus quehaceres y que pasaran inadvertidas. Eso les sirvió para observar sin ser observadas y aprender algo del comportamiento de los parroquianos aunque corrieran el riesgo de ser descubiertas, con todo lo que esto implicaría.

A partir de entonces, hubo una connivencia entre ama y esclava que las unió de manera poderosa. Consideraban la primera salida como el principio de conocimiento del mundo externo. No es que no hubieran salido antes, pero el hecho de haber cambiado de traje les causó tal conmoción que el sentido de las cosas a su alrededor empezó a ser visto de una manera diferente.

La primera pregunta que se hicieron es cómo la manera de vestir puede modificar la comprensión del exterior. Cómo la superficie se vuelve la regla para juzgar. Ya no pensaban en lo que sabían de siempre y que no era lo mismo los harapos de un mendigo que la capa de armiño de un rey. Lo que estaban descubriendo era que las apariencias determinaban el trato y la benevolencia o rechazo de los demás. Tal vez el mendigo y el rey podrían intercambiar sus ropas y por ellas recibirían reconocimiento equivocado: el mendigo sería reverenciado y el rey menospreciado. Mas, tratándose del sexo, las cosas se complicaban aún más, pues confundir a un hombre con una mujer podría acarrear graves consecuencias. Esta sensación de peligro era lo que les atraía. Al convencionalismo de la sociedad oponían la ambigüedad y la burla; al temor, un alegre desenfado; a la hipocresía, el valor de la verdad.

Ese valor de la verdad fue lo que hizo que doña Elena de Céspedes se empeñara en enseñarle a Amba a leer y escribir. La discípula aprendió rápido y devoró libro tras libro, los cuales esperaba que aparecieran en el mercado en folios sueltos para leerlos en todo rato de ocio. Por eso, y ahora con el nuevo mundo de aventuras, se sentían cada vez como si fueran una y la misma persona.

Ama y esclava habían reservado el día para los trabajos cotidianos, guardando las distancias y actuando cada una su papel, y la noche para realizar las hazañas que reflejaban su auténtico ser y las convertía en compañeras. Y no es que se consideraran de doble personalidad sino que esa era su vida normal. De pronto, habían hallado ocultas fuentes en su interior que se desbordaban hacia el exterior y que necesitaban ser encauzadas. Intuían que nadie más entendería su afán de abarcar lo terrenal y lo espiritual en un solo abrazo y entre sí se abrazaban como dos niñas.

Fue así como conocieron de cerca la múltiple vida de los seres humanos, los bajos fondos, las pasiones sin freno, la violencia, la perversidad. No sabían que desde el primer paso venía ya declarada una carrera sin fin, aquello que no puede detenerse, que desemboca en el abismo último. Tampoco se explicaban cómo, hasta el momento, habían podido vivir en dos planos separados que se fundían sin que nadie lo supiera. O eso creyeron.

Eran muchos los recuerdos que Elena guardaba de esa época y siempre habrían de entrometerse en su vida actual. Elena se consideraba un cofre de recuerdos abierto en todo momento y del cual se desbordaban piezas del rompecabezas que era su vida. Regresaba, pues, al momento actual y relegaba el pasado. Ayudaba al médico Mateo Tedesco y se entregaba totalmente a la tarea de consolar a los afligidos y de aliviar el dolor de los cuerpos. Tenía un don especial para apaciguar y devolver esperanzas con su modo tranquilo de atender a los enfermos, con su palabra suave y su mano acariciadora.

Ese día, al regresar a su vivienda, según caminaba por las calles ansiaba volver a vestir las prendas masculinas, mucho más cómodas comparadas con el complicado atuendo femenino. Pero desde su liberación como esclava no lo había hecho, pues la novedad de ya no ser distinguida como tal, le hacía disfrutar de su nuevo papel: se sentía como un actor que cambiaba de vestimenta y de personalidad según la obra que representase.

Se detuvo en el mercado y compró carne para Amenofis y unas hojas de calamento o hierba gatera que tanto disfrutaba su querido felino: el de los saltos por la ventana para acurrucarse en el hueco de sus corvas cuando dormía. Para ella sólo compró unas frutas y un trozo de queso. Llegando a la casa se pondría a repasar las notas que había tomado durante el día al atender a los enfermos.

2

Notas, recuerdos y un afrodisiaco

Elena se daba cuenta de que su nueva vida abarcaría muchas vidas. Poseía las de su pasado que aún debía ordenar y entender. Poseía las de su presente, en vías de realización pero siempre con un toque de incertidumbre, pues el instante siguiente a cada paso que daba pertenecía al desamparo del azar. Pero lo que más le inquietaba era el absoluto desconocimiento del porvenir. Ese no saber qué ocurriría con ella en una semana, en un mes, en un año. A veces se desesperaba y otras lo juzgaba conveniente, pues conocer su destino podría ser una condena.

Así ocurrió con la enfermedad y muerte de su ama doña Elena de Céspedes. Habían disfrutado tanto sus salidas en nocturno disfraz que no podía entender cómo todo cambió radicalmente el día que se descubrió su enfermedad. Ocurre que los pequeños aspectos de una enfermedad se instalan con tal lentitud y con tal deseo de que no sean graves, que se van dejando de lado y se procura no atenderlos. Porque el cuerpo es todo un sistema de señales que no siempre se quieren reconocer. Los avisos están, pero se pasan por encima mientras la situación no sea extrema. Y hay engaños, días en que una aparente mejoría de inmediato desecha la idea de gravedad y la esperanza renace. Y esos días, ama y esclava retomaban sus andanzas y peripecias.

Doña Elena intuía que su fin se acercaba y se lanzaba a las correrías sin ningún recato. Le decía a Amba: Ya no se puede evitar y quiero sentir lo que nunca he sentido. Y lo que nunca he sentido es la pasión extrema, el desequilibrio, la última frontera entre placer y dolor. A ello me entrego. Tú no me imites, solamente observa el fin de lo perecedero.

Amba era una niña y se asustaba, pero obedecía. Se quedaba a la puerta de las sórdidas habitaciones donde su ama se refugiaba y no sabía si atribuir los alaridos que escuchaba a un desmedido placer o a un intensísimo dolor. Como ya para entonces se le había declarado el cáncer de seno que habría de terminar con su vida, doña Elena apartaba así la presencia de la muerte. Sólo con ese hundimiento en un abismo desesperado olvidaba su realidad. Los hombres con los que se acostaba llegaban a temerle porque era difícil de entender su intensidad. En las desarrapadas habitaciones de las fondas del puerto reunía a marineros, a pescadores y a prostitutas para sus desmedidas cópulas. Nada la detenía y ante nada se detenía. Luego, volvía a vestir el traje masculino, acariciaba a Amba que solía dormirse delante de la puerta de las orgías y le murmuraba en el oído: Olvida, olvida todo.

Regresaban a la mansión, se acostaban y al día siguiente amanecían como si nada hubiera ocurrido durante la noche. Doña Elena de Céspedes se bañaba, se vestía las prendas femeninas con esmero, daba las órdenes cotidianas y recibía la visita de Mateo Tedesco. El médico había descubierto su doble vida y le aconsejaba abandonarla pues estaba precipitando su fin. Pero era inútil, doña Elena sólo aceptaba de él los medicamentos y el régimen dietético. En cuanto a lo demás, le decía: Mi vida sólo es mía.

Esto era algo que Amba no podía decir en esa época. El regreso de las aventuras nocturnas era, para ella, volver a su condición de esclava. A ser abusada, maltratada, a no permitírsele sentimiento alguno, rebeldía, ni discrepancia. A veces, a solas en su duro camastro se pasaba la mano por sus mejillas para sentir la marca de fuego en forma de letra ese y de un clavo entrelazados que indicaba su condición. Ahora, ya adulta, ese signo semejaba una flor roja. Pero entonces, sólo le recordaba el olor y el dolor de la carne quemada. El espanto que sintió y la mirada aterrorizada de su madre.

Acariciar la cicatriz se convirtió para Amba en una especie de consuelo, a falta del beso que su madre depositaba sobre ella. Todo eso había ocurrido en otra casa, anterior a la de doña Elena de Céspedes, donde al venir a menos los dueños habían vendido a los esclavos y separado a las familias. Así que Amba no supo más de su madre. Lo último que ésta alcanzó a decirle fue el nombre de su padre, mas en la confusión y los gritos de los niños que eran arrancados de los brazos maternos, Amba no oyó el nombre.

Había perdido a su madre para siempre y luego adivinó que también perdería a doña Elena. Por eso la complacía en todo y estaba pendiente del mínimo deseo suyo. Las labores diarias dejaron de significar un peso, pues pensar en la noche era un alivio de cualquier carga. El día volaba y la cercanía de la noche era su tranquilidad. Entonces se dedicaba a complacer a su ama y entre ellas se desarrolló una suave inteligencia. No necesitaban hablar para saber lo que la otra necesitaba. Doña Elena guardaba pequeños regalos para Amba, alguna golosina, alguna prenda de vestir, un pañuelo bordado, y se los iba entregando cada noche. Estos regalos pertenecían al reino de las vestimentas femeninas, pero también doña Elena empezó a regalarle objetos para el reino de lo masculino. Un día fue un pequeño puñal labrado de acero toledano con su tahalí. Y esto le encantó a Amba. Se prometió nunca perderlo y aprender a usarlo como si fuera un valiente guerrero. Por lo pronto, lo usaría para defender a su querida dama. Empezó entonces a soñar conque se iba a la guerra y se convertía en famoso soldado.

Estos eran los recuerdos que tanto le gustaba repetir a la Elena liberada: los que desgranaba al regreso de su jornada al lado de Mateo Tedesco. Amenofis se extrañaba de su silencio e inmovilidad y trataba de atraer su atención. Primero maullaba en forma interrogante e insistente hasta que Elena se fijaba en él y luego traía alguno de sus juguetes como una pequeña madeja de lana que tiraba por lo alto, pero que prefería que Elena le moviera por uno de los hilos sobresalientes.

Fue entonces cuando Elena descubrió que Amenofis no era un gato y no sabía cómo lo había confundido o cuál había sido su distracción, porque, en efecto, claramente no era un gato sino una gata. En ese momento le cambió el nombre y le puso Cleopatra. Se sintió más cercana aún a ella y se rió durante un buen rato reconociendo su error. Pensó cómo se hubieran divertido si viviera doña Elena de Céspedes. Y al recordarla, lloró, con la consiguiente sorpresa de la recién nombrada Cleopatra. Porque es una gran sorpresa para los animales no encontrar una acción refleja en sus mundos cercanos: y como los gatos no lloran aunque intuyan que es una manifestación de tristeza, Cleopatra acercó su cabeza al rostro de Elena y le dio un leve empujón con el hocico a manera de beso consolador.

Elena olvidó su tristeza y siguió jugando con la gata. Luego leyó y estudió los textos de Maimónides hasta que oscureció y tuvo que encender una vela. Esa solía ser la hora de sus correrías en compañía de su ama, pero desde que murió no las había vuelto a repetir. Y no sabía qué hacer con esa parte de su vida que ahora estaba interrumpida.

Esa noche soñó extraños sueños. Doña Elena se le aparecía sin decir palabra, indicándole por señas que la siguiera, dándole a entender que no olvidara buscar en su oculto interior lo que era su vocación, que no temiera los peligros y que se arriesgara a cruzar todo mar. Luego se ponía un dedo sobre los labios, para reforzar el silencio, y esto no lo entendió, pues no pudo descubrir a qué se refería el silencio. Al despertar, dejó de preocuparse y pensó que tal vez más adelante lo descubriría.

Siempre se despertaba hacia las cuatro de la madrugada y era cuando se levantaba a ordenar las notas sobre sus estudios de medicina. La nueva Cleopatra también se despertaba y como echaba de menos el calor de la cama y su cercanía al cuerpo de Elena, de un salto se plantaba sobre su regazo, se enroscaba y continuaba durmiendo. Elena lo agradecía, sentía tal gusto que dejaba de escribir un rato para quedarse contemplando a la gata preciada.

Y de la cálida sensación de la gata pasaba al recuerdo de doña Elena de Céspedes. Al sueño que no supo interpretar y a las notas interrumpidas. En ese momento sufría un impedimento en su voluntad y se paralizaba. Y la parálisis era algo que temía mucho. Sabía que la voluntad era su falla y que si no la cultivaba se hundiría sin remedio. Así que se esforzaba, volvía a detener la vista sobre los papeles y hubiera querido seguir adelante. Mas era inútil: una vez cortado el hilo de la concentración no lo recuperaba.

Lo mejor sería regresar de nuevo al lecho e intentar dormir un par de horas más antes de que saliera el sol. Levantaba con mucho cuidado a Cleopatra que protestaba suavemente y la colocaba en la cama. Los cuerpos se relajaban y poco después, ambas reconciliaban el sueño interrumpido. La felicidad del olvido que duerme era una revelación que, lentamente, se diluía.

Ese día ayudó a Mateo Tedesco a preparar una receta que había copiado del *Tratado sobre las relaciones sexuales* de Maimónides para un nuevo paciente. Se trataba de un conde, don Juan del Álamo, en próspera situación económica y dueño de grandes extensiones de olivares que le producían una abundante cosecha de aceitunas; propietario de una flotilla de pesca y de alguna que otra embarcación que utilizaba para el trasporte de esclavos. Pero que, desdicha de desdichas, era impotente. No lo había sido toda su vida, sino que esto le ocurría a últimas fechas. Como había llegado hasta él la fama del médico Mateo Tedesco decidió acudir en su consulta para aliviar sus males. Además algo le hacía acercarse a él: sospechaba que fuese cristiano nuevo pues la profesión médica había sido heredada de los más antiguos sefardíes desde la época de los califatos y tantos siglos de practicarla aseguraban un dominio de la profesión. Su simpatía por los conversos provenía de cierta oscura intuición de que tal vez él no podría probar, si le pidieran un documento de limpieza de sangre, que cuatro generaciones anteriores a la suya pertenecían a cristianos viejos. Por otro lado, sus vínculos y excesos en la juventud con las esclavas que trasportaba le había dado cierto conocimiento de las costumbres de otras religiones: las paganas de África y las mahometanas de Oriente. Así que, un poco confuso en cuestiones erótico-teológicas y ante su problema de impotencia sexual, no se sintió disminuido al exponerlo ante el famoso médico.

Mateo Tedesco lo examinó a fondo y tras varias preguntas necesarias para conocer su temperamento, le recitó casi textualmente las palabras de Maimónides.

—Mis recomendaciones serán, sobre todo, de tipo dietético más alguna receta afrodisiaca que te está siendo preparada por mi ayudante. Es de todos conocido que, en estos casos, ciertos alimentos ejercen una mayor fuente de curación que determinadas medicinas. En realidad, el esperma es la superfluidez del alimento que resta de lo requerido por los órganos durante la tercera digestión, según fue establecido por Hipócrates y Galeno. El cuerpo se debilita y se seca si se ejerce excesivamente el sexo, como ocurrió en tu juventud. Si elegimos un buen régimen de salud, basado en el calor y la humedad, la dieta y ciertos medicamentos, los resultados serán óptimos: los órganos sexuales se beneficiarán y se recuperará la potencia. De igual modo, ciertos sentimientos y actividades como deleite, felicidad, risa, descanso y sueño, siempre que no sean en exceso, son también positivos. Mientras que los contrarios son perjudiciales: el luto, la pena, la ansiedad, el ayuno, el cansancio, el trabajo agotador y el insomnio, ya que impiden la erección y disminuyen el esperma. Hablar extensamente de las relaciones sexuales, discutir y alabarlas constituye una manera de excitación que promueve esa actividad. En cambio, apartar el pensamiento de este asunto puede derivar en una pobre actuación, retracción del pene y debilidad del organismo.

Por lo demás, si el coito es el resultado de un intenso deseo o lujuria, la erección será mayor que si falta ese sentimiento. Es importante también olvidar todo proceso mental y, en cambio, abandonarse a la sensualidad. En una palabra, gozar el momento y disfrutar sin preocupación y sin culpa. Después de todo, el acto sexual es el mayor deparador de dicha que hay.

La dieta es muy importante. Se debe comer carne de cordero y de aves como pichones y codornices. Los testículos de gallo son especiales para aumentar la producción de esperma y se recomiendan para todo tipo de temperamento y cualquiera edad. El tuétano, la yema de los huevos de paloma y codorniz, y la leche fresca recién ordeñada aumentan la potencia sexual.

Entre los afrodisiacos, no hay que olvidar el nabo, la lechuga, la cebolla, el hinojo, la menta, las leguminosas, el sésamo y los espárragos. Se prefieren las frutas secas: las almendras, las nueces, los pistaches, las nueces de la India. Las uvas, la pimienta negra y el aguamiel son inmejorables. El vino, en cantidad moderada, es indispensable para copular, por su carácter húmedo y cálido que alegra el ánimo. Llega directo al torrente sanguíneo y provoca la dilatación del pene que conduce a una perfecta unión de los sexos.

Mientras Mateo Tedesco hacía estas recomendaciones a don Juan del Álamo, Elena daba los últimos toques al afrodisiaco que le entregaría. La receta había sido elaborada de la siguiente manera, según las instrucciones de Maimónides:

Se preparan dos onzas de cada uno de estos ingredientes: pistaches, almendras y corazones de pino pelados. Se le agrega una onza de ajonjolí frito, semillas de nabo y de melón; cuatro litros de azúcar y miel de abeja sin espuma. Se tuesta todo en aceite de sésamo. Este es un afrodisiaco dulce y muy efectivo, recomendado por Avicena.

Elena le escribe en una hoja pequeña otro afrodisiaco para que se lo cocinen en casa: se tuestan en un horno cuatro cebollas, se les quita la cubierta exterior y se muelen. Se deja tostar en su propio jugo medio kilo de carne de cordero cocida. Se muele la carne y se mezcla con las cebollas tostadas agregando el caldo que sobró. Se colocan encima veinte yemas de huevo de pollo o de pájaros y se mezcla todo. Se le agregan especias al gusto. Se pueden cambiar las cebollas por zanahorias o usar ambas.

Juan del Álamo se considera satisfecho y probará las recetas. Observa a Elena durante un rato sin decir palabra. Siente que algún vago recuerdo lucha por tomar forma, pero convencido de que no recuperará la memoria, su mente pasa a otra cosa. En realidad, lo que le preocupa es la impotencia que sufre. Se despide de Mateo Tedesco con esperanzas de que mejorará.

Elena duda de todo. Le parecen bien las recetas, pero que curen el apetito sexual lo considera un absurdo. Muy bien podría creer lo que le enseñan los libros y la sabiduría de su maestro, pero hay algo en ella que le lleva a descreer de todo. No sabe de dónde le viene esa fuerza dubitativa, ese no aceptar lo que afirma la mayoría, esa rebeldía ante las convenciones. Ese no querer repetir la voz de los demás.

Mateo, como si adivinara su pensamiento, le dice:

—A nosotros no nos toca creer, son los enfermos los que creen. Para curarse hay que creer. En cualquier cosa, pero creer en ella firmemente. Mientras más incomprensible e irracional, más fácil de aceptar. La magia predomina sobre la ciencia de la medicina. Y, sin embargo, llaman hechiceros a los médicos y los queman. Para nosotros, lo mejor es no creer. No creer en nada. De Dios para abajo, en nada. Sólo los descreídos son los constructores. Sólo los herejes hacen progresar el mundo. Sólo los que niegan son los que afirman el avance. Pero esto no podemos decirlo, seríamos condenados sin misericordia. Así que, a callar.

—Me gustaría no tener que callar. Que la mente fuera un trasparente cristal que dejase ver todo pensamiento. Pero nos tropezamos con la dura pared del cráneo que fue hecha para el ocultamiento y la hipocresía.

—Y para salvarnos también. No podríamos ir por el mundo con los pensamientos expuestos. Seríamos muertos en la primera calle de cada ciudad.

—Pero ya no tendríamos que ocultarnos.

—Ocultarse es una forma de la inteligencia y de la imaginación.

—¿La claridad no lo es también?

—Sí, pero volvemos a lo mismo. Nadie quiere la claridad. El oscurantismo es lo que prevalece y lo que se ama.

—¿Será siempre así?

—Por los siglos de los siglos.

—Qué desencanto el de los siglos.

—Amén.

Por hoy han terminado. Elena recoge los instrumentos médicos y los limpia amorosamente. Son los instrumentos de la verdad y deben brillar ante todos los rostros. Mateo y Elena se miran y sonríen. Es la complicidad de los silenciosos. De los silenciados. De los que valen.

3

Animación del mundo

Elena puede, en un momento de revelación, ver ante sí toda la extensión animada del mundo. Sobre todo las distintas geografías, los espacios y los tiempos. Abarca de una mirada interna los continentes. África, Europa, las Indias, Asia son espejos simultáneos que se reflejan entre sí sin confundirse, sin sobreponerse. Al unísono exhiben sus paisajes, su gente, su bullicio, su paz en las noches de sueños cerrados. No es necesario escoger, sino contemplar la magnitud.

La instantaneidad es, sin embargo, la multiplicación de los hechos. La vista adquiere el poder de Dios y la circularidad se manifiesta. Principio y fin de todas las cosas, el origen de la vida y el momento de la Creación son repetidos como en la versión original. La mirada es también la mirada de la Historia que se recorre a sí y se detiene en el presente. Más allá no hay nada. Todo queda incluido. Aun el vacío es parte de la animación.

Animación que viene del alma, del ánima. Lo que tiene vida. Lo que se desplaza. El perpetuo móvil. El gólem que no muriera. La plena conciencia sin un momento de descanso. Percepción infatigable. Sueño desde una atalaya. Momento presente, constante a pesar de que el desplazamiento mueva el tiempo. Pero la visión estática detiene la movilidad en una fracción inimaginada. Mas simultáneamente se sabe que es mentira, que el tiempo sí corre.

Y esa paradoja es insalvable.

Es la misma paradoja de la Danza de la Muerte, cuyos pasos imparables lo único que afirman es el fin del camino. Más aún, si la danza se detuviera no habría muerte. Pero la ignorancia de los danzantes los acerca a lo que no quisieran llegar. Tal vez si no temieran a la muerte, la muerte no existiría. Las pruebas acumuladas son lo que los atemoriza. Y se prestan al juego porque no han detenido su caminar ni su danzar. Si hubieran contemplado, si hubieran detenido su mirada ante la animación del mundo, podrían haber entendido aunque fuera una mínima fracción del discurrir.

Mas la velocidad domina a los danzantes y ésa es su perdición. Escapar, huir, apresurar es el suicidio. Quien ama la lentitud ama el mundo. Y el rayo de la muerte tarda en tocarlo.

Por eso Elena quiere dedicarse a la medicina, por la intimidad con la muerte, para mejor comprenderla, para que cierre el rompecabezas y detenga el caleidoscopio. Desde la muerte de su ama y la adquisición de la libertad quiere hundirse sin remedio en un abismo que no sabe dónde parará. Sólo cuando contempla a Cleopatra olvida ese pesar y se dedica a ella. Cleopatra la mira intensamente y Elena trata de adivinar esa mirada. A veces siente miedo, como si pudiera ser atacada. Pero se abandona a la mirada y detiene cualquier vacilación que pudiera indicar debilidad. Acaricia entonces la cabeza de Cleopatra que cierra los ojos embelesada e interrumpe su mirar.

Ese deseo de Elena de abarcar la existencia en su totalidad refleja su mundo escindido. Apenas ayer era esclava y hoy es libre. No sabe bien cómo afrontarlo. No sabe bien quién es ella ahora. Ha terminado una etapa, pero ha sido de manera muy abrupta y marcada por el sufrimiento y la muerte de su amada dueña. Ha obtenido la libertad a costa de la compañía, por lo que no sabe qué hacer con ella. ¿De qué sirve la libertad si no se tiene con quien disfrutarla? Era más libre en las correrías nocturnas, en el peligro y en la incertidumbre. Ahora el orden la limita como una gran losa que cayera del cielo. Se siente atosigada. Decide salir de nuevo esa noche y seguir a Cleopatra en sus andanzas. ¿Cleopatra o Amenofis? ¿Cuál, de los dos? ¿Cuál, por fin?

La gata se desliza rápidamente por las estrechas calles, pegándose a las paredes. Desaparece en una esquina y Elena se queda sin rumbo. A lo lejos, brilla la luz de una taberna. Podría dirigirse hacia allí, pero le invade la indecisión. También podría darse media vuelta y regresar, pero doña Elena de Céspedes no lo hubiera aprobado. Quiere actuar como ella, porque es su sobreviviente y quien mejor la conoció. ¿Deberá hacer eso, suplantarla? ¿Imitarla? ¿Continuar con su tarea?

Después de todo, el nombre de ella es ahora el suyo. ¿Querrá decir que se ha convertido en ella? La luz de la taberna la llama, pero no se decide a dar un paso más. Mira sus ropas y se da cuenta que no se ha cambiado. Aún porta el traje femenino y así vestida no se atrevería a seguir adelante. Oye un maullido y Cleopatra ha aparecido. Su aventura ha sido breve y corre hacia la casa. Elena hace lo mismo.

En su cuarto, se recrimina su cobardía y piensa que la noche siguiente cumplirá mejor su cometido. Si se viste de hombre es otra manera de dejar de ser ella y de acercarse a doña Elena, porque otra de las herencias que ha recibido es el ajuar masculino completo de doña Elena de Céspedes. Y debe honrarlo. Extiende sobre la cama las prendas y acaricia las telas. El terciopelo negro es el que más le atrae y los encajes blancos. Todo ello habrá de usarlo y mantendrá viva la memoria de quien ahora reconoce que amó tanto.

Y otra vez vuelve a ella la imagen del mundo en su totalidad, pero centrada en doña Elena. Se le representa en toda actitud y en todo movimiento: quieta y dormida, tranquila y arrebatada, sola y en medio del barullo, callada y en el gemido del placer. Y esto es lo que le falta a ella y ante lo que se resiste. No conocerá la vida si no conoce el placer total. El amor total. El deseo y su realización. La cópula perfecta. La vuelta al mundo en todos sus abismos.

Pero, ¿a quién amar? ¿A un hombre o a una mujer? Porque

a veces siente tanto amor que podría amar todo y a todos. Que sería lo mismo que amar nada y a nadie. Igual que la imagen del mundo y su animación. La absoluta simultaneidad de un acto omnisexual. Poder sentir lo que un hombre y lo que una mujer al mismo tiempo. ¿Sería posible? Actuar de dos modos fundido en uno solo.

En algunos libros de Mateo Tedesco ha visto ilustraciones de cópulas y seres que se recrean en los dos sexos. Son casos de hermafroditismo, pero el médico le ha dicho que simbolizan los estados de la materia a partir de la ciencia de la alquimia. Y esa ciencia le ha intrigado. Tal vez en ella esté esa animación del mundo que tanto le atrae. Ha contemplado largo rato el grabado de un ser mitad rey y mitad reina.

Le falta mucho por aprender. Pequeñas luces se acercan como estrellas que caen en la tierra. Y cada una ilumina una escueta parcela. Si pudiera unirlas todas entendería esos conceptos cifrados que la rodean. Presiente que el mundo se interpreta por claves que hay que desenmarañar. Ella las desconoce y no sabe por dónde empezar. Cada escueta parcela posee su dominio y su propio lenguaje enigmático. Entonces, advierte de nuevo esa vastedad del mundo expuesta ante su mente y quisiera poder conocerlo todo.

Si se abriera el cráneo y se pudiera ver, no el cerebro, sino lo que el cerebro ve. Exponer de un solo vistazo lo que la mente imagina. La toma de formas de lo soñado y de lo deseado. Que todo lo que se oculta apareciera como en un telón de obra de teatro, en pleno movimiento y en actuación fingida.

Fingir, esa es la palabra. Volver real lo que no lo es. El juego de la imaginación, se dice a sí Elena, todo es el juego de la imaginación. Y esa imaginación está encerrada allí, atrapada en esos duros huesos. Tan duros para proteger los pensamientos que se escapan. Y aun abriéndolos no se encontraría lo que se busca. Las lecciones de anatomía lo dicen. La imagen no aparece. Igual que no apareció nada en la muñeca que descosió de niña, sino aserrín.

Así, el mundo está animado y no lo está. A veces, sólo hay aserrín en los espacios habitados. Un aserrín capaz de ser moldeado, de adquirir forma determinada. Lo que el juguetero hubiera querido hacer: una muñeca, un gato, un perro. ¿Será ese el modo de la naturaleza?, se pregunta Elena. Lo que Dios haya querido, una liana, un guijarro, una libélula. Pero, ¿de dónde se toma la imagen?

¿O la imagen no es nada, sino pura ilusión? ¿Una ilusión que funciona? ¿Una ilusión práctica? ¿Una ilusión animada?

Los libros de alquimia de Mateo Tedesco guardan muchas sorpresas. Por ahora se extasia con los grabados que el médico guarda celosamente bajo llave, por miedo a ser acusado de hereje, pero que le ha permitido ver. Aún no entiende los mensajes cifrados. Es más, empieza a descubrir que el mundo animado es el mundo cifrado y que le falta mucho por aprender. Pero eso mismo es lo que más le atrae: poder penetrar en un lenguaje tan complejo y, al mismo tiempo, tan lógico en su falta de lógica. Esa otra dimensión que no es la de cada día, pero que conduce por vericuetos, pasadizos y laberintos hacia un más allá de la letra y el espíritu.

Si existe esa posibilidad de pertenecer a un mundo de enigmas y emblemas, ¿por qué no aprovecharla? ¿Por qué no hundirse en especies y paradojas, en adivinaciones y contradicciones? ¿Por qué no aspirar a entender el lenguaje de los místicos y profetas? ¿Por qué no arriesgarse a ser parte del pequeño mundo animado de los iniciados en las ciencias que la mayoría teme, asedia, persigue?

Su decisión está tomada: no seguirá la ruta de los temerosos, de los odiadores ni de los perseguidores. Elegirá la difícil de los pocos que se arriesgan, que ven diferente el horizonte, que son humildes y amantes de la vida. Aunque sean acusados de elegidos, de solitarios, de trasgresores.

No importa, Elena ha decidido saltarse las barreras. Pero un saltarse tranquilo, sin aspavientos, sin excentricidades. A su manera. Cuando le convenga y en silencio.

Por ahora, contempla el mundo que se le ofrece de manera tan vivaz, tan abigarrada, tan grotescamente.

Un mundo en constante guerra, en persecución del uno contra el otro, de araña que atrapa moscas en sus trasparentes redes, de toros que son muertos en el ruedo, de palomas cazadas en albura. De hombres contra hombres. De mujeres violentadas. De niños expuestos. De pequeños seres estrujados, explotados, aplastados.

Por eso, Elena quiere aprender a curar. Como si también pudieran curarse las almas, los dolores sin causa, los gritos acallados. Pero algo se podrá hacer, piensa. Aun en silencio. Aun en opresión. Como fue mi caso: de la esclavitud a la libertad. Y esto tengo que redimirlo. Tengo que salvar a otros seres esclavizados de cuerpo y de alma.

Para ello traspasaré las fronteras. Cruzaré los límites. Hasta los decretados por la naturaleza. Que si también la naturaleza los borró, por algo será. Porque todo lo que puede ser borrado puede ser restaurado y algún sentido tendrá rehacer la tarea. Que también Dios la rehizo en la segunda creación para beneplácito de Job. Eso es, ¿seré una nueva Job?

No importa lo que sea, con tal de que sea algo. De que ocupe un pequeño nicho en la historia de los desamparos. Porque este mundo que me bulle por dentro tiene que ser entregado a quienes estén dispuestos a recibirlo. Estoy tan cerca de la muerte, la he sentido tan cerca, que sólo pienso en la vida. Quiero ordenar mi interno mundo animado, el que nadie conoce y que a mí se me escapa. Me aterraría que se hundiera con mi muerte y, por eso, quiero conservar mi vida por encima de todas las cosas. Qué no haría por conservarla.

Pero también por ordenarla. A veces pienso que no hay orden, que en nada hay orden, a pesar de las engañosas apariencias. Y, sin embargo, la tendencia es hacia el orden, el método, la repetición. Como si todo lo olvidáramos y sólo la repetición nos ayudara a entender, a vivir. He observado a un pequeño niño, tambaleante, sin apenas palabras, en la sala de espera de los pacientes. Que se ha inventado un juego, a base de repetición. Ha recogido del suelo una leve pluma, tal vez de una paloma, no lo sé, pero él la ha descubierto y está muy orgulloso de su hallazgo. Entonces muestra la pluma a cada uno de los pacientes y vuelve a empezar y vuelve a enseñársela a cada uno de ellos, una y otra vez, sin cansancio, metódicamente. La madre se impacienta, quisiera que se quedara quieto, pero es imposible: la animación del mundo es imparable.

La constancia prevalece. Lo conocido trae calma. La animación es la repetición. Los enfermos reciben las mismas preguntas: aspecto de la piel, textura, color, orina y heces, venas dilatadas, estrías, visión borrosa, audición disminuida, sarpullido, comezón, bubas, tumores, lepra, locura, mal de males. Las recetas se acumulan. El enfermo se tranquiliza ante una extraña palabra. Aprende. Conoce su cuerpo. Olvidado cuerpo que no sentía nada hasta el día del dolor. Del cambio. De la movilidad. De la animación. Cuando el cuerpo dejó de ser el cuerpo empezaron los males. El desorden. Ante todo el desorden. Cada órgano reclamó su independencia y se desentendió del resto, ¿para qué seguir recibiendo órdenes?

Elena recrea en su imaginación todos los cuerpos que ha curado y se le vuelven visiones desmesuradas de cada órgano, cada miembro, cada porción de tejido, de hueso, de nervio. Se entremezclan brazos y piernas, rostros, sangre, líquidos, embriones, pequeños seres naciendo, gritos de parturientas, el estertor final, los ojos en blanco, el corazón inmóvil.

¿Qué hacer con esas visiones de fin de mundo? Esos restos de apocalipsis obsesionantes. *Nuestras vidas son los ríos que van a dar a la mar.* De nuevo la muerte presente, tan redimidora, a ratos temida, a ratos amada. Quisiera borrar las incongruencias, los desatinos. Pero su vida es eso, una incongruencia, un desatino.

Empieza a intuir que su vida se desborda, que algo la conducirá a un peligro que se le acerca. Tal vez el conocimiento, su ansia de saber qué es este mundo, esta vida, estas leyes, estos lugares apartados que se alejan de la norma, la arrinconen y la señalen. De pronto, siente una omnipotencia herética: podría ser desde una hormiga hasta Dios mismo. Una absoluta facilidad para imaginar infinitas vidas ajenas. ¿Qué querrá decir eso? ¿Será que pierda su conciencia y se interne en otros seres como si fuera ellos? ¿Que finalmente atrape el movimiento en sus fases y lo detenga?

Hay algo entre su vista y el cerebro que mueve imágenes estáticas. Si hojea rápidamente los libros alquímicos de Mateo Tedesco parecen cobrar vida: el alquimista enciende el atanor, la torre se traslada, el uróboro abre y cierra la boca, el unicornio trota. ¿Será verdad o será mentira? ¿Será obra de magia?

Hace unos cuantos dibujos de su querida Cleopatra, los agita velozmente y Cleopatra se mueve entre las hojas. Lo estático ha cobrado vida. Una vida falsa, pero vida. ¿Podría alcanzarse así la inmortalidad? No por un dibujo quieto, sino por múltiples dibujos agitados al aire que crearan de nuevo la ilusión de movimiento. En lugar de los grandes cuadros que ha visto de personajes famosos, incluyendo el de doña Elena de Céspedes, múltiples hojas agitadas que otorgaran el renacer de las cosas. Es esa la animación del mundo. Ese juego entre el movimiento y el estatismo.

Así, cuando se convierte en otro personaje o se disfraza, adquiere la movilidad que tal vez la condujera a la inmortalidad. Pero, no, piensa Elena, la inmortalidad es otra forma del estatismo. Después de todo, la muerte trae cambios. No sé, no sé qué pensar. La avalancha me envuelve y no sé cómo escapar al torbellino. La ciencia tal vez me ayude. Ese ojo-cerebro capaz tal vez, de partir de una imagen estática que, repetida innumerables veces, adquiere independencia y movimiento.

Pero, en cambio, Elena ha oído decir a algún paciente que bajo el efecto de una migraña ha perdido la sensación de continuidad visual y de movimiento para regresar a la imagen quieta, congelada, inamovible. Lo cual, en su paradoja, comprobaría lo anterior. Así, cada estado, cada cosa, lleva en sí la clave de su opuesto. Y es esa la gran ambición: incluir en uno los opuestos. La imagen del rey-reina vuelve a ella.

Pero esa imagen del rey-reina yace en el fondo de un catafalco, como si amor y muerte fuesen una y la misma cosa. Abarcan en sí el sol y la luna: principio y fin del horizonte. Son también el oro y la plata, lo que se mezcla y lo que se rechaza. Lo de arriba y lo de abajo. El cielo y la tierra. Lo sagrado y lo profano. En abrazo mortal y en trasmutación de las almas.

Elena ha corrido al mercado, donde el gran teatro del mundo se exhibe y se ha detenido ante las marionetas. Sus cuerpos frágiles se mueven por hilos invisibles y la historia que se cuenta es la de un viejo romance. Los amores de la linda Melisenda y el emperador.

> *Subiendo a un monte,*
> *bajando por un valle,*
> *me encontré a Melisenda,*
> *la hija del imperante.*

Quisiera vivir en esas historias y ser parte animada de ellas. Podría ir para atrás en el tiempo y retroceder a sus lejanos orígenes en su tierra africana. Donde todo se regía por la animación: los ritos, la magia, los bailes, los ritmos desenfrenados, el color y el dibujo de las telas. El sonido siempre en el fondo de los tambores de piel tirante de cabra.

Ahora se mezcla entre la multitud, espesamente anónima, sin ser nunca reconocida. Qué bien que puede perderse entre los otros y olvidar su propia conciencia en medio de los murmullos, de los gritos disonantes. Hasta que no lo soporta más y sale corriendo sin siquiera sorprender a los demás, para quienes cualquier acto diferente es mejor no tomarlo en cuenta. Existe la sensación de peligro, de denuncia y a todos les conviene callar.

Es esa la clave de la animación del mundo. El gran silencio que todo lo cubre, anuncio de la tormenta por venir.

4

Esclavos

Apenas se mencionan en las obras de su época, pero estaban presentes. Ni siquiera eran dignos de atención, aunque constituían las ruedas de la sociedad. Podían, eso sí, tirar de las carretas con un látigo golpeándoles las espaldas. Habían sido herrados en la cara y eran reconocidos de inmediato. Nadie les tenía lástima: eran seres insensibles. Se podía hacer cualquier cosa de ellos. Ni una pregunta, ni una duda. En realidad, eran el vacío, no eran nada ni nadie. No contaban. No existían. Sobre todo carecían de sombra. Mas no de estómago y había que alimentarlos aunque fuese un poco. Dormían sobre un haz de paja seca y, a duras penas, cubrían sus cuerpos con delgadas cobijas. Hablaban entre ellos en voz baja y en su idioma, para sorpresa de sus amos que creían que carecían de lengua. A veces, cantaban. Tristes melodías que acompañaban con el ritmo de las palmas.

Melodías y un nuevo lenguaje afrohispánico que llamó la atención de los escritores del siglo XV al XVII. Gil Vicente, Lope de Rueda, Sánchez de Badajoz, Lope de Vega, Góngora, Quiñones de Benavente, Calderón de la Barca, Sor Juana Inés de la Cruz, imitaron su habla y pronunciación. Melodías que habrían de mantenerse en formas criollas siglos después:

Drumi, drumi Mobila
que tu mamá está en el campo Mobila

43

drumi, drumi Mobila
que tu mamá está en el campo Mobila
te va traé coronice para ti
drumi, drumi Mobila.

Los esclavos sufren, pero todos los sufrientes tienen el mismo aspecto. Un aspecto en el cual no se detiene la mirada. Imágenes de la atrocidad para volver los ojos a otro lado. No hay que mirar lo desagradable. Lo imposible de remediar. Porque ni siquiera se cree en el derecho a remediar. Así es y así ha sido. Y así será. Aun en siglos venideros. Cuando se crea que el progreso se ha instaurado y que todos los hombres son iguales. Cuando se dirá cínicamente: algunos son menos iguales.

Piensan, es verdad que piensan. Aunque sólo ellos lo saben. ¿Sonreirán? En un breve esfuerzo lateral sonríen, porque los músculos para ello existen. En realidad, son idénticos a sus dueños. Absoluta y totalmente idénticos, pero ni unos ni otros lo saben. Son espejos de doble aumento: crecen y decrecen, desconociéndolo. Es más, ignoran que hay espejos.

Pequeñas cuentas de vidrio de color brillante. Con ellas fueron engañados. Los esclavos de todos los continentes fueron engañados, apresados y aherrojados. Las familias separadas, destruidas, los gritos acallados con más golpes. Fue un desorden instituido. Los esclavos se ganaron por trampas, por guerras, por compra y venta. Se creó una nueva profesión, la de los esclavistas. Y siguió, siguió en todas las épocas y no fue erradicada. Un negocio redondo. De eso se trataba.

Luego de la violencia de la captura, venían la normalidad y el orden establecido. Así eran las cosas. El esclavo ingresaba a la categoría de subordinado y eran borradas sus cualidades humanas. Pasaba a ser parte de los bienes muebles de su dueño, lo mismo que una cama o una silla, un arcón o un cofre. Daba igual. Pero tenía que cumplir con su trabajo, quisiera o no, y dependía de la veleidad de sus amos.

Había sido trasladado de su lugar natal a tierras desconocidas y no podía llorar para evitar adicionales castigos. Mas no sólo aprendía a reprimir las lágrimas sino también las sonrisas, que podían ser consideradas como burla. O no se le tomaba en cuenta o era malinterpretado. Era difícil que atinara.

El esclavo, a diferencia del cautivo, no tenía esperanza de libertad, salvo que su amo lo manumitiera. El cautivo, por su condición de prisionero de guerra o rehén de alguna situación, podía esperar la redención económica y que alguna orden religiosa, como la de los trinitarios, reuniera el dinero para liberarlo.

La madre de Elena había pertenecido a la clase de los esclavos negros traídos del norte de África. Los musulmanes, dedicados al tráfico de seres humanos, se encargaban de hacer las redadas para atrapar el mayor número posible de hombres y mujeres, que vendían al mejor postor. Para ellos constituía una actividad normal, parte del orden del universo. Luego, los cristianos los compraban para a su vez revenderlos y el negocio era jugoso.

Contribuían al mestizaje de las sangres y a las tonalidades de las pieles. Sus descendientes solían ser más fuertes, más inteligentes, más bellos. Aunque no siempre lo sabían. Siglos después tal vez no se reconocerían, pero ahí estaban para significar su bondad. Como estrellas fugaces.

Eran descritos en algunas páginas. Aparecían en obras de teatro, en poemas, en novelas, en cuentos. En pinturas y en óperas. Un interés notorio obsesionaba las conciencias. Poco a poco desaparecieron y perdieron interés.

A finales del siglo XX y principios del siglo XXI volverían a aparecer por el mismo camino: de África a Europa. Sufrirían igual: serían embarcados y apretujados. No siempre lograban cumplir la travesía. Sus endebles embarcaciones se hundían o si llegaban a las playas ahí los esperaban los guardias marinos que habrían de apresarlos y enviarlos de nuevo a sus tierras. La diferencia era que habían elegido ser esclavos y hasta pagaban y se endeudaban para ser trasladados. La miseria los marcaba.

45

Ya no eran llamados esclavos sino ilegales. Cuestión de palabra, mas no de situación. Si lograban entrar en Europa sin ser atrapados eran conducidos por los nuevos esclavistas que los esperaban en camiones cerrados donde, con frecuencia, se asfixiaban. Iban niños, jóvenes, mujeres embarazadas, sin que supieran si habrían de sobrevivir. Supongamos que sí, que sobrevivían. Entonces, sus empleadores los explotaban bajo la amenaza de que serían delatados. Abusaban. Les pagaban de menos. Los violaban.

¿Cuál era la diferencia?

Ninguna.

Así que unas y otras épocas se anudaban. O, tal vez, nunca se deshizo el nudo. Esa tierra africana de grandes extensiones sin fin, de cielos tan azules, de desiertos, de altas montañas, de ríos inabarcables, de cataratas ensordecedoras. De persecuciones, de tribus que no lograron la libertad y entre sí se mataban. Tierra de hambre, de sed, de enfermedades. Donde viajaron algunos ilusos europeos para desatar no los nudos, sino sus ambiciones, sus querencias, incluso sus altruismos. A veces tierra de refugio, de olvido, de escape sin fin. De muerte sin fin. Tan cerca de Europa y tan lejos. Tan explotada y tan desesperada.

Elena recuerda algunos relatos de los esclavos negros pero no quiere repetirlos. ¿Para qué? Si pudiera borrarlos junto con la marca en su mejilla. Quisiera olvidar para siempre, pero es imposible. Quien ha perdido su tierra, aun una mala tierra no se olvida. Y menos sus relatos. No, no los repetirá.

La mala suerte de la madre de Elena, no sus pecados como pensaban los religiosos, ni su color, agregaba Elena, fue la causa de su cautividad y esclavitud. Un hecho ya irremediable.

Pero quién gobierna la mala suerte. O la buena. O simplemente la suerte. Los antiguos dioses para todo tienen explicación, por más abstrusa que sea. Tampoco a ellos se atenía

Elena. Ni a los viejos dioses ni a los nuevos. Ella no podría decírselo a nadie, pero había abandonado todo culto. Por eso era libre, más libre que los dueños que había tenido cuando era esclava. Y sonreía, mucho más que cualquier dueño, pues estaba por encima de ellos, sin temores ni amenazas. Lo único que tenía que hacer era callar o fingir, pero la alegría interna nadie se la quitaría. Luego, cuando fue libre pudo todavía mejorar su sonrisa. Escapaba con su mente a toda presión. Forzada a ir a rezar, pensaba en cualquier otra cosa y su concentración parecía devota. Así que no se inmutaba y seguía adelante con sus pensamientos. De hecho, el recogimiento de un templo le parecía un buen lugar para aclarar ideas y repensar situaciones. Nadie descubría su hipocresía porque para ella no lo era. Era, en cambio, absoluta sinceridad.

En eso había consistido siempre su libertad. En algo que no se había planteado, pero que funcionaba a la perfección ante los demás. Una sensación de respeto que atraía la confianza de quienes la veían. Algo indescriptible, pero que la señalaba dondequiera que fuera. Que le habría de servir para sus futuras desdichas y malandanzas.

5

Guerras

Elena se ve envuelta en todo tipo de guerra. Batalla es la vida del hombre en la tierra. Desde que nació, peleó. Porque no le quedó más remedio. Llevaba en sí el espíritu de la contradicción. Tan fuerte era ese espíritu que se negó a ser lo que era. Si es que era. Jugaba de niña a ser soldado. Había oído cantar la canción de la doncella guerrera y eso es lo que quería hacer. Le atraía lo que no se esperaba de ella. Había visto y observado con toda atención cómo se limpiaban y mantenían las armas de la casa. Había pedido permiso para hacerlo y sabía blandir la espada; le enseñaron esgrima; le atrajeron los arcabuces y las escopetas, utilizaba la estopa, el pedernal, las balas; desarrolló buena puntería; manejaba el puñal, lo afilaba, lo dejaba reluciente y lo guardaba con cuidado en el tahalí.

Doña Elena de Céspedes no sólo se lo permitió sino que la animó a seguir aprendiendo el uso de las armas. Así, en sus correrías, se sentía más protegida por la habilidad de su pequeña esclava.

Luego, cuando recibió lecciones de anatomía con Mateo Tedesco, le gustaba señalar con un estilete sobre su piel, sin llegar a herirse, el trayecto de nervios, venas, arterias. Apoyaba el puñal en los puntos mortales del cuerpo: la yugular, la aorta, el hígado, el corazón. A veces, soñaba que se iba a la guerra y que, con un fino corte, desangraba a sus enemigos hasta morir. Despertaba con una gran excitación, como si la muerte que había infligido la transportara hasta el orgasmo. Se asombraba de esa capacidad de sentir antes de conocer, por lo que llegó a pensar que era antes el sentimiento que la emoción. Aún no experimentaba la emoción, pero ya sentía lo que era. Eso también equivalía a una batalla contra quienes creían exactamente lo opuesto: primero es la emoción y después el sentimiento. En fin, que la situación es reversible como un guante de cabritilla. Como casi todo.

Tal vez en el mundo, llamémosle sin costuras, que fluctúa entre emociones y sentimientos sea difícil establecer la prioridad y las cosas se deslicen sin fronteras de un estado a otro.

Cuando Elena tenía esos sueños se preguntaba qué haría en una situación parecida. Como, con frecuencia, la dominaba la cólera, se inclinaba a pensar lo peor, aunque su formación médica le señalase que lo primero era preservar la vida. Así que ésta era otra batalla. Querer ir a la guerra, casi cualquier guerra, y dominar su impulso para, en cambio, curar, salvar.

Hasta que un día se le presentó la oportunidad y habló con Mateo Tedesco. Se proclamaban nuevas guerras y ella podría participar. Los moros de las Alpujarras se habían rebelado ante las medidas represivas contra ellos. La guerra estaba durando demasiado y tuvo que intervenir don Juan de Austria para acabar con dos años de matanzas y desgracias. Para Elena fue el momento esperado, a pesar de que Mateo Tedesco tratara de impedírselo. Incluso acudió a la máxima presión que se le ocurrió: ¿qué pasaría con Cleopatra? Pues nada, respondió Elena, te la dejo a ti.

¿Por qué se fue a la guerra Elena? Se fue porque necesitaba conocerlo todo. No había experiencia humana que no quisiera conocer, desatar, destazar, atajar, disecar.

¿Cómo, cómo fue posible que acumularas tantas guerras, tantas muertes en tu pequeño, pequeño pero inmenso-intenso cerebro?

Porque de eso se trata: de abarcarlo todo en la corta existencia que le toca a cada uno. Nada de que me cuenten las cosas.

Eso es puro cuento. Yo quiero hacerlo todo, experimentarlo todo. Todo. Me intrigan el bien y el mal. Y eso es lo que quiero conocer. Hacer el mal es fácil. Hacer el bien no sé si lo lograré. Así que en la guerra haré lo uno y lo otro. Mataré y curaré. Indiscriminadamente. Cortaré y coseré. Coseré y cantaré.

Creo que la verdadera naturaleza humana es la bipotencialidad en plena unicidad. Eso de dividirnos en dos qué error, qué horror. Somos al unísono: malos y buenos: amantes y odiantes: femeninos y masculinos: carnívoros y vegetarianos: enanos y gigantes: perfectos y monstruosos: eruditos e ignorantes: mentiras y verdades: tú y yo: uno y otro. Y no agrego el tercer uno equilibrante de la frase armónica, porque se trata de romper reglas necias. De eso se trata.

Así que Elena se fue a la guerra como Mambrú, pero muchos años antes. Escondió su cuerpo con las vestimentas que siempre había preferido, las de hombre, y se inscribió bajo el título de ayudante de médico. Cuando Mateo Tedesco aceptó que era inútil oponerse a su discípula, decidió por lo menos ayudarla y le preparó un estuche con los utensilios médicos imprescindibles: bisturí, sierra, pinzas, cauterio, agujas.

Ni corta ni perezosa, Elena se vistió de soldado y se cambió el nombre por Eleno, sin gran imaginación, más bien porque al preguntarle cómo se llamaba contestó de manera vacilante: "Elen…o". Una vez armada de nombre, con apariencia masculina y la voz engolada partió a luchar contra los moros. Se despidió de su querida Cleopatra-Amenofis y la dejó encargada con su mentor Mateo Tedesco.

En tiempos revueltos lo mejor era revolver más. Ante las prohibiciones, ver cómo saltarse la ley. Sabía que los moriscos habían perdido sus derechos, como de igual manera los habían perdido los judíos más de sesenta años atrás. Y las prohibiciones empezaron a ser parecidas. La primera fue negarles el servicio de esclavos negros, por temor a que los convirtieran al mahometismo, con lo cual carecieron de ayuda para las faenas agrícolas, artesanales y de toda índole. La siguiente, negarles el comercio con oro, plata y minerales. Después, exigirles que entregaran las armas que poseyesen. Que no utilizasen su lengua ni en público ni en privado. Que abandonasen los nombres árabes, sus costumbres y vestimentas, y las mujeres, el velo. Se destruyeron los baños, como también se había hecho con los de los judíos, y se obligó a los niños a asistir a escuelas cristianas. Todo esto hizo que los moriscos se decidieran a oponer resistencia y levantarse en armas. Se organizaron en secreto y se pusieron en comunicación con el resto de las comunidades árabes de la península. Pero aún llegaron más allá al buscar y conseguir el apoyo de Turquía y otros países del norte de África. Los conspiradores de las Alpujarras empezaron a soñar con una reconquista del territorio ibérico y la recuperación del antiguo esplendor de Al-Andalus. Asuntos que volverían a plantearse siglos y siglos después.

Idearon perfectamente la estrategia militar y los puntos por donde habrían de atacar simultáneamente a los cristianos. No se tentaron el corazón y degollaron a cuanto infiel se encontraban al grito de guerra: ¡*Alaju akbar*! Quemaron iglesias con sus ocupantes dentro, robaron, asaltaron, violaron y parecía no haber fuerza que los detuviera. Sembraron el pánico y se caracterizaron por atacar donde menos se les esperaba. Torturaban, mutilaban, descuartizaban, decapitaban, escarnecían. Nadie escapaba a su furia. Terroristas serían siglos y siglos después, de nuevo en el territorio hispánico, un 11 de marzo, con ansias de recuperarlo y de extenderse por el resto del ancho y ajeno mundo.

Ilusos, humanos seres ilusos. Que la guerra todo lo abarca, todo lo propicia. Quieren acabar con guerra la guerra. Y no hay otro modo, por más paradójico que parezca. Ese inagotable deseo de dominar, de matar, de finiquitar. Ante todo profanar.

Elena está en su elemento. Quiere ver brotar la sangre, derramados los líquidos, ojos perdiendo su brillo, muriendo. Gritos de dolor. Miembros faltantes. Los que quedan inutilizados. Cojos, mancos, tuertos, castrados. La Corte de los Milagros. Nada para apaciguar. La Danza de la Muerte en pleno.

¿Y el botín? ¿Dónde quedó el botín? ¿Qué importa el botín si se ha de perder, de malgastar, de echar por la borda? Si los miserables soldados siguen siendo miserables soldados. Y de ahí no pasan.

El jefe de los que se han sublevado, descendiente de los antiguos califas omeyas, bautizado con el nombre de Fernando de Valor y Córdoba, desdice de su apelativo cristiano y vuelve a llamarse Abén Humeya al proclamarse rey. Se enfrenta a Abén Farax, descendiente de los Abencerrajes y experimentado guerrero, que también quiere ser rey pero que se conforma con ser alguacil mayor. Sus modos de entender la guerra son opuestos, este último siendo más cruel e intolerante. En seis días mueren de manera brutal más de tres mil cristianos, por lo que Abén Farax es destituido.

Las tropas cristianas al mando del marqués de Mondéjar buscan venganza y en Jubilés pasan a cuchillo a las moras que se habían refugiado ahí cometiendo desmanes y actos de rapiña. El marqués trata de evitar los destrozos pero su actitud más tolerante no encuentra eco. Acusado de ser blando, cambia de actitud y permite todo tipo de hostigamiento. Las iniquinidades y las traiciones se acentúan en ambos bandos.

Eleno, enmedio del fragor, corre de un lado a otro para atender a los heridos y moribundos. No le queda tiempo de pensar. El cansancio es tan grande que deja de serlo para dar paso a una sensación de insensibilidad y de abandono hacia sí mismo, como si ya no existiera. Como si fuera un cuerpo autómata incapaz de padecer. Como un gran muñeco de madera movido por hilos. Como las marionetas de las ferias, con una historia pero sin alma.

Los sucesos le tocan aunque los sacuda: se los arranca a la manera de costras de antiguas heridas. ¿Quedarán cicatrices? Recuerdos más bien.

En la confusión, en el griterío, entre los disparos y los estoques, nadie presta mucha atención a los momentos en que Eleno se aparta y busca la soledad. Así puede resolver los peligros del disfraz y no ser reconocido. Sus dudas se acentúan al ver los cuerpos desnudos de los soldados o los de las mujeres violadas. No se encuentra muy parecido a ninguno de los dos sexos. Hay algo diferente en él que aún no puede establecer claramente. Para empezar, aunque el nombre de Eleno es prestado, se encuentra más cercano al de Elena. Pero ya tampoco le parece suficiente.

Es como si el nombre lo definiera, aunque tampoco de una manera clara. ¿Cómo hablar de sí? ¿En masculino o en femenino? Por ahora, para no equivocarse ante los demás prefiere el masculino. Esforzarse al hablar le parece un juego de memoria despierta que no debe cambiar una imagen por otra, que no debe errar, que no puede bajar la guardia, como buen espadachín. Es un poco sentirse parte del elenco de una obra teatral, aquellas a las que iba cuando doña Elena de Céspedes vivía. Ser otro, igual que los personajes femeninos que se vestían de hombre. Pero que, en realidad, eran hombres vestidos de mujer que se revestían de hombre. El disfraz los volvía a su verdadero ser. Falsamente.

Vestirse de hombre era la gran aventura. No se sentía disminuida por hacerlo. Ni agraviada. Ni violentada. Ni como personaje shakesperiano. Ni nada que se le pareciera. Salvo que ella sí parecía hombre. Que un hombre se vistiera de mujer podría considerarse una desventaja, por lo complicado de las vestimentas, pero al revés había cierta simplificación. No mucha. Pero alguna.

En la guerra de las Alpujarras hubo casos de moros que se vistieron de moras para escapar. Lo que dio lugar, al ser descubiertos, a una matanza de mujeres vestidas de mujeres, pues ya no se sabía quién era quién.

En el libro de don Quijote, don Gaspar Gregorio se viste con los trajes de doña Ana Félix, su prometida, para que no lo identifiquen como hombre, por el peligro que corría de ser violado a manos de los turcos cuando su nave fue apresada. Mientras que doña Ana no corría peligro. Ja, Ja.

Todo es relativo y la apariencia es lo que cuenta, no el verdadero y oculto ser. Ese hay que negarlo. Seguir ocultándolo. Aunque ahora, digo en este momento, ya no tanto. Ya ni siquiera. Los disfraces se han universalizado. Globalizado. Es difícil distinguir quién es hombre y quién es mujer. ¿Será que ya no es necesario? ¿Que lo mismo da que da lo mismo? Antaño aún podía ocurrir el despiste.

Entre batalla y batalla, Eleno se recrea con su cambiante vestuario. Un soldado se fija en él y percibe algo equívoco. Es el mismo soldado que descubrió a los moros vestidos de mujer y que provocó la matanza. Por nombre tiene el de Alonso de La Vera. Es cristiano viejo, aunque joven. Le pone pruebas a Eleno y Eleno las pasa, pues recuerda el romance de la doncella guerrera. Salvo la de bañarse en el río. Con lo cual Alonso de La Vera confirma su intuición. Algo anda mal. Muy mal. Semejante a lo podrido de Dinamarca para el príncipe Hamleto.

De buenas a primeras le dice a Eleno:

—Ay, palomita qué guapa estás.

—Hago muy bien porque tú no me lo das.

—¿Te quieres casar conmigo?

—¿Qué vas a hacer por la noche?

Y en lugar de contestar como en el antiguo cuento para niños, propone:

—Folgar y retozar.

Eleno sale corriendo, pero pensándolo dos veces regresa y le dice que sí, de una vez, al buen soldado Alonso de La Vera.

Mantienen en secreto lo que ha sido descubierto y esperan a que acabe la guerra. Llega providencialmente don Juan de Austria pero, entretenido en discusiones con el consejo de nobles, guerreros, clérigos y cancilleres, da lugar a que los moros, reforzados por un contingente turco, se rearmen y cambien de estrategia atacando, degollando y escapando en continua movilidad.

Mientras, las burocráticas reuniones de los cristianos sólo sirven para pasar lamentablemente el tiempo y discutir sobre minucias del todo ociosas pero que acallan las conciencias. Que si atacamos, que si no, que si por aquí, que si por allí. Que si primero la infantería o primero la caballería, que si los cañones, los coñones o todo junto. Que si poco a poco o en forma total. Y así, entre disparates y discordancias, pillan desprevenidos a mis más de dos soldados y todo se derrumba. Que en la guerra no hay mucho que pensar, filosofar o poetizar, sino atacar, atacar y atacar.

Los árabes así lo entienden y atacan, atacan, atacan. Toman ciudades a troche y moche. Afilan sus cuchillos sobre carótidas y aortas, pescuezos y penes. ¡Que vivan los desastres de las guerras! Los hispanocristianos, expertos en perder tiempo, no se quedan atrás. Intentan asaltar el peñón de Frigiliana en Vélez-Málaga, refugio de los moriscos, y son derrotados en un santiamén. Se reagrupan y vencen, ahora sí, a los diez mil hombres de Aben-Humeya. En eso llega de Italia una escuadra de veinticinco galeras. Desembarcan los tercios de Nápoles y, por fin, logran tomar el peñón. Los moros fueron pasados a cuchillo y se hicieron más de tres mil prisioneros. El botín fue abundante: oro, plata, piedras preciosas, ricas telas de seda y brocados; granos y semillas, ganadería y gran provisión de armas.

Eleno y su soldado amigo hicieron de las suyas y se apropiaron de hartas riquezas que malgastarían en breve tiempo. Mientras la sangre corría en las Alpujarras y Eleno no se daba abasto para restañarla, don Juan de Austria seguía en inútiles reuniones y consejos, pero que eso sí, daban pretexto para no atender lo que era realmente necesario. Es decir, prevalecía la archiconocida fórmula de primero lo urgente y no lo importante. Que, en este caso, coincidían pero nadie aceptaba. ¿Pensaban que las cosas iban a resolverse solas sin tener que enfrentarlas? Cómodamente sentados en sillones de cuero hablaban y hablaban, a veces bebían y comían, sin que nada pasara. Más que el tiempo. Inmisericorde. O la digestión. Indigerible.

Por fin, don Juan de Austria, a punto de explotar recibe la orden de su medio hermano el rey Felipe II, para acabar de una vez y para siempre con el levantamiento. Pone manos a la obra, encabeza el ejército y logra que se le unan muchos nobles con sus soldados. Empiezan las matanzas, las persecuciones, las expulsiones, los desplazamientos y todo cae en el desorden, la muerte, la violación, las traiciones. Se quema, se pasa por cuchillo a los pobladores, se siembra de sal la tierra. Para recuperar los fuertes y las ciudades se colocan baterías, se cavan minas, se hacen saltar peñascos y cerros. En fin, ríos de sangre, humo asfixiante, ruidos y gritos ensordecedores. El apocalipsis y la desolación. Enormes pérdidas. Más de las que puedan imaginarse en ambos bandos. Venganza. Venganza. Esperar el momento de la venganza. Que la venganza es del reino de la paciencia y de la memoria. No perdonar, ante todo.

¿Y qué hace enmedio de esto Eleno? Pues, apechugar. Aplastar sus pequeños pechos y resignarse. Entre tanta muerte y cuerpo al aire Eleno se contempla y se interroga. ¿Qué soy yo? ¿Seré algo? ¿Querré algo? ¿Existe la realidad? La realidad no existe.

6

Lo que sigue

Lo que sigue es lo que sigue. Pensémoslo bien. Eleno, luego de dos años de guerrear, restañar y destazar, al fin de la guerra, cuando ya no hay más que matar, cierra este capítulo de su vida. Podría elegir irse con Alonso de La Vera o regresar con Mateo Tedesco. No lo sabe. Lo que quiere es recoger a su querida gata Cleopatra-Amenofis.

Mientras lo decide, Alonso de La Vera tiene otros planes. Podría casarse con Eleno, pues le atrae mucho la idea de poseer una doble diversión si como, sospecha, Eleno es Elena, pero Elena es Eleno. Tal vez se trate de un fenómeno de feria. ¿La mujer barbuda? ¿El hombre pechudo? Hasta podría ganar dinero con él-ella. ¿Se tratará de un monstruo? Si es así, ya no tiene que preocuparse y su vida será regalada, solamente exhibiendo a semejante portento.

Empieza a hacer cálculos. La feria o el circo son los lugares adecuados para su mercancía. Se crea misterio. Señoras y señores, ante qué estamos. Pasen a ver un fenómeno de la naturaleza: ¿hombre o mujer? Ustedes decidan con sólo ver unos segundos este extraordinario caso. Se colocaría un velo sobre el cuerpo de Elena y, tras de un pequeño orificio excavado en una pared, el espectador observaría si era un engaño o una realidad. Y como es más fácil creer lo falso que enfrentarse a la temible verdad, el público aclamaría la existencia de un nuevo monstruo. Las opiniones se dividirían.

Más gente acudiría y la fama se extendería. ¡Oh, qué alegría! ¡Rico sería!

Además de una sola vez habré de abarcar los dos sexos. Siempre he sentido condescendiente curiosidad. No creo en las prohibiciones. Pero eso de enfrentarse con otro macho puede ser peligroso, mientras que con Eleno es diferente. En realidad no sé lo que es. Tal vez deba hablar en neutro. Ello. Eleno ello. Elena ello. Porque fue muy valiente durante la guerra. Mis respetos. Salvó a muchos heridos. Posee muchas habilidades, con tal de que no le falle la principal. Y si es por partida doble, mejor que mejor.

Si fuera poeta le escribiría una oda. Oda a la dualidad. Oda a la duplicidad. Oh, doble hermosura. Pero no, no es hermosa que digamos. Más bien es fea. Lo que me tranquiliza. Y me evita celos. Y muertes. Porque estamos en la época de los muertos por celos. Hasta los escritores no paran de escribir sobre la celosía. Que si Shakespeare, que si Cervantes, que si Sor Juana Inés de la Cruz, que si Calderón de la Barca. Realmente soy un hombre muy leído y escribido. Y hasta me salto épocas y voy más allá. Adivino lo que viene. Como todo buen personaje manipulado.

Volviendo al asunto de los monstruos creo que tengo un buen negocio entre manos. El público que vea semejante prodigio creerá cualquier cosa y aunque no lo vea, por no quedar mal ante los demás lo afirmará y hasta exagerará. Mientras más increíble algo más creíble. La mente humana es muy borreguil. Repite lo que dice la mayoría. Hay que quedar bien. Lo que vale es lo políticamente correcto. Lo de moda. Lo que no se sale de cauce. La Inquisición siempre está presente. Y se heredará por los siglos de los siglos. Y como ahora los monstruos predominan pues estoy en el candelero. Viajaré por todo el reino y me haré famoso. Con semejante caso de hermafroditismo. Vivan las mentes aplanadas que todo lo simplifican y aceptan. Ja, ja. Vendrán las explicaciones sectarias, teológicas y teleológicas. Pero las verdaderas, las científicas y comprobables, ésas nadie las creerá. Si lo irracional es lo que priva. Y cuando se piense que priva lo racional más irracional será. Total, el cuento de nunca acabar. Eso de la filosofía está por comprobarse. Me río de mi época y de todas las épocas, pasadas y por venir.

Por eso hay que reírse de los demás: aprovechar su risibilidad y unirse a la carcajada universal. Qué gran carcajada la de Dios y el hombrecillo que amasó. Adelante con mis planes. Observaré las caras de sorpresa y las de vacilación. Las que nada indican y las que espían al vecino para mejor imitar. Nadie se atreve a ser él mismo. Nadie indaga en su interioridad. Interioridad, ¿para qué sirves? Seguir, seguir a la deslucida pandilla: de eso se trata: a los deleznables grupusculitos: a las mafitas impotentes pero todohundientes. Adelante, adelante con el coro de los aprovechados y de los que dicen: "sí, sí, sí", que de ellos será el reino de la esterilidad.

Me divertiré con la querida Elenao. Nos divertiremos. Crearemos nuevos grupos de solemnes creyentes, de ideólogos sin ideas, de inquisidores sin qué inquirir, de repetidores en masa, de estúpidos deslumbrados, de incapaces autores, de impedidos totales, de desfasados anacoretas, de introvertidos matadores, de descubridores de agua tibia, hilo negro y similares. Ja, ja de todos los jas, jas.

Debo poner orden en este caos de caos mostrando el espejo de otro caos: el del sexo desorbitado, extrapolado, inusitado, incongruente, desfalleciente, inmaduro, a medias, turulato, entre azul y buenas noches. Además de media tinta y medio pelo. Media botella y media ración. Aunque la exacta medida la desconozco. Porque, ¿cuál será la proporción de la desproporción? ¿La burla de la desburla? ¿La corcova de la descorcova? De pecho y de espalda: la policorcova. Como ese dramaturgo: Juan Ruiz de Alarcón, antes o después de mi época.

Que siempre tenemos que ocultar, sobre todo la verdad, la simple y llana verdad que, por ser tal, no puede ser creída y mejor adorar la mentira. La mentira, mientras más mentira, más creída. Así que arriba y adelante, adelante con los faroles, mintamos a diestra y siniestra. Sobre todo a siniestra. Sexos y todos los demás apéndices son la gran e irrefutable mentira. Monstruos, qué son los monstruos sino las verdaderas mentiras. Por lo tanto, cien por ciento creíble, engullible, atragantable, insoportable. Porque por un lado se cree lo increíble, pero por el otro, cuando de verdad aparece y tenemos ante la vista un monstruo, entonces huimos, le damos la espalda, no queremos verlo, echamos a correr. No es verdad, decimos ante la prueba. Lo que nos gusta es creer lo que no vemos. De ahí esa historia de Dios invisible. Que si fuera visible nos moriríamos de risa.

Tengo que casarme con Elenao antes de que se me escape. Creo que tiene ideas propias, lo cual es muy raro y peligroso en los desfachatados seres humanos. No se me vaya a escapar. Con todo y el gran negocio que me traigo entre manos. Y tan entre manos.

Elena, mientras tanto, no decide qué hacer con su vida. Más bien se inclina por regresar con Mateo Tedesco y recoger a su querida gata. Cuando Alonso de La Vera le propone matrimonio se escandaliza. Eso no estaba en sus planes. Finge, ¿o será real?, que es hombre y se niega. Alonso de La Vera le asegura que ella es mujer. Ella le asegura que es hombre. ¿No observaste mi valor en la guerra?, le dice. Eso no significa nada, le contesta, las mujeres son más valientes que los hombres. Eso son prejuicios, afirma la médica. Hablas como mujer, le aduce. Si fuera mujer sería mezzosoprano, como soy hombre soy contratenor. Ay, no me digas que te castraron. Eso no te lo puedo asegurar, responde Elena pensando rápidamente que acababa de hallar su arma defensiva: había sido castrado y no era ni lo uno ni lo otro. Sino todo lo contrario.

En esas discusiones se entretienen los dos soldados sin guerra. Hacen camino y por el camino deciden sus vidas. Alonso de La Vera necesita casarse. Elena no cree que haya llegado el momento. Le importa más volver a sus libros, a Cleopatra y a la tranquilidad que le proporciona Mateo Tedesco. Necesita tener paz y reflexionar. Esta etapa quedó terminada. Fue suficiente la sangre, las heridas, los miembros amputados, el olor a pólvora, a putrefacción, el ruido de los mosquetes, de las balas de cañón, el fragor de la batalla. Como experiencia basta y sobra. A diferencia de Alonso de La Vera, no piensa en ella ni en su futuro. Sólo en un poco de calma. Ya sabe lo que es una guerra y no quiere repetirlo.

Qué extraña guerra ésta que ha pasado. Qué extraño territorio el español. Siempre en guerra: sobre todo en guerras intestinas. País invadido que se volvió invasor. Para no dejar de pelear. Para no perder la costumbre. Qué mejor oficio que el de matar, asaltar, cometer pillaje, hurtos, violaciones. Mofa y escarnio de la vida. Que nada quede en pie. Títeres sin cabeza. Hasta don Quijote siempre está buscando pelea. Ánimo de provocación. Honor sin sentido. Lo de arriba abajo, lo de abajo arriba. Unos contra todos. Todos contra todos. ¿Regresar o no regresar al orden? He ahí el dilema. Y si es dilema ya no quiere pensarlo más.

Lo decide al instante, sin mayor pensamiento. ¿De qué sirve el sobrepensamiento? Nada debe ser pensado. La pura intuición a lo libre. Recogerá a su querida Cleo. Cleo la indefinida. La que un feliz día es Cleopatra y otro también feliz, Amenofis. Cleo la gata bailarina sobre la cuerda floja. La acróbata. La inestable.

Elena elige la maravilla. Luego de la guerra, nada de realismo. El pacto de la fantasía. La imaginación desatada. Entrar en el mundo del espectáculo. Del prodigio y de lo monstruoso. ¿Probaría la vida en un circo? Sí, la probaría. Con su trashumancia. Sus caminos a campo traviesa. Su deambular incierto. Sus habilidades, sus peligros, sus taras. Por las montañas, los atajos, las memorias y las desmemorias. ¿Cómo será esa vida? Con enanos y gigantes, hombres y mujeres que son y no son. Que caminan por el aire y la tierra se les escapa. Que inventan historias increíbles. Que han logrado amaestrar todo tipo de animales y los exhiben como si no fueran lo que son. Desanimalizados.

Humanizados, que es lo peor. Leones que sonríen y dan la espalda al temible domador o a algún despistado Quijote que se aparezca en momento no oportuno. Perros saltarines con sombrero y falda rimbombante. Gatos bípedos que han olvidado engullir al ratón. Monos montados en caballos con sus tristes figuras. Serpientes encantadas con inocuo veneno. Falsas cabelleras denominadas pelucas. Barbas postizas que se pegan con cuidado y que se arrancan de un tirón para que no duela tanto. El payaso que llora y el jorobado que ríe. Todo desperfecto señalado. Manos de seis dedos. Pies encorvados. Columnas bífidas. Hombres castrados que cantan con bella voz y mujeres hermafroditas dando tumbos. Ventrílocuos con muñecos parlantes. Y dícese que, acaso, cabezas parlantes existen. Cabezas sin cuerpo, se entiende, asentadas sobre una mesa cubierta por un largo mantel.

Maravillas de maravillas. Pasen señoras y señores. Que la diversión va a empezar. La Corte de los Milagros apenas despierta en un parpadeo. Pocas monedas pagan la distracción.

Sin haber hablado. Sin haberse puesto de acuerdo, los dos soldados arrepentidos han llegado a la misma conclusión. Alonso de La Vera y Elena de Céspedes se miran y saben que han pensado lo mismo. Sólo recogerán a Cleo y se despedirán de Mateo Tedesco.

Aprietan el paso y la del alba sería cuando llegan a la ciudad que, poco a poco, se anima con los ruidos del amanecer. Cada casa despierta con sus propios sonidos: del agua, del metal de las ollas, de las cucharas de madera, de los susurros que aumentan de tono, de los bostezos, de los cuerpos que se estiran y, poco a poco, se ponen en movimiento. Un lento pero continuo despertar.

Mateo Tedesco no lo puede creer. Que Elena abandone la medicina por la trashumancia es demasiado. Aunque entre la guerra y el circo, prefiere éste último que, por lo menos, divierte a la gente. O el circo que es la guerra. O la guerra que es el circo. Y quién sabe, a lo mejor se le ocurre después ser actriz, con la ventaja de poder interpretar papeles femeninos o masculinos sin tener que fingir. De Elena puede esperarse cualquier cosa.

Y como puede esperarse cualquier cosa se queda algunos días en su antigua casa. Repasa sus queridos libros. Los acaricia. Juega con Cleopatra. Añora la vida con doña Elena de Céspedes. No sabe qué hacer. Se tumba en la cama. Se levanta de un salto. Revisa sus ropas femeninas, siente el tacto de las telas contra su piel. No quiere ver a nadie. Quiere ver a todo el mundo. ¿Qué hará, que hará?

Habla con Mateo Tedesco. Está arrepentida de su unión con Alonso de La Vera. Pero, ¿cuál unión? La que prevé. Se lo dice a Mateo. Mateo guarda silencio. Piensa que las cosas se derivan hacia sus destinos sin que pueda impedirse, sin que una palabra salve del abismo. Pero el abismo es el abismo. Nada lo detiene. Enrolla, estruja, estira, alarga, comprueba la ley de la gravedad y todo cae por su peso. ¿Serviría de algo advertirle a Elena? No. Los consejos se desfondan del saco roto. El consejo, en lugar de evitar el mal paso, lo afianza, por mal cálculo o por llevar la contraria. Por inadvertencia o por exceso de celo. Quien se equivoca por poco pensar o por mucho pensar. El del reflejo instantáneo o el de horas sopesar. Que sí, que no, que sí, que no. Igual la decisión se tomará, para bien o para mal, como cualquier decididor sabe.

—No, no puedo darte un consejo. No sé qué pasa por tu mente ni qué quieres en verdad. Lo más difícil es unirte o separarte de alguien. La costumbre que se establece o la costumbre que se rompe. Adivino que tu afán de conocimiento no tiene límite y que te arrojarás al vacío. Me parece ver tu vida en un espejo, pero es sólo una imagen engañosa. Te veo por muchos caminos, sin parar, en peligro, siempre al borde del error y, sin embargo, sabiendo sobrevivir. Porque posees el don del sobreviviente, del que escapa, del que se acomoda, del que encuentra salidas, del que fabula su propia vida. Te comprometes, pero saltas a tiempo si la caída al abismo es demasiado profunda, porque no eres melancólica y eso te salva.

Amas el peligro pero lo bordeas. Sabes entrar y salir. No pierdes las llaves de las puertas y hallas la del regreso. Si penetraras en un laberinto tendrías la precaución de llevar contigo un ovillo que te guiara. Así que no me preocupas mucho. Puedes darte el lujo de equivocarte, de violar la ley, de quebrantar las normas, que saldrás adelante. No necesitas mi bendición.

—Eso se llama creer en mí. Entonces, ¿me apruebas?

—No. No apruebo ni repruebo. No te hago las cosas fáciles. Tú ya has tomado la decisión.

—Y tú me apoyas, quieras o no.

—Si te parece.

Elena cree que Mateo Tedesco le ha dado el visto bueno. Se lo haya dado o no de una cosa está segura: de que cuenta con él. Podrá decepcionarse de ella pero será su refugio. No le pedirá cuentas, no la interrogará. Le ofrecerá techo y comida cuando sea perseguida. Porque Mateo ve eso en su porvenir. Los tiempos que corren son muy revueltos y cualquier mal paso es vigilado y castigado. Tampoco quiere advertirle: le toca a ella descubrirlo. Y Elena lo descubrirá algún día.

Mientras, da el paso, a pesar de que no quiere darlo. Junto a Alonso de La Vera aguardan a que llegue alguna compañía de circo para unirse a ella. Cuando Mateo se lo pide, le ayuda en las consultas médicas. Don Juan del Álamo se aparece de vez en vez, no tanto por algún padecimiento sino porque se distrae hablando con ellos. Su negocio de esclavos sigue floreciendo. Elena le confiesa que ella fue esclava. Él se estremece y no quiere averiguar nada más. Ni le pregunta si sabe el nombre del barco ni en qué fecha ocurrió. No podría soportar que ella o su familia fueran producto de su comercio. Se despide abruptamente. Qué raro, piensan Mateo y Elena. Aunque Elena sospecha algo. Pero tampoco lo quiere averiguarlo.

Sería horrible. No me lo perdonaría, seguramente piensa Juan del Álamo, que Elena perteneciera a mi tráfico de esclavos. Que fuera parte de mis riquezas. O que sus padres hubieran sido trasportados y encadenados en alguno de mis barcos.

Viajando sin comer ni beber. Desnudados, azotados y vendidos al mejor postor. No quiero saber nada. Nunca más hablaré de esto. Pero muy bien podría ser. Por su edad sería fácil localizar en qué barco pudo haber venido alguno de sus padres. No sería difícil descubrirlo. Que no, que no quiero saberlo. Ni siquiera le preguntaré en qué casa vivió cuando era esclava. A olvidar. A olvidar. Aunque me perseguirá esta imagen. Dejaré de ir con Mateo.

Elena también piensa. Qué extraño. De pronto he sentido que algo me unía a don Juan del Álamo, pero lo borraré. No quiero complicarme la vida con imaginaciones y suposiciones. Sólo me interesa lo que veo, lo que está frente a mí, lo comprobable. La tierra que toco y el placer que siento. Lo demás lo desecho. Y, ¿si él hubiera tenido algo que ver con mi madre? Imposible. No quiero saber nada de nada. Procuraré no verlo cuando se aparezca. Además, pronto me iré con Alonso de La Vera y todo quedará olvidado. Es más, adelantaré la salida. En lugar de esperar a los cirqueros nos lanzaremos a buscarlos. Esta noche se lo digo a mi compañero.

7

Los tumbos

Que da la vida. Que la vida da. Y bien, los tumbos.

La del alba sería cuando Elena ha dejado de nuevo a su querida-querido, Cleopatra-Amenofis. La del alba, como otro viajero, cualquier viajero que emprendiera sueños a diestra y siniestra. El sueño de la huida, sobre todo. Del pasado que se quiere olvidar pero que persiste. Concha de caracol que siempre acompaña. Elena y Alonso de La Vera salen de madrugada rumbo al desconocimiento. Mateo lo ha previsto y ha dejado un saco con hierbas medicinales, un famoso bálsamo que todo lo cura y algo de comida para los viajeros.

Trillan caminos, cruzan campos, cortan espigas de los sembradíos, frutos de los árboles. Hablan poco. Discuten. Preguntan en las ventas si ha pasado una compañía de circo. Poco a poco los orientan y se acercan a su destino. Al fin la alcanzan. Pero, ¿qué van a ofrecer?

Es una pobre compañía de circo que siempre era compañía de circo. Nunca dejaba de serlo, hasta fuera de la actuación. El bufón era bufón, el gigante era gigante, el enano, enano y no se pare de contar. Más bien era una mísera compañía de circo. Cualquier ofrecimiento era bueno. Pero la paga. ¿Paga? Las gracias y eso es mucho. ¿Qué hace ahí Elena? De todo. Decide tomar las cosas a su cargo y poner orden. Limpiar, arreglar, ventilar. Alonso se convierte en el guardia de día y de noche. El que cuida los desvencijados animales, los astrosos enseres, los inútiles arcones. Mientras Elena barre, barre y barre. Barre alegremente, porque quiere de este modo pensar. ¿Qué mejor manera de pensar que barrer? Barro, luego pienso. Pienso, luego existo. Es lo mismo.

Alonso de La Vera sigue con su plan de ataque para utilizar las gracias de Elena-Eleno. Habla con el Indiano, dueño del circo, para pasarle su secreto. El Indiano, como su nombre lo indica, ha regresado de las Indias, más bien, las Américas, y trae algunos fenómenos y curiosidades en su compañía. Para empezar unos ídolos mayas que dice son mágicos y predicen el futuro si se los coloca de cabeza y se sabe entonar la oración adecuada en el idioma adecuado. Una combinación de vegetales y hierbas afrodisiacas que incluye el epazote, el chile de árbol, el chipotle, granos de cacao, almendra de chayote y unas gotas de pulque, irresistibles para curar males de amor. Entre los fenómenos humanos hay una esclava traída de la capitanía general de Guatemala que posee seis dedos en cada mano y cuatro pies. Hay una gallega barbuda, un enano italiano y una gigantona de alguna región eslava que no se sabe muy bien cuál sea.

Con semejante elenco, Alonso de La Vera no se explica cómo el circo ha venido a menos. Deduce que es debido al desconocimiento de las leyes de la publicidad. Él, como gran experto improvisado, hará un estudio de campo y hallará, prestamente, la solución. Además revisará las cuentas, los gastos, las entradas y salidas para que queden claras como espeso el chocolate. Se instaura de consejero áulico de esta pequeña corte trashumante. Aplica la estrategia militar de atacar antes que ser atacado, haya justificación o no para la causa. Todo depende de la palabra adecuada. La que haga clic. Y eso es un riesgo. La sicología no reverenciada aún, pero siempre latente, se quiera o no, salta inesperada y desesperada. Y entonces, las cosas tienen éxito o fracasan. ¿Por qué? Misterio de misterios: no se sabrá. Los hombres, las mujeres y los hermafroditas poseen una reserva emotiva tan paradójica, tan inquieta, tan anárquica, tan tan, que puede esperarse todo de ellos, absolutamente todo. Repito: todo.

Mientras Alonso de La Vera diseña sus diagramas de la campaña publicitaria, Elena ha decidido en un periquete que da marcha atrás y que regresa por su querida Cleopatra-Amenofis. En un circo casero como en el que se encuentra, una gata indefinida y cambiante bien puede formar parte del elenco. Las cosas son como son y suceden como deben suceder, una vez que han sucedido. Cuando llega a la casa de Mateo Tedesco hay un alboroto en la calle. Los vecinos gritan y tratan de defender la entrada para que los alguaciles enviados por el Santo Tribunal de la Inquisición no se lleven preso al médico que tantas veces los ha curado y salvado la vida. Elena se para en seco. Cuidado, muy bien se la podrían llevar a ella también.

El forcejeo dura un rato y finalmente triunfa la justicia, que arremete contra la puerta y logra entrar en la casa. De cuarto en cuarto los alguaciles gritan, revuelven, tiran, rompen. Decepción, oh decepción: don Mateo Tedesco no está. Ha desaparecido, se ha evaporado. Tal vez una de sus recetas alquímicas le haya permitido ser invisible o volar. O su clara inteligencia le haya advertido a tiempo que el peligro se aproximaba y que más le valía levar anclas.

Los alguaciles interrogan a los vecinos mas nadie sabe nada ni ha visto nada. Elena se escabulle entre los reunidos sin ser señalada, a sabiendas o no. Cuando las cosas se han calmado regresa a la casa por si encuentra a Cleopatra. Tiene cierto temor de que los alguaciles también regresen, pero no le queda más remedio que hacerlo. No puede abandonarla ahora. Recorre las habitaciones despacio y sin hacer ruido porque la gata estará aterrada y será difícil hallarla. Lo malo sería que se haya escapado y no la encuentre. La llama en voz baja, pero sólo responde el silencio alrededor. De paso, se le ocurre que podrá recoger los instrumentos de su querido maestro, así como algunos libros. Va haciéndolo mientras se desliza por el primer piso y el segundo. Levanta los muebles tirados sin hacer ruido: no hay rastros de Cleopatra-Amenofis. Piensa que nunca aparecerá la gata. ¿Qué hacer para recuperarla? "Cleo, Ame, soy yo". Pero es en vano. Se acomoda en un rincón y se queda dormida.

La despierta una leve respiración a su lado. Lo presiente: es ella. Tiene que ser ella. Pero podría ser otra cosa u otro ser, un fantasma o hasta un temible humano. Porque lo peor de todo son los humanos. Se paraliza y el corazón se le estremece, como si le hubiera brincado a la garganta. Lo nota en todo su tamaño y palpitar. Hasta podría morirse en ese mismo instante.

No se mueve y no se atreve a indagar. Que sea lo que sea. Entonces nota un cosquilleo en su mejilla y luego un suave ronronear. Es ella. "Cleo, querida Cleo". Le acaricia la frente entre los ojos y nota su delicada pelambre. "Vámonos, no podemos quedarnos más. Ellos pueden regresar". Recoge en una bolsa las pertenencias de Mateo Tedesco que reunió y abrazando a Cleo se desliza entre las sombras de la noche que avanza.

—¿Dónde estabas? ¿Dónde te metiste?, le espeta Alonso de La Vera.

—Necesitaba recoger a Cleo. Llegué a tiempo. No sé qué hubiera sido de ella.

—Otro animalito para la colección cirquera.

—Y ¿por qué no? Podemos enseñarle trucos.

—El truco es ella.

—O yo.

Las funciones se anuncian ahora tocando un bombo y un platillo: fue así como nació la expresión. Se hace un paseo preliminar por la calle principal del pueblo, acompañado de música, pasos de baile y actos de acrobacia. Logran que la gente se asome a las ventanas y que los niños los sigan también bailando y dando gritos. La algarabía promete una buena sesión.

El público se divierte a lo grande. Arrojan monedas y más monedas para mostrar su entusiasmo. Gracias a las productivas ideas de Alonso de La Vera. Los contorsionistas se tuercen y retuercen como si fueran a quebrarse. Unos perros amaestrados y disfrazados caminan en dos patas y dan volteretas mientras un bufón cuenta una disparatada historia. Canciones sin ton ni son son el hazmerreír de la concurrencia. Se inicia un caos, los perros corren entre las personas, los acróbatas los quieren atrapar dando saltos feroces. Los niños se unen a la persecución. Los caballos que tiran de la carreta relinchan y elevan sus patas al aire como si ellos también quisieran escaparse. Cleopatra se sube al lomo de un caballo que logra desengancharse y sale a galope tendido. La gente le grita a los cirqueros que paren el alboroto o que se vayan del pueblo. Nadie sabe qué hacer. Todos miran al de las grandes ideas y Alonso de La Vera se siente aludido, por lo que decide poner pies en polvorosa. La velocidad de sus piernas se pone a prueba y el soldado se pierde en el horizonte. Elena duda qué hacer: se ha quedado sin la gata y sin su socio. O sin la quinta y sin los mangos. O se larga o se acorta. O espera a que las aguas lleguen a su nivel. Sí, eso es, lo último.

En efecto, las aguas suelen llegar a su nivel. Después de mucho alboroto todo se calma. El caballo regresa con Cleopatra a lomos, furiosamente clavadas las uñas en la crin. Los cirqueros pueden armar su carromato de nuevo y salir sin ser notados, estando las casas sosegadas y todo a oscuras, lo cual es mucho decir. Pero así fue, así lo cuentan las crónicas, las historias, los archivos de la Santa Inquisición.

Porque esta historia, ya es hora de decirlo, ha sido documentada en varios y diversos medios no sólo librescos sino de comunicación masiva. No seré yo la primera en contarla, ni mucho menos, sino que tiene su pasado. Como fue mucha la sorpresa que causó en su tiempo y momento, cuando apareció por primera vez en los procesos inquisitoriales y de ahí en adelante. Que ¿por qué mereció aparecer en los procesos inquisitoriales? pues por ahora no me adelantaré a los hechos pero advierto, aseguro, afirmo y habré de mostrar que así fue. Como ya se asomó la narradora seguiré en este tenor. Para que no sea confundida con una antigua novela. ¡Qué va! Mucho menos con una novela histórica de esas apreciadas formas decimonónicas; ni siquiera con una neohistórica, metafictiva, estructuralizada, plusultraista, posmoderna, ni con nada que se le parezca.

Entramos al cervantino matiz del ser y parecer, si es que era y parecía nuestra protagonista Elena de Céspedes. Que Elena de Céspedes vivió, fue, pareció y murió como cualquier hija de vecino, sin que importe que sea convertida en personaje de novela.

Luego de esta desviación, que no fue desviación, sino apartado, retomamos los hechos donde se quedaron muy tranquilitos. Digo, los hechos. Y los hechos fueron la huida sanjuanesca sin ser notada. Es decir, sosegada.

Por valles y montes la cirquera partida fue deambulando. Bajo un robusto roble se toparon con Alonso de La Vera, dormido plácidamente. Dispuestos a propinarle una contundente paliza, sólo se salvó de ella por las artes y mañas de nuestra Elena que supo cómo argumentar que la culpa no era de él sino de los estúpidos espectadores que todo se lo creen y no distinguen realidad de ficción, más bien, ficción de ficción. Porque en esta vida todo es ficción de ficciones, ya lo dijo el sabio del Eclesiastés.

Medio tundido nada más y un tanto cuanto confundido, don Alonso de La Vera fue aceptado e incorporado de nuevo en la desastrosa y desastrada compañía. Eso sí, penitencia se le pidió, además de arrepentimiento para que no siguiera intentando a finales del siglo XVI ultramodernas técnicas publicitarias y de manejo de mercados; estadísticas, muestreo, superación, consumismo y globalización de siglos por venir que ninguno de ellos podría imaginar, salvo don Alonso.

En fin, como parte del perdón le exigieron a don Alonso que se casara con doña Elena, pues no querían tener más complicaciones con la Iglesia. Elena se resistía. Para ella lo importante era ser libre y no quería volver a la esclavitud. Eso del matrimonio no la convencía: era otra forma de perder la libertad. Pensó que era su turno de escapar. Había recuperado a Cleo y era cuestión de encontrar el momento apropiado.

Mas no lo halló y las circunstancias casi la empujaron a casarse. Lo siguiente que pensó fue que para escapar siempre hay tiempo. Impidió que se celebraran las bodas, que hubieran sido un poco a la gitana. Sin duda, una doble ceremonia, sin que el sacerdote cristiano lo supiera, sellaría los destinos de Elena y de Alonso de La Vera. En la cristiana todo sería orden y plenitud de convencionalismos. En la gitana se desatarían las pasiones cirqueras y todo sería volteretas, bailes, cánticos, comilonas y lo que de beber hubiera. Si de otra religión hubiesen sido las bodas, ahora ya prohibidas porque los tiempos no lo permitían, bellas canciones sefardíes hubieran deleitado y delatado a los asistentes. Pero no estaba el horno para bollos. Así que callar y resistir. Fue así como no ocurrieron los sucesos. Lo digo porque es una manía describir sucesos que sí ocurren y, en cambio, no los que no ocurren.

Las bodas tan atadas y desatadas, de haberse celebrado, formarían parte de la serie a la que se estaba aficionando nuestra Elena. Parece que este tipo de ceremonias llegaron a ser muy importantes y necesarias o triviales e insignificantes. En cualquiera de los dos casos se convirtieron en el eje central de su vida y en la causa de sus males y desdichas. No por las bodas en sí que, en el fondo, eran atractivas y divertidas, sino por el concepto que de ellas mantiene la sociedad. La multiplicación de casamientos, como fue su caso más adelante, se convirtió en una carga que, de nuevo, la condujo a perder la libertad. No tomar en serio algo tan serio fue fatal para ella. No comprender que se trataba de una de las bases inconmovibles que rigen la vida del hombre y su funcionamiento fue el mayor error que cometió. Se le olvidó que su nombre de pila aludía a uno de los casos más famosos y desastrados de la historia de la humanidad: nada menos que al origen de la guerra de Troya. O, tal vez, por hacerle honor a un nombre causante de tantas tragedias fue que se lanzó a la carrera matrimonial sin medir las consecuencias. No ahora, sino antes y después.

Si de casarse se trataba sería por imitación. Si todo el mundo incurría en ello, ¿por qué no hacerlo? ¿Podrían alguna vez deshacerse esos vínculos? Lo dudaba: todo el mundo aspiraba a casarse. Nadie se salvaba. Era una ley indefectible. Escrita o no escrita se cumplía. Y lo mismo se violaba. Como toda ley. Como debe ser.

En realidad, estaba descubriendo que el matrimonio era la base de las bases: existía todo tipo de matrimonio: por necesidad: por amor: por política: por arreglos y desarreglos: por conveniencia e inconveniencia: por error: por horror: por acierto: porque sí: ¿por qué no?: por quítame allá estas pajas: por testarudez: por llevar la contraria: por asentir: por dinero: por pobreza: por alcurnia: por piedad: por protección: por reparación: por daños y perjuicios: por mal paso: por venganza: por desesperación: por estar de acuerdo: por ignorancia: por escapar: por sentar cabeza: por principio: por si las moscas: por mayo: por diciembre: por la fuerza: por debilidad: por poderes: por las buenas: por las malas: por todo lo alto: por osadía: por desidia: por no ser menos: por no quedar mal: por consejo: por inclinación: por imitación: por envidia: por fortuna: por contrato: por lo visto: por lo no visto: por una buena razón: por equivocación: por entretenimiento: por pasar el tiempo: por perder la memoria: por omisión: por juego: por una apuesta: porque da la gana: por lo general: por lo común: por lo pronto: por nada: por descontado: por doquier: por debajo de: por encima de: por favor: por razón de: por medio de: por causa de: por lo pronto: por si acaso: por ejemplo: por la tremenda: por ahí: por Dios: por la Iglesia: por fin.

Luego de este minucioso y veleidoso repaso, a Elena no le quedaba más remedio que seguir la corriente y pisar terreno consagrado. Claudicó. Casada habría de observar lo que sigue: el sexo es un gran misterio que no debería serlo. Si antes de casarse se hubiera practicado el sexo nadie se casaría, de ahí las prohibiciones, inhibiciones, restricciones, tabúes y otros menúes. Como se trataba de un acto tan natural y sencillo hubo que rodearlo de dificultades y complicaciones. Para empezar, la ropa. Si no se hubiera inventado la ropa nadie le daría importancia al sexo. Se iría por la vida como si nada la encubriese. Pero esas telas de todos los tactos, ligeras y espesas, coloridas u opacas, envolventes o insinuantes, ceñidas, holgadas, estorbosas, daban lugar a abstrusas vestimentas: capas sobre capas, sayas sobre sayas, faldas, mantellines, jubones, corpiños, briales, camisas, abrigos, capotes, mantos, túnicas, clámides, togas, hábitos, uniformes, casacas, calzas, botas, polainas, guantes, sombreros, tocados, capuchas, turbantes. Toda una retahíla de aditamentos, joyas, collares, bastones, emblemas, escudos, ornamentos, adornos, aderezos, medallas, condecoraciones, sellos, anillos, pulseras, y sin parar de contar. En fin, toda esa parafernalia simplemente para encubrir el llamativo sexo.

Luego de analizada la importancia de la ropa, sus complicadas modas y ocultos significados, jerarquías y distinciones, Elena pasa a considerar otros rituales propios del sexo. Ante todo, la diferencia. Si el sexo fuera uno solo no habría problemas. No es creíble que las bacterias, las levaduras, las hidras tengan problemas. Pero en el momento en que hay dos, parecidos, pero no iguales, empiezan los problemas: las comparaciones, las medidas, las interrogaciones, las competencias, las rivalidades. Masculino y femenino: ¿serán dos o habrá otras posibilidades, mezclas, géneros y subgéneros, matices, derivaciones?

Filosófica e hipócritamente el sexo se opuso al amor. Se creó una derivación espiritual-piadosa que los separaba artificialmente y se dieron toda clase de teorías para defender la diferencia. Las preguntas aumentaron y las respuestas no digamos.

Preguntas que se plantean para seguir siendo pensadas más adelante. Elena recurrirá a sus libros y seguirá dando tumbos por la biología, la fisiología, la sicología, la alquimia, la cábala y ciencias afines para ilustrar sus ideas y a qué la condujeron, en los inciertos vericuetos del destino humano y en los aciagos días de su época.

8

El primer matrimonio o sobre la melancolía

Durante la estancia en el circo, Elena desarrolló dotes histriónicas y aprendió acrobacias. Acrobacias que aplicó al arte copulativo. Mientras más móvil, más divertido, más variable. Alonso se acoplaba, aprendía a su turno. Se volvía ágil, ligero, sumamente acomodaticio. Aunque no tan insistente como Elena. Ni tan frecuente. Pero se las arreglaban. Ambos habían descubierto un gran protector de embarazos, ya que los cirqueros no podían darse el lujo de que parte de su grupo quedara impedida. Sólo tenían los hijos necesarios para trasmitir los secretos de su profesión.

El gran descubrimiento provenía de Francia o de Inglaterra, no estaban muy seguros, y consistía en usar una especie de funda de piel de tripa de cordero que cubría el pene y obstaculizaba, con suerte, la salida del semen. Así que, dicho y hecho, se lanzaron a fornicar ante el espanto de los clérigos, si éstos lo hubieran sabido.

Las cosas iban bastante bien y durante el día sólo pensaban en lo que harían en la noche. Intercambiaban miradas cómplices y lo pasaban de lo mejor. Viajaban de pueblo en pueblo, de ciudad en ciudad, repitiendo o improvisando nuevos actos que a veces, la pereza obligaba a repetir, pero otras, el hastío impelía a variar.

Alonso de La Vera no se atrevía a poner en marcha su idea de exhibir a Elena de Céspedes. Tal vez porque no estaba muy seguro de que su idea funcionase; a pesar de que, con la convivencia, era más fácil comprobar a qué sexo pertenecía Elena, no quería indagar mucho en el asunto. Por el momento se sentía bien en esa especie de limbo sexual que habitaba en el que lo masculino y lo femenino no necesitaban una definición precisa. Pensaba que era una suerte conocer dos en uno y cualquier otro tipo de indefinición que se tratase. El caso es que cuando se necesitaba un personaje masculino extra en el circo ahí estaba Eleno y cuando se necesitaba un personaje femenino extra ahí estaba Elena. El dos en uno es una gran solución. La duplicidad perfecta.

La estabilidad, sin embargo, no es una cualidad permanente, como no lo es ninguna cualidad. A Elena no le preocupa la estabilidad por su propia naturaleza voluble, pero los demás pueden estar fiados a ella hasta el día en que les falte y se sorprendan amargamente. Tal fue el caso de Alonso de La Vera. Necesitaba hacer un cambio drástico en su vida. Algo que se saltara los patrones de lo habitual, como se había acostumbrado en la guerra. Lo inesperado y lo insólito. Así que le propone a Elena:

—Algo diferente tenemos que hacer.

—¿Como qué?

—Pues, algo.

—Algo. ¿Qué?

—Diferente.

—Ya lo has dicho.

—No lo sé todavía.

—Me avisas cuando lo sepas.

Y Alonso seguía pensando, exprimiendo su capacidad cerebral, sacándole jugo a sus ideas. ¿Qué sería lo diferente? Elena no le ayudaba. Parecía estar en otro mundo. Se distraía. Se volvía lenta, ella tan rápida. Se quedaba dormida en medio del día, se desperezaba, imitaba los movimientos de Amenofis y bostezaba al menor pretexto. Cada vez se inclinaba más del lado femenino. El colmo sería que se pusiera a hilar y tejer olvidando sus mañas y tretas masculinas.

Lo más seguro es que ella sabía lo que le pasaba. Observaba la luna y contaba las vueltas de su periplo. Algo faltaba. Sentía que las cuentas no salían. Los veintiocho días no se repetían. La luna tardaba en dar la vuelta. El tiempo se extendía. La elasticidad cobraba su reino. Su mirada se cerraba sobre un paisaje visto con miopía.

Faltan síntomas, faltan. Piensa. ¿Aparecerán? Entonces eso sería prueba de que me defino hacia un lado. ¿O no? No me gustaría. Prefiero la ambivalencia. Alonso tomó precauciones. Pero todo falla en esta vida. Sobre todo eso, la vida. Falla. Sí que falla. Me siento tranquila. Ahora no me gustaría ir a la guerra. Estoy en etapa constructiva. Echo de menos a mi querida doña Elena de Céspedes y puede ser que también me hiciera falta mi madre. Esta tranquilidad me invade poco a poco. Este deseo de no moverme. Amenofis-Cleopatra, ven conmigo que quiero acariciarte.

—¿Qué te pasa?, dice Alonso, que te has paralizado.

—Algún cambio de humor, tal vez el melancólico predomine en este momento y los otros humores huyan de mí. Buscaré en mis libros acerca de los humores.

La melancolía sube y baja. Según las épocas que la definen varía de uno a otro extremo. Positiva o negativa. Productiva o improductiva. De buen agüero o de mal agüero. El único humor imparable, en constante columpio, es decir, inconstante.

Elena repasa sus libros.

Melancolía, humor negro.

Cuatro son los humores que corresponden a los cuatro temperamentos del hombre: sanguíneo, colérico, flemático y melancólico. Elena hojea los libros de Hipócrates y Galeno. Halla los planetas que gobiernan a la melancolía: la Tierra y Saturno. Progresa en su búsqueda: de Platón y Aristóteles destaca la idea de genialidad y locura como ingredientes de la creación artística. De Maimónides, en sus *Aforismos,* se remite a las causas y efectos. Pero ella, ella cómo lo toma. Tal vez como depresión, pero una depresión agradable. No siente angustia ni ansiedad, tampoco cree que esté avanzando por los pasos de la locura. Y sin embargo, está perdiendo sus deseos de actividad, de aventura, de riesgo total. Una especie de desmadejamiento la invade. Por primera vez no quiere hacer nada sino encogerse y cerrar los ojos. Esa semiparálisis que se apodera de ella va convirtiéndose, poco a poco, en un placer irresistible, en un deseo de sueño conciliador. Ya no contempla sus armas ni recuerda sus hazañas guerreras. Se queda en un rincón, quieta.

Quieta, como la pequeña Lai, la contorsionista traída como esclava de tierras lejanas, de la China milenaria. Con quien Elena se identifica por su soledad, su aislamiento, el inmenso desamparo en que yace. Lai, que no habla sino lo mínimo, come lo mínimo y entrecierra los ojos. Que sólo cobra vida sobre la mesa en que realiza sus contorsiones, sus saltos sin esfuerzo ni peso, los juegos malabares en los que pareciera tener no dos manos sino múltiples, por su extrema velocidad. Pero que, salvo en los ensayos o en las funciones, el resto del tiempo lo pasa en el último de los rincones, totalmente inmóvil, como sin vida. Crisálida a oscuras. Obligada. Es entonces cuando Elena se acerca a ella, se sienta a su lado y permanece igual de inmóvil y sin hablar. A oscuras. Crisálida. Hasta que un día se miran de frente, cara a cara. Se inspeccionan sin miedo, sin pudor. Son distintas. Cada una ve a la otra con sorpresa. Con curiosidad. Ojos con y sin pliegue epicántico. Tono de piel amarillento y café claro. Pelo muy lacio y muy rizado. Baja estatura y alta estatura. Palabras de unas y otras lenguas. Canciones con ritmos desacoplados. Música tonal y atonal.

Lai es también una melancólica. Sin patria, en la tristeza del exilio. En el dolor y el tedio. Vendida por sus padres a los esclavistas. Trasladada por mar y tierra a regiones extrañas e inhóspitas. Considera la suya como una vida perdida. Sin derechos, ofrecida al mejor postor. Si pudiera escapar. Pero, ¿dónde? El humor negro la invade. Mira a Elena con esperanzas. En su mejilla hay un signo que indica su origen. Si las dos huyeran. ¿Cómo? Lo que no sabe es que Elena en ese momento sólo piensa en el reposo. En no hacer nada. Porque algo se gesta en su interior. Un nido se expande.

Ese dulce no hacer nada. Salvo seguir buscando en los libros. Signo melancólico el de la lectura que conduce a la paz del espíritu. Recuerda que Mateo Tedesco hablaba mucho de la melancolía y que hasta pensaba en escribir un tratado con las notas sobre la observación de los pacientes aquejados por ese mal o ese sentimiento. Los libros y hasta los personajes de semejante carácter tomaban auge en ese momento, como si se tratase del siglo de la melancolía. Grandes hazañas habían ocurrido, pero también grandes desencantos. La tristeza permeaba todas las cosas.

Lai mira a Elena. Se pregunta, ¿qué pensará? Mas no pueden hablar porque hablar rompería el encantamiento. Además, ¿en qué lengua hablarían? Pocas palabras sabe Lai y no se atreve a pronunciarlas. Mejor así. Otros lenguajes suplirán las palabras a las que se les ha dado demasiado valor. Han perdido su valor. Simplemente el silencio. Es un arte el silencio: si se aprendiera. Quizá las dos lo desarrollen. Al buen entendedor.

Pocas palabras bastan.

Las suficientes.

Las necesarias.

Las imprescindibles.

¿Qué palabras te llevarías a una isla desierta?

Ninguna.

Porque no habría con quién hablar.

Afortunadamente.

La melancolía crece con el silencio. El dedo sobre los labios sella el mensaje oculto. El hermetismo es ciencia de la sabiduría. Lai y Elena siguen sin hablar. Lo que se gesta en ellas es un misterio. Podrían estar representadas en un grabado de Durero, con su poses desmadejadas y sus rostros desleídos. De pronto, sin saber cómo han unido sus dos palmas de las manos con las de la otra y han sonreído por primera vez. Siguen después el juego, palma a palma y más se ríen. Luego, Elena ha colocado la mano de Lai sobre su vientre y le ha dicho: ¿sientes? Lai ha comprendido.

Pero no todo es reino de la melancolía. Ni siquiera de la melancolía curada. La realidad se presenta bajo la forma de Alonso de La Vera y Elena que se aparta de la realidad, que ya no cree en ella, rechaza a su marido. No tienen qué ofrecerse ni él a ella ni ella a él y deja de ser novedad su compañía.

En cambio, Lai con su silencio es un diluvio de posibilidades. Un extenso mundo de adivinaciones, de intuiciones, de imágenes desatadas y de luces que desbordan colores inimaginados. A la manera de la imprevisión que causan los fuegos artificiales y la súbita ruptura del sonido estallante.

Elena comprende que ha sido un error unirse a Alonso de La Vera. La realidad no es la realidad y no puede ser borrada. Por todos lados hay errores de percepción. No ha ganado. Más bien ha perdido en esta unión. Se había acostumbrado a la libertad que tanto aprecia, porque nunca olvidará que fue esclava y teme estar a punto de serlo de nuevo. ¿Qué se hace ante un grave error cometido? ¿Cuándo no hay marcha atrás? ¿Cuándo enmedar sería ir contra todas las reglas? ¿Huir, anular, escapar?

Elena busca la mirada de Lai. ¿Qué podrían hacer las dos? Porque aun en la peor situación algo podrá remediarse. Claro que lo primero sería ver si la situación actual puede mejorarse. Es decir, no abandonar la batalla antes de entrar en ella. Y como buena soldada, lo sabe. Le dice a Lai que pensará en ambas y que tratará de encontrar alguna solución. Con esto se anima un poco y olvida algo de su melancolía.

Los textos sobre el tema siguen ejerciendo su fascinación. Relee a Hipócrates y a Galeno. Se le ocurre, de nuevo, que es necesario que Mateo Tedesco escriba un tratado. Es importante revisar a los antiguos autores para corregir y actualizar. Acaba de imprimirse el *Examen de ingenios* de Huarte de San Juan y seguramente otros más vienen en camino. Recuerda un pasaje sobre el paño azul que se le ofrece a la vista a un hombre de temperamento sanguíneo y lo verá rojo, el colérico lo verá amarillo, el flemático, blanco y el melancólico, negro. Piensa en los personajes de la literatura que adquieren un matiz melancólico. En el teatro, en la poesía y hasta en la novela pululan seres abatidos, nostálgicos, dubitativos. También corren noticias de que en la pintura la melancolía cobra un lugar especial. Se representan ángeles tocados por ese humor. Y Elena lo comprende muy bien. Es una situación de levedad la que abarca la melancolía y es así como ella se siente.

Si es una situación de levedad empieza a considerarla un estado benéfico, en contra de quienes la denigraron. Provoca una pausa en los quehaceres, una inclinación a la reflexión bajo la sombra de un tupido follaje. Al fondo una torre. La cabeza se apoya sobre la mano y el cuerpo se relaja. Los pensamientos fluyen. Las aristas se pulen. Signos y símbolos adquieren significado. Cada rincón del grabado se poblará con las ocultas señas que el pintor muy bien sabe. En lo alto, un cuadro de números cabalísticos dará la invariable suma de siete. Las figuras geométricas se representan: triángulo, cuadrado y círculo. Instrumentos de trabajo y de inspiración alquímica. La escala de Jacob no termina. El perro, guardián fiel, dormita. Una campiña se adivina a lo lejos y una gran extensión de agua. Y más podría haber. Abigarrada representación. En lo no pintado todo es posible. Lo no pintado en el cuadro de la melancolía, a pesar de todo lo pintado, es el inmensurable mundo de la mente que se escapa. Durero era también un melancólico. Su reflejo son los símbolos y el mensaje oculto con significados sólo para el iniciado.

Ese ángel sin sexo o con dos sexos, de rostro indefinido, de ropaje encubridor, si fuera contemplado por Elena se parecería a ella. Su mirada es intensa, en trance de meditación. No parece deprimido y sí dispuesto a recibir un llamado de las alturas. A un lado, un angelín regordete absorto en la escritura es la mano del creador. Y la creación se desborda. Ningún hueco queda sin rellenar. Parecería la plenitud de la vida donde, en realidad, no hay oportunidad para el aburrimiento o la depresión. Con pasear la vista por el espectáculo alrededor, por ese gran teatro del mundo, no hay tiempo para la quietud.

De pronto Elena lo comprende. La melancolía no es por la inactividad, sino por su exceso, que obliga a la reflexión y a la aparente inmovilidad. En este momento, su cuerpo está pleno de cambios: una vida nueva se gesta y no hay manera de pararla. El proceso se complica día con día. A partir del mínimo espermatozoide que fecundó su óvulo, ha surgido el embrión que crece hasta ser feto. Las hormonas empiezan su batalla: la progesterona gana y los estrógenos pierden: aumenta la hipotalámica y se impone la prolactina: el útero se expande: la placenta cobra importancia y es el hilo conductor. Elena nota el crecimiento de los senos y el vientre se redondea.

El cuerpo inventa su propia historia. Es capaz de desdoblarse, de alterar, de crear. Los órganos cambian su ritmo. Las distancias se alargan. La medida mensual se pierde. El horizonte se define.

Cleopatra pasa más horas en el regazo de Elena, mullido y cálido. Olvida que es Amenofis y se queda en casa. Adquiere también cierto tinte melancólico. Contempla y reflexiona desde la ventana. Se despereza lentamente. Acicala su pelambre. Mira fijamente a los ojos de Elena y Elena se hunde en su mirada azul intenso. Luego se enrosca y retoma el sueño.

Extraña cosa es un embarazo. Embarazante. No muy bien comprendido. Algo que ¡ay! que aceptar. Querido o no querido. Promesa de continuidad. En realidad, un trastorno. Por más que se le adorne. Se le exalte. Se le embelese. Un impedimento. Una pesadez. Gravidez.

Comprende Elena que doña Elena de Céspedes, la desaforada, no quisiera quedar embarazada. Que acudiera a todo tipo de recurso para evitarlo. Hasta a la lectura de *La Celestina* en busca de recetas abortivas. Pero, a lo hecho pecho, dice el refrán, muy justamente. De todos modos, es una experiencia que muy bien vale la pena de tener. Si se es mujer procrear completa su ciclo vital. Pero no será su meta, sino un paso en el camino. Y no repetirá el error. Para muestra basta un botón.

Ya hace planes para cuando se haya liberado del peso. La vida cirquera no le satisface. Necesita nuevos peligros. Hazañas a las que enfrentarse. Incertidumbres y desatinos. Correrías. Sobre todo correrías.

Lai, en cambio, se acerca más a Elena y sueña con el niño que va a nacer. Cuida a Elena y la acaricia. Pone su cabeza en el vientre que crece y trata de escuchar el palpitar de otra vida. Es un misterio y es temible. Pero a ella le agrada y ahora sonríe y trata de aprender nuevas palabras. Por primera vez abandona los rincones y se mueve con agilidad entre las carpas, las personas, los animales. Se vuelve imprescindible y hace de todo. Como si hubiera olvidado su lejano país. Como si el hijo que va a nacer fuera suyo.

Alonso de La Vera está anonadado. ¿Qué es eso de tener un hijo? ¿Para qué? ¿Qué se hace? Un verdadero problema. Una pérdida de la libertad. Con lo mal que está el mundo. Con la de guerras interminables. Con el hambre, la sed, la sequía. Las inundaciones, los incendios. Los engaños, las mentiras. Los desastrosos gobernantes. Los abusos constantes. Las discriminaciones a la orden del día. El reino de la injusticia. La envidia, la zancadilla. La lengua viperina. Caminar como el cangrejo y quedarse en el mismo sitio. La puñalada por la espalda. La hipocresía andante. La caballería destartalada. La mística enrevesada. La ignorancia implantada. La ceguera instituida. La sordera dominante. El tacto deslavazado. La saliva atrofiada. La humildad fingida. El orgullo minimizado. La instrucción violada. La verdad muerta de risa. La traición engordando. La honradez inexistente. La corrupción magnificada. Los gritos a voz en cuello. El silencio, el silencio, ¿qué es el silencio? El latrocinio reinante. La distorsión encumbrada. La blasfemia, la calumnia creciendo, creciendo, creciendo. El asco. El hedor. La inmundicia. La riqueza aumentado. La pobreza aumentando. Hambre y más hambre. Hambre de todo y de nada. Náusea. El mundo es vomitivo.

¿Quién quiere un hijo? Yo no.

9

De nacimientos y no nacimientos

El hijo de Elena no llegó a nacer. El suyo fue un falso embarazo, lo que dio pie a que Elena desapareciera. La gente del circo no supo más de ella. Ni ella de la gente del circo. Después de todo Elena había fraguado un plan para su desaparición del cual absolutamente nadie tenía idea alguna. Y, a lo mejor, en los recónditos recovecos mentales de ella misma un pensamiento ignoraba al otro. Tal vez los distintos hemisferios cerebrales no se comunicaron entre sí para que fuera imposible un desliz o una traición. El caso es que desapareció sin dejar rastro alguno, con lo cual los planes de otras personas se vieron obligados a cambiar de manera radical.

Desde luego, la gente del circo que se había acostumbrado al orden instaurado y a la asistencia médica tan necesaria, sobre todo en los casos de heridas, torceduras y dislocamientos, tan frecuentes entre los acróbatas, pasaron por un pequeño caos que tuvo que ser remediado, porque la vida y la muerte siguen su paso sin que nadie las detenga. Y sin que nadie se dé la necesaria cuenta. Decidieron seguir la rutina gimnástica que Elena les había creado. Hacían metódicamente los ejercicios preventivos que se había inventado luego de observar lo mal que trataban sus cuerpos y la total ignorancia de la anatomía humana que padecían. Los ejercicios mejoraron sus actuaciones y sus músculos y nervios dejaron de sufrir lo que antes sufrían. Para el resto de sus vidas recordaron su tránsfuga estancia entre ellos y se convirtió en cita constante de sus pláticas. Perdieron también la habilidad de cambiar de sexo propia de tan extraño personaje y esto no pudo ser sustituido, aunque no faltaron imitadores que nunca estuvieron a su altura.

Poco después hubo otra deserción, esta vez, de Alonso de La Vera. Se esfumó de la noche a la mañana, de tal modo que al ir a despertarlo una madrugada para que diera de comer a los animales ya no estaba. No lo echaron tanto de menos aunque representaba una fuente de seguridad y de protección por sus conocimientos bélicos. Corrieron rumores sobre su desaparición que coincidía con un bando guerrero escuchado días antes, en el que se solicitaba guerreros para ir a la conquista de las nuevas tierras descubiertas al otro lado del océano. Tal vez se sintió de nuevo atraído por el peligro y las aventuras o creyó que así reencontraría de nuevo a Eleno.

En cuanto a la menuda Lai, fue un dolor para toda su vida el abandono de Elena y el no haber podido cuidar al niño que nunca nació, como era su oculto deseo. Regresó a su mutismo y a su arte acrobático que cada vez fue más intenso y más diestro. Se hizo famosa en el reino todo y se la nombró "La estrella voladora". Llegó a ser llamada para actuar ante la corte. Reyes y príncipes se extasiaban con los armónicos movimientos de un cuerpo que no parecía hecho de carne y hueso, que se doblaba y desdoblaba como una tela de seda y cuyas piernas, brazos y cabeza parecían tener su propia vida independiente. Nunca olvidó su tierra y no dejó de acariciar el sueño de que algún día se embarcaría rumbo a la tierra de Catai.

Elena tampoco la olvidó y siempre que supo que actuaría en algún lugar iba a verla sin que ella se enterara. También sentía dolor por haberla perdido pero no podrían tener una vida juntas. Elena la hubiera absorbido y su carrera se habría terminado sin que Lai hubiera llegado a donde llegó. Así que prefirió sacrificar una vida juntas y darle alas a su éxito. Juntas podrían haber acabado mal, ya que Elena se conocía y dudaba de su fidelidad. Por lo menos Lai no caería en las redes que ella cayó y que desde entonces presentía que serían asfixiantes.

Elena se refugió temporalmente en un convento donde aprendió muchas argucias religiosas que habrían de servirle más adelante. Para ella todo lo que fuera conocimiento valía la pena y sabía aprovecharlo. La religión católica no le atraía porque negaba el conocimiento y el arte de preguntar. Todo lo que había aprendido de Mateo Tedesco, en especial la capacidad de dudar para encontrar la verdad, se contradecía con el oscurantismo religioso. Pero la habilidad lingüística para torcer las palabras y llegar a conclusiones lógico-absurdas mereció su admiración y asimiló una nueva arte retórica que habría de servirle más tarde, cuando tuviera que enfrentarse a juicios y tribunales de todo tipo.

En poco tiempo aprendió lo que tenía que aprender y siguiendo su especialidad de escabullirse huyó del convento sin dejar rastro, como era su costumbre. Después del falso embarazo, notaba cambios fisiológicos en su cuerpo pero aún no les prestaba atención, mientras no afectaran su comportamiento. Aunque su comportamiento era tan variable que cualquier cosa podía esperarse de ella.

El falso embarazo y el matrimonio no consumado removieron sus recuerdos. Elena sí se había casado, pero en su adolescencia, apenas liberada de la esclavitud. En realidad, fue una manera de resolver de momento el vacío que había dejado en ella su ama. A sus dieciséis años se casó con Cristóbal Lombardo, un albañil de Jaén a quien hizo imposible la vida y que huyó de ella a los tres meses de vivir juntos. Elena aún sonríe al acordarse de las malas pasadas que le jugaba. Le escondía sus instrumentos de trabajo, le echaba a perder las mezclas y compuestos, no le lavaba la ropa, no le preparaba comida. En una palabra, era el objeto de sus burlas. En cuanto al deleite conyugal, lo dejaba a medio camino y lograba zafarse insatisfaciendo a su marido. Empezaban persecuciones por la casa, con muebles tumbados y platos rotos, pero la velocidad y agilidad de Elena la hacían inalcanzable. Como Cristóbal Lombardo era muy bajo de estatura, Elena le cantaba una sevillana:

Por hartarme de reír
me casé con un enano.
Le puse la cama en alto
y no se podía subir.

Entre burlas y veras, Elena había quedado embarazada pero también sin marido, que escapó de su vera en cuanto pudo. Nunca más volvieron a verse y tal vez él murió poco después. En cuanto nació el hijo, nombrado Cristóbal como su padre, fue abandonado en Sevilla, en casa de un panadero extranjero. Hasta ahí llegaban las noticias de Elena sobre su descendencia.

El nacimiento había afirmado la vocación de libertad de Elena. No quería más cargas y, a partir de entonces, probaría cuanto oficio se le presentara, inaugurando una rica vida aventurera que iba cambiando de pueblo en pueblo y de razón en razón, de estación en estación y de inclinación en inclinación. Aquellos días que pasaban eran de gran inestabilidad no sólo suya sino general. O bien ella fue el reflejo de una época cargada de inquietudes, de picarismos, de desazones, de corrupciones, de amenazas, de encubrimientos, de falsas apariencias, de seres y pareceres, de yelmos de Mambrino y cuevas de Montesinos, de pánicos, de terrores, de torturas, de violencia total. En la que no había respiro para las almas sosegadas y más valía unirse al caos y al desenfreno.

Por eso, su doble naturaleza le venía muy bien. La ambigüedad era su fuerte. Podía defenderse por una parte o por la otra. Decir una cosa o la contraria. Fingir cualidades masculinas o femeninas. Para todo tenía la respuesta. Saltaba, como caballo de ajedrez, de una posición a la otra. Sin arrepentimiento, sin trastabillar, muy elocuentemente. Porque la elocuencia tenía que ser su don principal, si no cómo confundir a los demás.

A partir del hijo abandonado todo lo demás podía ser abandonado. Desdijo el refrán de que a lo hecho pecho y rotas las ataduras sólo restaba no crear nuevas y seguir alternando lanzas como soldado, hilos como bordadora. Uno a uno los quehaceres se doblegaron. Todo lo probó y todo lo ambicionó. No se puso medida, límite, ni tope. Para ella no hubo horizonte válido ni hora del alba iluminadora. Creaba sus propias reglas y su único paisaje. Temeraria. Era temeraria.

Los caminos del mundo se le abrían, como quien recupera la libertad de una vez y para siempre. Después de todo, la esclavitud había sido su exclusiva herencia y aquí también llevaba ventaja contra quienes nunca la habían conocido. Un mundo de doble fondo le permitía visiones desenfocadas, perspectivas oblicuas. Siempre recordaría las sensaciones a medias de quienes están prisioneros, la vista por el ojo de la cerradura, el cuerpo atado y las sensaciones adormecidas. Ante la falta de acción, o mejor de una acción escogida, imaginar era la prioridad. Ante las murallas cerradas sólo restaba abrir la puerta de la invención. Su juego consistía en ejercer el poder de la bisagra. Su habilidad también.

Ser esclava había consistido en observar sin ser observada. Ser esclava era ser un objeto inanimado para los demás, pero un objeto excesivamente animado para sí. Por eso había aprendido tanto de las salidas nocturnas con su ama. Cada rincón de la calle, cada esquina, cada fachada de casa, cada carruaje, cada persona y cada animal, cobraban dimensiones sólo por ella comprendidas. Las cosas no eran lo que eran, se trasformaban en otras con sólo aplicar su voluntad. Las piedras del pavimento se convertían en brillantes, las orinas de los caballos en zafiros y rubíes, los gritos y las maldiciones en dulces cánticos, las gesticulaciones en rictus de bondad y no había discrepancia, violación, crimen ni venganza que no se trasmutaran en cristal trasparente. No por huir ni negar, sino por mero ejercicio de conocimiento: si al derecho oponemos el envés, se decía, hallaré el sentido y la explicación. ¿De qué? No importa. De algo, con seguridad. ¿De qué? No importa.

Ser esclava era también una forma de identidad. Pertenecía a un grupo y el encierro era, hasta cierto punto, una forma de protección, de solidaridad, de autenticidad. No existían los peligros del mundo exterior, únicamente los internos que esos siempre existen y como son internos se borran, se ocultan, no salen fuera. Inciden más. Por ejemplo, su origen: conocía a su madre pero desconocía a su padre. A veces le hubiera gustado saber quién era, a veces era mejor ignorarlo para, de nuevo, ejercer la imaginación y pensar que hasta pudo haber sido el amo de la casa. Porque no podía negarse que era mulata: otro rasgo de su mixta naturaleza.

Su mixta naturaleza la protegía y la desarmaba. Arriba y abajo eran un todo para Elena y para Eleno. Cuestión de perspectiva. Unía los opuestos y creía en ello con tesón. Religiones, lenguas, rasgos físicos, tonos y sexos se desdoblaban en ella naturalmente. No tenía un momento de respiro. Tampoco lo quería. Sentía la necesidad de llenar hasta el colmo cualquier resquicio de su vida. El vacío la inquietaba. Lo que veía a su alrededor se le contagiaba y era una enferma que todo lo contraía. Corría, cambiaba, emigraba, probaba, iba y venía entre peligros, interrogaciones, abandonos. Se unía al caos general y lo aceptaba como orden a seguir.

Nacer y morir llegaron a no ser nada especial, sino una fatalidad ineludible. Un curso que marcaba, si acaso, el tiempo en su relatividad. Eliminó el pasado y, desde luego, el futuro. Se rió del presente tan inatrapable como águila en vuelo, caballo al galope. No le quedó nada y aún fue mucho para ella. Llegó a afirmar que su riqueza era su mano vacía. En realidad, su riqueza era la libertad y el vacío que crea. Es decir, no pertenecer y entrar en el reino de la soledad. Luego de llenarlo todo, vino el proceso de vaciamiento. Entre ambos extremos se colocó.

Algo que le había ocurrido como resultado del nacimiento de su único hijo, fue un descenso de la matriz que, en ocasiones, le parecía como la existencia de un pene rudimentario. Años después cuando estudió con Mateo Tedesco le contó el caso y trataron de dilucidar el fenómeno. Se planteó la posibilidad de un hermafroditismo en desarrollo. Pero esto necesitaba estudios e investigaciones y será tratado más tarde.

El enigma de su sexo significó para Elena un eterno interrogatorio sobre sí misma, a veces inquieto, a veces, resignado. O se rebelaba o se aceptaba. Veía tanto desenfreno a su alrededor que se volvía condescendiente consigo misma. Podían nacer muchos seres de ella. No necesitaba hijos: era su propia madre y su propio hijo. Si en un principio se asustaba por los cambios en su cuerpo, poco a poco fue comprendiendo lo que le ocurría y se adaptaba. El cambio iba unido a los deseos de trabajos masculinos y a su preferencia por las mujeres. Empezó a considerarse normal ante sí. Lo monstruoso quedaba para los demás.

Nacer y morir era también la historia de sus sexos. Un constante renovarse. Una expectativa cotidiana. A veces, al despertar poco después del alba, se interrogaba y quería adivinar en cuál de los dos se desenvolvería. Dejarlo al azar era una aventura sin fin, un verse en el espejo para deformar su cara y adaptarla a cualquiera posibilidad. O funcionaban sus hormonas o su deseo.

Cleopatra-Amenofis dormía en su regazo como una réplica suya. Estaban tan identificadas que con sólo verse sabían lo que la otra pensaba. Porque Elena había descubierto que los animales (incluyendo al humano) piensan, bien o mal, pero piensan. Pensar era la capacidad de decidir y luego de escoger. Cleopatra era un ejemplo de duda perpetua, es decir, de pensamiento activísimo. Dudaba si beber primero o comer. Dudaba en qué lugar acomodarse para dormir. Dudaba, en la calle, qué dirección tomar. Dudaba que dudaba y siempre acertaba. Porque acertar es rechazar y no comprobar. Si se comprueba, el error queda expuesto. Mejor ignorar, que es la mejor forma de acertar.

Luego de abandonar el convento donde las monjas eran un ejemplo de orden hastiado, de repetir y repetir la rutina hasta el borde de la locura, donde la insania del siglo se instauró y cantaban y reían con desenfreno. Esperaban la llegada de cualquier visita y se lanzaban sobre ella para desnudar su cuerpo, su alma, y ver qué había debajo y dentro. Eso fue lo que ocurrió con la llegada de Elena y la alegría que provocó. Y luego la tristeza cuando fueron abandonadas. Diálogo de carmelitas descalzas:

—¿Qué hay debajo del traje?

—Del traje que traje.

— Sí, del mismo: invento de los ociosos.

—¡Oh, la moda!

— La moda que no se acomoda.

—La moda que incomoda.

—Cantemos el romance de la misa de amor:

> *Allá va la mi señora,*
> *entre todas la mejor;*
> *viste saya sobre saya,*
> *mantellín de tornasol,*
> *camisa con oro y perlas*
> *bordada en el cabezón.*

—Sí, cantemos, cantemos, riamos, riamos.

—Mientras nadie nos venga a fiscalizar.

—Creemos un mundo nuevo, sin orden ni reglas.

—Abajo las reglas.

—Qué engorrosas son.

—A esta nueva visitante desnudemos de una vez.

—¡Horror, horror!

—¿Qué vemos, qué vemos?

—¡Qué oscuridad!

—Esta mujer es negra, negra es.

—Qué negra que es.

—Toda ella negra.

—No: seminegra.

—No es fusa ni semifusa.

—Confusa es.

—Mulata es.

—¿Mora será?

—Sí, del color de la mora.

—¡Horror, horror!

—Que mujer no es.

—Que sí.

—Que no.

—¿Qué cosa será?

—Con ese color y ese.

—Ese, ¿qué ese?

—Eso.

—¿Hombre será?

—Hombre, no lo sé.

—Ambos a la vez.

—Si es así por fuera, ¿cómo por dentro será?

—¿Será o no será? He ahí la cuestión.

—¿O será los dos?: monstruo de la naturaleza.

—Huyamos, huyamos. *Vade retro.*

Y así, poco tiempo se quedó Elena entre las monjas dubitativas y descoloridas. Alocadas y un tanto desvergonzadas. Menos hizo con ellas que no salían de su coloquial asombro. Cada día querían verla por dentro y por fuera. Como si de un prodigio se tratase.

Hasta que una mañana:

—Esto no puede ser. Me voy para no volver.

10

Con frecuencia

Con frecuencia Elena de Céspedes desea tener a alguien a quien amar. Además de su querida gata. La capacidad de amar es grande. Se sabe. Le intriga la necesidad del contacto sexual. ¿Por qué? ¿Por qué es siempre el pensamiento de fondo? ¿Por qué el deseo? ¿Por qué la mirada busca el cuerpo del otro? ¿Por qué el roce de la piel? Piel ajena con piel propia. Tacto. Maravillosos dedos. Se pregunta, ¿cómo es posible la existencia fuera de sí? Dentro de sí. El interno-eterno diálogo hacia el silencio, a pesar del sonido y el grito. Misterio. Es la sola palabra que comprende por no comprender.

Sigue por los caminos. ¿Qué hará ahora? Si encontrara a Mateo Tedesco. Esta vida inestable, ¿cómo detenerla? Toda inestable vida. Si no no sería vida. Vida de la cual reírse. Tal vez eso. El humor del deshumor. Las gotas de saliva riente. Hiriente. Oriente. Se dirigirá hacia Oriente. Total, cualquier rumbo sirve. No se sabe para qué sirve, pero sirve. Ese pulular inatrapable. Las callejuelas de la ciudad: retorcidas, empedradas, sucias. El mercadeo amontonado, los gritos de los vendedores, los susurros de los compradores. Y mientras tanto, cada uno pensando lo opuesto por dentro.

Elena piensa que piensa, mas no piensa, deja suceder. ¿Hasta cuándo dejará suceder? No hoy ni mañana. Siempre. Por los caminos desliza su mente y algo quisiera encontrar.

Algo. Alguien. Más bien alguien. ¿Qué alguien? Alguien con quien hablar. Hablar a fondo. En ese fondo que pierde la realidad y los ojos que se hunden en arenas del mar. Ese largo poema al otro lado. Enfrente. Como acariciar a la gata. Esa necesidad de acariciar a la gata. Igual que el poema.

De todas formas es inútil el deambular. Porque el fin se conoce. Pero se evita. Para más tardar. Para no encontrar. Para desahuciar. Eso es: desahuciar: de eso se trata.

Así se siente Elena: desahuciada. Porque nadie piensa en ella. No está en la mente ni en el deseo de nadie. Si encontrara. ¿Pero dónde?

Su cara es extraña, pudiera ser repelente. Oscura, con la infamante marca medio borrada. La ese de esclava. O ¿será principio de barba? Piel que es rasposa. Piel ambivalente, no la suave y delgada piel de doña Elena de Céspedes con las resaltadas venas azules en las sienes y en las manos. La piel de su desaparecida ama. Querida ama, con la que jugaba y reía. Con la que no era necesario hablar. Porque hablar es farfullar lo incongruente. Lo que no vale la pena. Sagrado silencio que todo lo abarca. Nada de hablar. El lenguaje de los ojos. Perdido lenguaje. Palabra incompetente.

¿Qué hacer para recuperar un amor? ¿Para inventar un nuevo amor? Pero, primero, ¿desde dónde abordarlo? ¿Como hombre o como mujer? Según lo que encuentre por el camino.

Pistas. Debe hallar pistas si es que quiere definirse. ¿O será siempre así? El camino que toma es en dirección desconocida. Tiene que llegar a alguna venta donde pueda descansar y ordenar sus pensamientos. He aquí que llega. Se acuesta y en la cama empieza a pensar. A ratos duerme y a ratos sueña. Oye el dormir de otras personas y el jadear de las parejas en cópula. No importa. Sigue pensando. Con frecuencia piensa y piensa en la duermevela, cosas disparatadas y cosas atinadas. Depende. Con frecuencia.

Cosas disparatadas: ¿qué es eso de tener dos sexos? ¿Qué hacer con ellos? ¿Cuál usar y en qué momento? ¿No aspiraba al conocimiento total? Pues he aquí que lo ha alcanzado. Los dos puntos de vista en uno.

Nota los movimientos en las camas. Alguien podría acercarse a la suya. ¿Qué hacer entonces? Simplemente aceptar su destino. Alguien huyendo de otra compañía. Alguien equivocado. Alguien que, a tientas, busca un espacio vacío. Ella se quedaría quieta, como si no estuviera. Y esperaría. Con frecuencia.

Ha interrumpido el hilo de sus pensamientos: retoma la historia. Quisiera encontrar algún apoyo. En verdad está muy sola. No tener a alguien. Ese alguien insidioso que la persigue pero que no está. Con frecuencia. Podría salir a buscar. Y ¿Cleo? ¿Dónde se ha quedado? Ese alguien que buscaba un espacio vacío, ¿no será Cleo? Extiende la mano y palpa. Sí, Cleo es. Con frecuencia. La pierde y la encuentra. Ahora se la llevará y no se separarán. Pero los seres humanos, ¿dónde están? ¿Dónde van a parar? ¿Como los ríos a la mar? No, antes del morir. ¿Dónde van a parar los desaparecidos? Todos los que ha conocido y que han desaparecido.

Tragados por alguien. En algún marasmo. Por alguna fuerza todopoderosa. Imbatible. Que está en algún lado y que todo lo ve y todo lo persigue. Tal fuerza habrá de ser conocida por ella. Malhadadamente. Algún tribunal. Con frecuencia. Tribunal de la Santa Inquisición. Amén. Sí. Lo teme. Por sus amigos desaparecidos. ¿Qué será de Mateo Tedesco? ¿De Alonso de La Vera? ¿De don Juan del Álamo? ¿De Lai, la contorsionista?

Da vueltas en la cama. Cleo se acomoda y también cambia de posición, busca el hueco de las corvas. Sueña con la Inquisición: que a todos tortura y a todos mata. ¿Cómo escapar de ella? Por quítame allá estas pajas cualquiera puede ser procesado. Sus amigos son dudosos. Ella podría serlo. Pero no quiere pensar en eso. Mucho menos soñar. Despierta. Tiene que seguir buscando. Con frecuencia. Alguien a quien amar. Además de su querida Cleopatra-Amenofis.

Los rayos de sol penetran por todo resquicio. La gente se despabila. Bostezos. Elena ve una figura femenina que empieza a vestirse. Su brazos delicados. Su larga cabellera. Sus movimientos lentos. Le atrae. Sí. Le atrae. Se voltea y ve el color de sus ojos: verdes. Sí. Verdes. Le sonríe. Se sonríen. Se termina de vestir. Se terminan de vestir. Están listas. Buenos días. Bajan a desayunar. Se sientan juntas.

Podría ser. No quiere hacerse ilusiones. Hablará. Hablarán. Pero eso es todo. No quiere hacerse ilusiones. Con frecuencia. Deciden seguir el camino juntas. ¿Por qué no? ¿Qué más da? Juntas. Se cuentan sus vidas. Historias van y vienen. No completas. Aún no. Cierta discreción. ¿Quién será la otra? ¿Quién es ella? Esperar un poco. Nada de precipitaciones. Lentitud. Placer postergado. Con frecuencia. Cierta alegría. Mas no entusiasmo. Puede que no sea nada. ¿Y si sí?

Poco a poco hablan. Cada vez hablan más. Caminan. Hablan. Caminan. A la vuelta de un atajo se encuentran con una extraña figura. Una triste figura sobre un flaco rocín, que debió ser antes un buen rocín, un rocín antes. La triste figura las saluda con gran elegancia. Se ofrece a acompañarlas: dice que a todas damas defiende: él: el eterno enamorado de otra dulce dama. En cada dama ve el reflejo de su dulce dama. Todas son tan dulces como ella. Se presenta como Alonso Quijano. Ha perdido a su escudero, pero pronto aparecerá. En realidad fue a entregar una carta a su bella y dulce dama.

Se oye gran ruido y se levanta tremenda polvareda: una partida de contrabandistas pretende atacarlos. Alonso Quijano apresta su lanza y la valerosa Elena desenvaina una espada. A diestra y siniestra golpes van y vienen. Heridas, trastabilleos, caídas. La partida decide huir. Alonso se ufana de la victoria. Elena sonríe y mira a su compañera, como diciéndole que es ella la triunfadora y no el triste caballero. O más bien, él, Eleno.

En este momento, cambia la personalidad de Elena. Se ha vuelto Eleno. Sin necesidad de bálsamos ni pócimas es él. Su cara se vuelve más dura. Sus gestos, sus movimientos se trasforman. Se arranca las faldas y debajo está vestida de hombre. No quiere ocultarse más ante su compañera. La compañera no entiende. Alonso Quijano lo atribuye a magos y encantadores. Nada es lo que es. Todo cambia. Ser y parecer se entretejen.

Él supo de eso: eran gigantes pero parecieron molinos; era el yelmo de Mambrino y semejaba una vacía de barbero. Y su dulce dama que se le convierte en labradora.

—Pero yo sí soy lo que soy. Dos en uno, dice Elena-Eleno.

—Imposible, querida, eso sólo ocurre en las historias mal confeccionadas, responde Alonso Quijano.

—Te lo aseguro.

—Que no. O levantarás mi ira.

—Ira o no ira. Soy un monstruo.

—Para monstruos los de las historias. Contra los que yo lucho.

—¿Lucharías contra mí?

—De ninguna manera, me has salvado. Mas no eres producto de la imaginación.

—Lo soy y no lo soy. Tengo mis datos históricos.

—Ah, bueno, yo también. Salí de una historia verdadera para ser un invento y, de nuevo, una historia verdadera. Todos me creen. Creen que existo.

—Y existes: en este mismo momento existes, aun fuera de tu historia.

—¿Y tú? ¿Te encantaron los hechiceros? Contra ellos pelearé para liberarte.

—Puede ser que también exista. A los que no he visto es a esos magos y encantadores.

—Pues los verás, los verás. Existen. Conspiran contra los simples mortales como tú y yo.

—¿Simples, como tú y yo? No somos simples. Estamos enmedio de grandes intrigas.

—Eso sí es verdad. Todos intrigan contra nosotros. Nos persiguen, nos maltratan, nos atacan.

—Y más seguirán haciendo.

—Querida, eres como yo, siempre en el centro de la persecución.

—De la persecución real y de la inventada.

—No, no. De inventada nada. Real y muy real. ¿No has visto qué real soy yo?

—Pues no lo sé. Primero te leí, luego te conocí.

—Así es: primero se lee, después se conoce y, por fin, se reconoce. A lo mejor tú eres mi verdadera dulce dama.

—Pero es que soy damo también. Y caballera.

—Eso no importa. No entraré en minucias ni en pequeños detalles. Viva la globalización que es mucho más democrática, que me permite liberar a los galeotes y amar a dos en uno. Creo que ya sé cómo nombrarte. Ya sabes que los nombres son mi especialidad. Tu serás Dulcineo de Céspedes, porque te encontré en el césped. ¿Qué te parece?

—Otra vez, ser y parecer.

La cara de sorpresa de la acompañante se resuelve en una carcajada: Dios los cría y ellos se juntan.

Eleno coincide con Alonso Quijano en que ambos están fuera de la norma, pero no se dan cuenta o no quieren darse cuenta. O, tal vez, están en una norma sólo para ellos creada. En la antinorma que es punto de partida de sus vidas. Con frecuencia.

Con frecuencia están a un milímetro de descubrir su soledad: entonces dan marcha atrás y olvidan la situación. Pasan a otra cosa. Como si nada. Recomponen el entorno en su favor y todo queda bien de nuevo. Ignoran lo que los aísla y no se sienten afectados. Para todo tienen una explicación. Una justificación. No son ellos, son los demás los que están mal.

Eleno y Alonso emparejan su caminar (el Antes Rocín es muy lento) y la acompañante cumple con su papel (acompaña). Para entonces, la compañía había seguido por los caminos y al llegar a Jérez tuvieron, de nuevo, un incidente que derivó en graves consecuencias. Ocurrió de esta manera: la partida de rufianes contrabandistas los aguardaba para cobrarse venganza. Una vez avistados atacaron traidoramente por la espalda y Elena, ni corta ni perezosa, lanzó el puñal que su otrora ama, doña Elena de Céspedes le había regalado, contra el jefe de ellos, hiriéndolo de gravedad. En el alboroto se presentaron unos alguaciles y arrestaron a la impetuosa Elena.

Conoció por primera vez, que no sería la única, lo que es una cárcel y, a su salida, luego de expurgar la condena se dirigió a Arcos, donde había quedado de acuerdo con su acompañante en encontrarse. Allí ambas se asentaron en calidad de mozos de labranza. El salario era tan reducido que Eleno decidió abandonar el lugar y buscar algo mejor. Probó suerte como pastor en Alcudia pero al poco tiempo sufrió persecución y fue aprehendido por su aspecto, pues lo tomaron por monfí o asaltante moro de caminos. Su vida se complicaba y no sabía cómo escapar de la prisión cuando tuvo un golpe de suerte a su favor. Pasó por allí don Juan del Álamo, a quien su oficio de compraventa de esclavos lo llevaba a las cárceles en busca de fugitivos. Reconoció a Elena de inmediato y se dirigió al corregidor explicándole quién era la prisionera y pidiéndole que la liberase. Lo logró, pero el corregidor exigió a cambio que trabajase con un sacerdote y vistiese de mujer.

Fue un cruel periodo para Elena, tanto por la vestimenta como por tener que servir a un sacerdote, ella tan liberal y poco dada a la religión. Lo hizo obligada, pero soñando con el momento de huir. Casi le parecía mejor la cárcel, sobre todo porque conoció todo tipo de ser estrafalario, loco, enfermo, pícaro, inocente, culpable, ladrón, asesino, endeudado, escritor, en fin que cualquiera iba a parar a la cárcel con justicia o sin ella.

Del sacerdote aprendió muchos embelecos: la venta de indulgencias, los falsos milagros, la persecución de las otras religiones, las delaciones verdaderas e inventadas de cristianos nuevos, la hipocresía, la falta de caridad y piedad, los siete pecados capitales en plena efervescencia, Sodoma y Gomorra en uno. Más los intentos de violación contra su persona, frustrados por su experta capacidad combativa.

La imposible relación entre Elena y el sacerdote dio como resultado que, una vez más, pusiese pies en polvorosa y buscase otro lugar y otro oficio. Prueba suerte como sastre público con todas las de la ley y se examina para poder ejercer, con calificadores de Jérez. Por cierto, su título oficial la cataloga como sastra, por lo que tuvo que volver a usar ropas femeninas. Pero nada contenta, sobre todo por la vestimenta, decide volver a pelear. Mientras tanto, su acompañante la seguía fielmente a todas partes y también probaba suerte en oficios más tranquilos aunque sin suerte. Medio muertas de hambre, Elena tiene la oportunidad de regresar a la guerra de las Alpujarras, que aún sigue, ya que un vecino a punto de ser llevado como leva le paga una generosa cantidad de dinero para que lo sustituya.

Esta vez le toca incorporarse a una compañía aventurera que forma parte del ejército regular para efectuar tareas muy delicadas, como apropiación del botín, ataques a traición, remate de los heridos y despojo de cadáveres. Se hastía de este trabajo y decide regresar a la profesión sastreril para descansar un poco. Siempre le ocurre lo que a la doncella guerrera: luego de guerrear a bordar. Aunque su labor es sedentaria, su cuerpo no lo es y cambia de pueblo y ciudad. No sólo su cuerpo, sino su mente. No se conforma con lo que ya conoce. Le atrae lo nuevo, lo desconocido: nuevos paisajes y caras. Su acompañante no la sigue en todas sus andanzas, porque es un ancla que afianza y en quien confiar para que la corriente no se lleve la embarcación.

Sí, eso es Elena: una embarcación. El mar la separó de sus orígenes y conservó por ello un equilibrio inestable. A veces ha visto el mar en sus vagabundeos. Piensa que un día se le ocurrirá embarcarse hacia alguna otra guerra.

Ahora recorre Arcos, Marchena, Vélez-Málaga, Alhama, Archidona, Osuna. Su acompañante se hastía y la abandona: decide anclar definitivamente y quedarse quieta en un lugar. Se despiden para siempre. De pronto, Elena ya está en Madrid y recibe una gran sorpresa. Se encuentra con Mateo Tedesco y, de nuevo, retoma el arte de curar. Vive con él y es su ayudante. Recorre los pueblos cercanos, alrededor de la Sierra de Guadarrama. Alguien sospecha de su oficio y la denuncia por practicar sin título, pero logra escapar. Mateo la ayuda a conseguir el título de cirugía y el problema se resuelve: ya puede sangrar y purgar oficialmente. Elena se especializa en acumular títulos: ya lleva dos: los enmarca y cuelga de la pared.

Se queda una temporada larga en la villa y corte de Madrid. Con frecuencia pareciera gozar de doble personalidad. Ya no abandona el traje masculino y, sin embargo, en las noches cuando sale en busca de placeres oscuros aún alterna su biología. Mientras que en el día se atiene a su oficio y semeja un digno médico que olvida su cuerpo en aras del de los demás. Con frecuencia.

11

De monstruos

Elena vive un monstruoso periodo histórico. (¿Cuál no lo ha sido?) Uno en el que el monstruo atrae y repele. (¿Cuándo no?) En el que lo deforme y lo atenuado se denuncian. Se describe en el teatro, aparece en poemas, los pintores lo pintan, se convierte en cacofonía, se pasea por las calles y se vitupera. Es la gran era de los monstruos. La Edad de Oro de los monstruos. Los tullidos, los deformes, los inválidos invaden la ciudad, los pueblos, los caminos. Se ganan la vida por su propia deformidad y hay quien mutila a sus hijos para que tengan el porvenir asegurado y vivan de la caridad pública. Son toda una institución. Con leyes y derechos. Sin ninguna obligación. Arriba la monstruosidad. Viva el mundo al revés. La desviación, no la norma. Lo amorfo. Su precisión. Su necesidad: San Agustín había defendido su existencia para compararlos con lo armónico. Plinio los había ennumerado y emitido leyes.

Elena espera a que vengan los pacientes plenos de malformaciones: corporales o mentales. Llegan de todo tipo: gigantes, enanos, de seis dedos en cada mano, de mano palmípeda o membrana interdigital, mongoloides, espásticos, sirenomélicos, esquizofrénicos, hiperactivos, apáticos, hepáticos, maniaco-depresivos, obesos, obsesos, siameses, anoréxicos, bulímicos. Y, claro, sin olvidar a los hermafroditas.

Con todos habla y a todos convence de que su excepcionalidad no debe preocuparles y de que lo diferente es bello y no debe arrinconarse. Porque, ¿quién estableció las leyes de la estética? Y ¿quién dijo que la estética es tal? Más bien tal por cual. Esas estatuas griegas y romanas. Esas vírgenes y santos preciosos. Qué error. Qué horror. También lo no bello es bello: lo torcido, lo desigual, lo asimétrico, lo barroco, lo incompleto, lo adivinado, lo intuido, lo sugerido, lo imaginado, lo despintado, lo sin color, lo de otro color, lo de otra religión (atención: esto puede ser terreno vedado), lo de otro país, lo de otra nacionalidad, lo de otra política (correcta, incorrecta), lo de otro sexo. Total: el relativismo absoluto. La imposibilidad de mantener orden en la naturaleza. Pero: si la naturaleza trae el des-orden y lo a-normal, todo es normal, ¿no? Entonces, ¿para qué diferenciar? ¿Para qué distinguir? ¿Para qué señalar? ¿Por la cantidad? Tampoco es de fiar: ¿quién dijo que la cantidad PESA? O que el peso tiene peso. Pero la cantidad prevalece. Así la mayoría triunfa: no, no. Equivocación de equivocaciones. Más bien la mayoría se equivoca y los pocos que no, son acallados. Lo discordante estorba. Las faltas son borradas. La mala hierba arrancada. La enfermedad curada. Ah, entonces, ¿cuál es el papel de Elena-Eleno? Señalar: señalar: señalar. Porque la enfermedad, después de todo es norma: todo el mundo está enfermo. El mundo mismo está enfermo. ¿Verdad?

Elena elabora un catálogo de anormalidades, ¿anormalidades?, anormalidades. De algún modo habrá que llamarlas. Enanos: he aquí que llega un enano, por nombre Alteza. Está enamorado de una giganta, por nombre, Bajeza. El problema es cómo trepar hacia ella. Una vez logrado, todo él cabe en ella. Se pierde en su vagina y, a veces, olvida cómo salir. Ella se siente muy a gusto cargando a su feto enamorado que le hace cosquillas. Alteza y Bajeza se exhiben en plazas y mercados. Viajan con circos y tuvieron un ofrecimiento de ir a parar a la Nueva España, como entretenimiento de los virreyes, pero no se atrevieron a cruzar la mar por eso de no arriesgar. Son una pequeña gran pareja, un tanto cuanto dispareja, pero muy amorosa. Alteza hubiera sido buen modelo para Velázquez, el pintor de los enanos, pero nunca coincidieron. En cuanto a Bajeza nadie la pintaría: no habría cuadro que la contuviera.

Acuden con Elena porque Alteza no crece y Bajeza no deja de crecer. ¿Qué se podría hacer? Elena recuerda que son problemas hormonales. Discute con Mateo Tedesco sobre el tratamiento a seguir. Como no puede hacerse mucho pronto llegan a una decisión muy práctica: que Alteza use zancos y que Bajeza se agache. Con recetas como ésas nadie falla.

Llega un hombre de seis dedos en cada mano pidiéndole a Elena que lo opere y le deje con dedos impares. A lo que Elena se opone y lo convence.

—Tu padre y tu abuelo también tuvieron seis dedos y tus hijos y nietos los habrán de tener: ¿No te enorgullece semejante herencia? Un polidigitalismo que te vuelve más hábil para escribir, para contar, para tocar.

—Pero la gente se ríe de mí y así me llaman: el Seisdedos.

—Pues qué bien. Ya tienes apellido de por vida y para los siglos de los siglos.

—Semejante apellido no me interesa.

—Acéptalo, suena bien. Los hay peores.

El Seisdedos se marcha hecho una furia y maldiciendo a semejante médico, incapaz de operarle. Tal vez busque un afilado cuchillo y se ampute, la gangrena se instale en él y muera. Nunca se sabe.

Luego aparece el Manopato. ¿No podría Elena-Eleno cortarle esa membrana que sólo le sirve para nadar mejor? Puede que se atreva: podrían probar en uno o dos dedos, ver los resultados y seguir probando.

El padre de un niño llamado Mongoloide llegó con la acusación de que su esposa lo había engañado como a un chino con un chino. Elena le explicó que se trata de un defecto genético caracterizado por viveza y deseo de imitación; cráneo pequeño, aplanado por delante y por detrás; ojos oblicuos, estrabismo; lengua prominente y cavidad oral pequeña; dientes pequeños y mal alineados; nariz corta y achatada; cuello corto y ancho; abdomen prominente; caderas muy movibles; mano como paleta con meñiques y pulgares cortos con un solo pliegue palmar, y pies anchos y planos, con lo cual el padre salió del error y se evitó que Mongoloide fuera arrojado a un precipicio.

El monstruo atrae, es señalado, tiene dotes especiales, puede prevenir sobre el futuro. Sobre todo, es diferente, totalmente diferente. Especial. Se sale de la norma, atrae y repugna. Se le ve con insistencia y horror o se evita su vista. Nadie quiere ser como él. Y, sin embargo, cualquiera podría ser un monstruo: tú, yo, todos. Pero si fuéramos todos, dejaríamos de serlo. Seríamos la norma. Y eso es lo que no podemos ser, se dice Elena, uniéndose al sentir de los monstruos. Yo soy un monstruo, no me queda la menor duda. Por ahora no lo sabe todo el mundo, pero ya irán descubriéndolo. Seré la maravilla del mundo. La monstruosa maravilla del mundo. La doble mujer. El doble hombre. El o la que es lo que no es. O que no es lo que es. Las apariencias engañan. No te fíes. No creas lo que ves. El traje es un disfraz. Pero los demás caen en la trampa. Es más poderoso el traje que el cuerpo. Siempre las apariencias: lo que se ve es la totalidad. Lo que no se ve no existe. Lo oculto no cuenta. Lo que hay más allá, tampoco. Si me visto de hombre soy hombre. Si de mujer, mujer. Si de esclava, esclava. Si de dueña, dueña. Por eso se marcan los trajes: cada quien con su marca. Por eso se distinguen a la distancia: el campesino, el soldado, el paje, el escudero, el caballero, el pícaro, el cristiano, el moro, el judío. Pero también, si eres imaginativo intercambias los trajes. ¿Para qué siempre el mismo? La aventura de trasgredir el traje te convierte en otra persona. Puedes hacer lo que no te atreverías. Puedes ser esa otra persona. Los demás se lo creerán. Eres lo que ven. Maldita vista, tan limitada y tan creíble. Yo prefiero los otros sentidos, son más fidedignos. Más fantásticos. Más irreales.

Así que, cuando descubran lo monstruosa que soy, que algún día lo descubrirán, se horrorizarán, se caerán de espaldas, me enjuiciarán, me torturarán. No sé cómo saldré adelante.

En este mismo momento me doy cuenta. Monstruo es el que provee avisos divinos. El a-divino. El que se sale de la cotidianeidad. El extremadamente feo y perverso. Pero también el extraordinario por excelente. (Como ese autor de comedias que será llamado el Monstruo de la Naturaleza.) El que es capaz de crear obras para el futuro. De ver lo que los otros no ven. De oír atentamente. De guardar silencio.

Soy así: veo lo que los otros no ven. En la cara del niño veo su muerte. En la del anciano su infancia. Veo lo que unos van a hacer y los demás van a deshacer. Veo las enfermedades en su evolución. Conozco el fin. El desastrado fin. La danza de la muerte.

Veo monstruos que anuncian desgracias por todas partes, como el niño de Urgel que nació con dos cabezas y cuatro pies y fue enterrado vivo por temor a sucesos escalofriantes, como si eso no fuera escalofriante. Veo lo monstruoso como lo metafórico, lo hiperbólico, lo alegórico. Como una forma poética distorsionada: nunca el camino recto, sino el figurado. La figuración es la monstruosidad.

Estamos en el mundo al revés. Los pintores escogen monstruos y los colocan al lado de perfectos seres para establecer la medida exacta. ¿Por qué la medida exacta? ¿Quién dijo que hay que establecerla? Lo que ocurre es que nadie está seguro de sí, ni se conoce si no se compara. De ahí una cosa al lado de la otra. De ahí la necesidad de nuestra existencia, es decir, de nosotros los monstruos. Para que los demás se horroricen y digan: "yo no soy monstruo". Pero, un gran pero. ¿Y si los monstruos son los demás? Que únicamente PESAN, pero nada más. A lo mejor la diferencia es la gran norma y la gran verdad. Yo así me siento. Aunque no quisiera caer en lo mismo que la mayoría: que ALGO debe predominar sobre el resto. Y pobre del resto.

Lo que pasa es que nadie es igual a nadie, por más que lo afirmen ciertas leyes biológicas y la llamada herencia, génesis o genética. Nadie. Nada. Es la única realidad. Que yo sea el ejemplo de los ejemplos es la prueba. Sólo lo desmesurado cuenta. Sólo lo delirante es válido.

Lo delirante es la locura. Y la locura es la norma. Por lo mismo, porque es excepcional. Hay que dar cátedra de lo excepcional, de lo herético, de lo extra-ordinario, de lo sobre-saliente. Desde luego que, desde el punto de vista de las minorías: de los desahuciados, de los apestosos, de los leprosos, de los babeantes, de los vomitivos, de los inválidos, de los incongruentes, de los nefastos. El resto no importa: los que se escandalizan, los que ponen el grito en el cielo, los temerosos, los asustadizos, los que no quieren cambiar, los que se olvidan de las neuronas pensantes, los que repiten consignas, los que siguen la voz cantante, los que tienen que figurar en primera plana, los modosos, los bien educados, los reverenciantes, los inclinados, los bellos, los perfectos, los que siguen la línea, los que no dicen ni pío o, mejor dicho, un pío en coro. Los que se siente protegidos dentro de su autoritaria mediocridad.

¿Qué hacer en este mundo poderoso de los mediocres? La única solución es unirse a ellos. Mas yo, Elena de Céspedes, no puedo. Me aplastarán, me silenciarán, pero no puedo. Me hundirán. Seguiré sin poder. Cuando no se puede, no se puede.

¿Es otra manifestación de mi monstruosidad? ¿Se es monstruo también por no seguir a la mayoría? ¿O es la mayoría la que te vuelve monstruo?

De nuevo: para mí los monstruos son ellos. Los deformes del alma. Que es la peor monstruosidad. Los que no dan la cara. Los que se ocultan tras del poder. Y en eso consiste su fuerza: no son vistos: carecen de forma: se derraman como líquido trasparente. Gozan de una mínima victoria temporal. Su castigo será el olvido. Su nombre en el diccionario: un mal recordatorio.

Me habrán perseguido: ésa será su única ventaja. Y, sin embargo, sé que triunfaré. Por lo menos me queda ese consuelo y que me salí con la mía, aunque me castiguen. Después de todo soy una gran sobreviviente. Soy un caso único: esclava, mulata, médica, travestista, homo y heterosexual, pero sobre todo hermafrodita. ¿Qué más puede desearse? No me tengo lástima, en absoluto. Soy la universalidad.

Arraso por doquier. Estoy por encima de los comunes mortales. Claro que esto no se lo digo a nadie. Con lo que son dados los humanos a la falsa modestia, a la hipocresía, a la mentira. No me vendo por nada y esto no se perdona. Lo único que se premia es la corrupción y la podredumbre. El escupitajo y el vómito. Las heces.

Soy yo, simplemente. Lo que tampoco es permitido. No hay que destacar. Mi monstruosidad me señala.

¿Qué es eso de ser diferente?

¿Quién otorgó el permiso?

No me escondo. Lo cual tampoco es aceptado.

¿Qué más puedo decir de mí?

Claro que en futuras declaraciones diré lo que me convenga.

Sabré defenderme.

De eso se trata.

Elena de Céspedes continúa cuidando monstruos. Llega doña Ana Enana, famosa en la corte, modelo de pintores, con grandes dolores reumáticos en los dedos de las manos. Viste prendas lujosas de seda y terciopelo como para una muñeca. Elena recuerda sus días de sastra. Le corrige, de paso, una costura. Para los dolores le prepara ungüento de árnica.

Se aparecen algunos locos y retrasados mentales que ejercen de bufones. Su estado es lamentable y han sido abandonados por sus amos. Otros, en cambio, han sabido ahorrar y hasta poseen fincas y tierras, como Epifanio el Loco.

Epifanio le dice a Elena que no está loco, sino que lo pretende. Que los reyes ríen de sus gracias y disparates, pero que todo lo inventa al momento. Ahora le aqueja una extraña situación en la que se le escapa el terreno que pisa:

—Sí, eso es. No siento la tierra bajo mis pies. Es como si volara. Cuando bajo escalones no los veo y los pies vuelan al siguiente escalón sin que lo note. Estoy en un lugar y no lo reconozco, así sean las cuatro paredes de mi recámara. Veo a alguien y no recuerdo si lo conozco o no. Salgo a la calle y no sé si cerré la puerta. De pronto, saludo a todo el mundo y se sorprenden. ¿Quién estará mal, ellos o yo? Hablo y me oigo desde lejos, no desde dentro. Es otra la voz que pronuncia y al mismo tiempo me digo: ¿cómo estoy diciendo esas palabras? ¿De dónde salen esas palabras que están construyendo una frase? Suena congruente y no sé de qué manera las dije. Algo silba en mi interior, como un sonido intermitente. No logro que se acalle. De pronto, se hace silencio y entonces veo pequeños puntos en el aire que se deslizan, suben y bajan, se entrecruzan, se empujan, le quitan el lugar unos a otros. Luego se alteran los olores: ya no huelo nada o todo me huele extraño. La gente se tapa las narices y yo no sé porqué. O me huele a rosas y nadie más lo nota. Acaricio una piel y no siento nada, pero una piedra me parece la mayor de las lisuras. Me clavo las uñas y siento alivio. Sangro y me gusta el sabor de la sangre. El más delicioso guiso es como comer un estropajo. El vino me da ganas de vomitar. No puedo tragar agua: mi garganta se cierra.

—Epifanio, has perdido el sentido de los sentidos.

—¿Luego sí estoy loco?

Epifanio el Loco empieza a dar vueltas y sale volando por la ventana. Para él no hubo medicina.

Llega Felipe el Hermoso, traído desde el Sudán, de piel tan oscura como el azul oscuro o el morado oscuro. Llamado como el rey porque parece un rey con dos cabezas y cuatro brazos. Todo lo abarca. Todo lo compendia. Ruge como león y salta al ataque. O se esconde como serpiente en lo más oscuro de la cueva. Nadie entiende su doble lengua que las dos cabezas hablan a la par. Y ése es otro de sus prodigios: dos cabezas que entre sí dialogan, gritan y cantan. Son los suyos hermosos dúos de tierras lejanas que entonan las cabezas, para así consolarse de esa imposibilidad de soledad que las ata para siempre. Caminan muy lento y tratando de balancearse, ya que sólo dos piernas soportan doble carga de cabezas y brazos. Hay quienes los llaman Felipe el Hermoso y Felipe el Feo. Son el orgullo de los palaciegos.

Con Elena sonríen por primera vez, pues reconocen en ella su mismo origen, su piel oscura, su doble ser. Para ellos Elena ha reservado agua de coco de tierras lejanas y dátiles del desierto.

Está, no hay que olvidarla, Juana la Loca, autora de un par de versos que, de tan populares, se habrán de repetir durante siglos:

Juana la Loca
tenía una toca
llena de mierda
para tu boca.

Juana la Loca deambula a altas horas de la noche, con los ojos cerrados y los brazos extendidos al frente, por callejuelas y pasadizos con rica ropa de cama que antes ha quitado a su dueña. Espanta a los transeúntes despistados y a los insomnes empedernidos, a los amadores intranquilos y a los bebedores sin medida, pero sobre todo a los amantes de lo ajeno y a los de crímenes innombrables.

Acude con Elena para ser curada de tan cansado y peligroso oficio entre tejados y declives. Elena le aconseja que beba antes de dormir un vaso de leche de cabra muy caliente con diez gotas de miel libada de flor de espliego, una yema de huevo de paloma perfectamente batida y un chorrito de aguardiente, ah, y que se ate los tobillos a la cama.

Engendro es otra clase de monstruo. Hay de engendros a engendros. Le llega uno pequeñito. Por nombre Sirenita, recién nacida. Sí, la niña tiene las piernas unidas, terminan en una especie de aleta y están recubiertas de un vello escamoso. Le gusta estar en el agua y moverse por medio de su aleta. ¿Se atreverá Elena a separar las piernas? Le da lástima porque Sirenita es feliz en el agua y después quedará impedida por dos enormes cicatrices. Si sobrevive.

Son más los monstruos y seguirá Elena-Eleno recibiéndolos.

12

Movimiento

Es hora de moverse. Eleno necesita un cambio de aires. Habla
con Mateo Tedesco. La situación se plantea como un viaje
no sólo hacia fuera, sino hacia el interior. Camina el caracol,
camina con su casa. La estructura se carga en todas direcciones. Pero el movimiento es efímero. Tal vez, el movimiento
no exista. O no se perciba. La engañosa idea del espacio y la
velocidad. De la distancia que no avanza. De la meta que no
se toca. Aquiles y la tortuga. Otra dimensión engañosa. Nada
es del color del cristal. Con que se mira. Pero el movimiento es
necesario. La trasformación no digamos. El azar ante todo.
Las reglas se diluyen.

El mapa de los viajes de Eleno aumenta y se agranda como
con lupa. Se entrecruza: hay regresiones y hay progresiones. Recorre y ha recorrido: Vélez-Málaga, Alhama, Granada, Medina
Sidonia, Jérez de la Frontera, San Lúcar de Barrameda, Arcos de
la Frontera, Marchena, Archidona, Osuna, La Guardia, Puente
del Arzobispo, Yepes, Ocaña, Villarrubia, Toledo, Ciempozuelos, Valdemoro, Pinto, Madrid, El Escorial. En este orden o en
otro, yendo y viniendo.

Pero lo que más le gusta es cuando camina a campo traviesa.
Sentir la tierra bajo el calzado y, a veces, descalzarse para mejor
sentirla. Las briznas de hierba, los terrones, las pequeñas ramas
partidas, la paja, las piedras. La vida pululante de los insectos,
de las hormigas, de los zumbantes mosquitos, de los caracoles

empeñados en dejar su rastro luminoso que si le da el sol se convierte en arco iris.

Se interna por los bosques en busca de extrañas plantas: ruibarbo, tila, achicoria, mejorana, mandrágora, cardamomo, amaranto, hepática, adormidera, pasionaria, mostaza, algarroba, ricino, cilantro, que luego puedan servirle para elaborar medicamentos. Arranca trozos de corteza de encinos y olmos para ofrecérselos al primer venado que se acerque. Imita los sonidos de los animales que salen a su paso, de los conejos y las liebres, de los zorros, de los lobos y de los osos, habla con ellos y los acaricia. No se asustan entre sí ni se persiguen, ni se amenazan. Cuando pasan volando águilas y halcones se detienen para posarse en sus hombros. Jilgueros y alondras le dedican sus más bellos cantos.

Elena y Eleno, que abarca todos los sexos es reconocida y amado por bestias y aves como quien no niega al otro. Se convierte Elena-Eleno en el sexo universal sin conflicto. Y los animales lo saben, porque para ellos no hay diferencias, sólo matices. Vale tanto un sexo como su complemento. Ambos se igualan en la creación. Nunca se consideran opuestos. Sino necesarios. Indispensables. Uno y otra.

Por eso, Eleno prefiere internarse en los bosques. Donde se borran las diferencias y tiene un lugar sin dar explicaciones. Sin justificarse. En silencio. Donde puede ser dos en uno con toda tranquilidad. A veces quisiera eso nada más: huir del mundo y quedarse a vivir en la espesura. Como una especie de cuento de hadas y sin ninguna consecuencia, en el que se contara su historia y, al mismo tiempo, la viviera.

Eleno necesita la soledad porque suele perderse entre los demás. A veces no sabe cómo actuar: se vuelve brusco, burlesco y dice las verdades que más hieren. Tiene la habilidad de encontrar, a primera vista, el mínimo defecto de quien está frente a él. Carece de límite y lanza improperios ante la mediocridad y la hipocresía. Sin pelos en la lengua se vuelve impío y no teme las consecuencias de una sociedad dispuesta a anatemizar al menor pretexto a quien no siga las reglas, así sean absurdas y ridículas, y a denunciar a quien intente ser diferente y vivir por su propia cuenta. El perdón no existe para quien cree en la libertad, pero hasta ahora Eleno ha salido impune de sus arrebatos y de sus críticas desaforadas. Ha sido aislado por extraño, pero ha escapado sin consecuencias mayores. El dogmatismo no le ha tocado aún. Aún.

En el fondo, cambia de lugares porque intuye el momento exacto en que su peculiaridad pueda ser descubierta. Y entonces emprende la marcha. Su equipaje siempre es ligero: poca ropa, sus libros preciados, su instrumental médico.

Un día, en sus movimientos por campos y veredas se topa de nuevo con Alonso Quijano, enfrascado en una nueva aventura. Esta vez, ante una cadena de prisioneros, exige su libertad porque, asegura, van forzados y nadie debe ser forzado a nada. No podría coincidir más con Eleno, que recuerda su pasado como esclava y el de su madre traída a la fuerza de África. Más las otras maneras de forzar que tienen las pequeñas agrupaciones de humanos. Que si las de los gremios, las de los religiosos, las de los ministros, las de los escritores, las de los caballeros y escuderos, las de los mecenas. No creadas para proteger, sino para ejercer el poder. Para decir: aquí estoy y pobre de ti si quedas fuera.

De nuevo, el problema, el gran problema es fuera y dentro, exterior e interior. Si quieres prosperar debes estar dentro, acatar estupideces, gritar en coro y firmar manifiestos. Digo yo, Eleno, que gusto de romper barreras y de establecer monólogos. Así que, admiro a don Alonso Quijano el Bueno, no por su locura o desfachatez, sino por su rebeldía, por su anarquismo. En realidad, no es un gran caballero como quisieran los demás, sino un anticaballero, totalmente fuera de tiempo y lugar, que no tiene idea de cómo funciona la aplastante sociedad de los que aplauden a falta de cabeza y sobra de manos. De los que se apoyan entre sí, temerosos de la soledad y del silencio. De los que repiten los lemas de moda o las deformadas palabras.

Ah, el silencio es otro de mis temas preferidos. Nadie sabe callar. O mejor dicho, callan cuando no y hablan cuando no. El sí predomina en su vocabulario. Que es más fácil el sí. Más ligero. Más volátil. ¿No? Sí.

Escucho las palabras de Alonso Quijano que habrán de ser repetidas por algún semifamoso escritor, porque me parece que este don Alonso Quijano tiene todas las características para pasar a ser un estupendo personaje literario. Ante las cosas vistas no se fía de ellas y las trastoca en nuevos conceptos. El error radica en tanto hablar.

De tanto hablar todo se aumenta, se distorsiona. Pasa al campo de la verdadera mentira. O como dice o dirá alguna vez el extraviado personaje: que la mentira es linda y donosa. Que la mentira es buena de creer, porque la verdad estorba. La mentira crece y la verdad decrece.

Mi verdad es que, con frecuencia, no soporto a mis congéneres. Parecen títeres disparatados. No hay en quien creer, ni en uno mismo. Van por aquí y por allí procurando sobrevivir, sin darse cuenta de que son cadáveres ambulantes.

Pienso mucho en la muerte. En el imparable movimiento de la muerte. Que no es la vida lo que se mueve, sino la muerte, que aclara el paisaje y brota nuevos espacios. Es la muerte la que da vida.

Por eso no descanso. Cambio y me traslado.

Me oculto en el hueco de los árboles y la luz de la luna me guía.

Cómo me gusta ocultarme en el hueco de los árboles, igual que si fuera un gnomo o una ardilla hacendosa.

Me han llegado noticias de relatos celtas y por eso adoro los bosques animados. Esto no debo mencionarlo, salvo en mi interior. La temible Inquisición, omnipresente, inolvidable, me acusaría de hereje, de pagana, de contaminante.

Callo por los rincones, pero mi movimiento interno no para. Cómo me gustaría gritar a los cuatro vientos canciones de extraños seres, historias africanas y frases de esclavos de las nuevas tierras descubiertas allende el mar.

Imposible hablar. Prohibido. Si el signo humano es la palabra y sus órganos de fonación para eso fueron creados, ¿por qué se silencia la sonoridad? Chsss.

Las cuerdas vocales vibran, se mueven. Están dispuestas a cantar como un laúd bien temperado o a salir disparadas como la flecha lanzada al aire hacia un blanco seguro. El sonido se atreve, vibran las ondas, el aire se serena. La luz es no usada, como en el soneto de fray Luis de León. Soneto, lo que suena, las palabras rimadas, las sílabas contadas.

Tanta belleza en las palabras y que no puedan significar con inocencia, por lo menos, ahora, entre nosotros, los habitantes del miedo, en el siglo del pánico. Sólo con pocas personas puedo hablar. Con las que piensan diferente, actúan de modo irreverente, portan un sello recóndito. Son señaladas, acusadas, denunciadas. Como mi ama, doña Elena de Céspedes, Mateo Tedesco, la bailarina china Lai, Alonso de La Vera, Juan del Álamo.

¿Qué hacer con la gente diferente? Porque no soporto a los iguales, a los masivos, a los emborregados. Pues nada. No puedo hacer nada, que son mayoría y dominan el panorama.

Hablar a escondidas con los pocos diferentes. Que no se enteren los demás que somos diferentes. El peor pecado. Imperdonable. Hablar a señas o con imperceptibles gestos de la cara o del cuerpo. Los ojos que indican. La sonrisa. El músculo esbozado. Nunca un movimiento completo. Nada a las claras. Que nos regalen el velo y la esfinge. Que seamos pocos, pero bien distribuidos.

La poesía en el reino de la metáfora, para mayor oscuridad. Sólo aludidos. Eludidos. De algún modo hay que distinguir el lenguaje. Si todo el mundo lo atropella, curémoslo. Si todo el mundo lo desvirtúa, enderecémoslo.

Somos una comunidad irreconocible salvo por el susto que provocamos.

El movimiento es lo que caracteriza a los diferentes, mientras que la abundancia es estática. Sigue órdenes y marcha al paso, sin trasladarse. Es un antimovimiento. Muy quietecito en su lugar. Nosotros no recibimos órdenes, por lo tanto, no las cumplimos. Lo cual es inconcebible. Nada amable, por cierto.

Como Eleno actúo como Elena. Como Elena actúo como Eleno.

13

La arquitectura como forma de dominio

Como derivado del movimiento, del continuo andar por los caminos, Elena suele elevar la vista y admirar las construcciones de los poblados y ciudades. Es algo que le intriga: las casas. Algo indispensable: chico o grande. Humilde o grandioso. Cómodo o desorbitado. Los grandes edificios: los palacios, los castillos, las torres, las iglesias. Su estatismo.

Todo ello, signo de dominio. Quien más, quien menos. Cuatro paredes, un techo y un piso. El esfuerzo de su construcción. El arte de la albañilería. Su gremio. Sólo le falta aprenderlo también y unirlo a su serie de oficios y beneficios. Le parece un misterio. Las leyes de gravedad sin conocer la gravedad. Los arcos. Las gárgolas. Los puentes.

Y no sólo las construcciones actuales, sino las antiguas, dejadas por los conquistadores: acueductos, anfiteatros, carreteras. La imposición de los estilos de otros pueblos. Cada conquista se impone en la piedra grabada. Capas de capas de construcción: sobre el antiguo templo el nuevo templo de la religión dominante. Aquí y en otras tierras. Los viajeros del Nuevo Mundo que conoce, sobre todo por relatos de relatos que le ha contado Juan del Álamo, dicen lo mismo. Las pirámides de la antigua Tenochtitlan, ahora Nueva España, han sido cubiertas por iglesias y catedrales. Las casas de los nobles aztecas yacen bajo los palacetes de los conquistadores.

Eso no se olvida. Todos siguen sabiendo lo que había allí, por mas soterrado esté. No, no se olvida. Luego vendrá la arqueología. Si hubiera nacido en otra época, también le hubiera gustado la arqueología.

Cada conquistador impuso sus reglas arquitectónicas. Creó la anatopía. Y la anacronía. Fuera de lugar y de tiempo, ajenas construcciones surgieron donde no deberían estar. Para regocijo de propios y extraños. Absurdos y contradicciones. Grandes carcajadas de los humoristas.

Cualquier cosa es una construcción a cambio de la destrucción. ¿Quién posee la dignidad de la construcción? Difícil, difícil materia. En arquitectura se vuelve un asunto de poder. El que lo ejerce ordena la construcción: nunca una pequeña y simpática construcción. Sino una grandiosa: aparatosa: asquerosa, denigrante. Enormes castillos, palacios suntuosos, iglesias abarrotadas, catedrales impresionantes. En eso gastan el dinero los gobernantes, el clero y los nobles. Quieren dejar su llamativa impronta para generaciones y generaciones posteriores. Y nosotros como grandes tontos que somos admiramos esas construcciones del pasado, olvidando a costa de quiénes fueron construidas. Hoy nos parecen maravillosas, pero debió ser horrible construirlas, a base de trabajo esclavo, latigazos, hambre, sed, muertes.

Piénsese en las pirámides de Egipto, por ejemplo, cuya argamasa fue fabricaba con sangre de esclavos judíos. Hasta que Moisés se rebeló y decidió sacar a su pueblo de Egipto, atravesar el mar Rojo y llevarlo al Sinaí. Y todavía las pirámides, aunque desmoronándose, se mantienen, ante el viento del desierto que todo lo barre y olvida.

Luego, en este reino, se multiplican las ruinas romanas inservibles, pero eternas. Monstruos también ellas, testigos de guerras, muertes, suicidios, asesinatos.

No digamos otras construcciones: las cárceles, las cámaras de tortura, las celdas, los falsos muros, los emparedamientos. No soporto la arquitectura, agrega para sí Elena. Veo un edificio y sé lo que significa. Es temible un edificio. Lleva el signo de la amenaza. Del castigo. De la penitencia. No me alegran los edificios públicos.

Hay uno en especial: el que alberga el Tribunal de la Inquisición. No lo soporto. Sobre todo sabiendo lo que ocurre dentro. Las innombrables torturas a que se somete a los acusados: los gritos, el dolor, el miedo, la sangre, la piel reventada, los órganos estallados, los cuerpos destazados, descuartizados, dañados para siempre. Pero, sobre todo, la mente de los torturadores: ¿qué habrá en ella o qué no habrá para ser capaz de esas perversidades? ¿Cómo un hombre puede hacerle eso a otro hombre?

En este momento, me despido de la humanidad. Borro sus cualidades. Dejo de creer en ella. Torno los ojos a mi querida Cleopatra que me mira alterada porque adivina mi pensamiento. Y no le gusta lo que pienso. La acaricio y la tranquilizo. El momento pasa a ser de ella. Mejor esto que cualquier otra cosa.

Pero ese pánico a un edificio es la prueba de que la arquitectura es una forma del terror. Lo inhóspito se refleja en los grises muros que desdeñan la belleza. Desde las puertas y hasta lo profundo de los calabozos nada detiene la vista para halagar su sentido. Una cárcel es una cárcel y nada lo remedia.

Lo peor que podría pasarme sería ingresar en una cárcel. Ya no ver el sol ni los colores de los campos que tanto disfruto pisar; y hasta descalzarme para sentir la húmeda tierra y la muelle sensación de las hierbas.

Ser sometida a una pésima rutina. No poder dormir en cualquier momento. Nada más notar el dolor y el dolor. Anhelar la muerte sobre todas las cosas. No poder lavar el cuerpo ni tener ropas frescas. Todo en la oscuridad y la podredumbre.

¿Cómo alguien puede inventar una prisión, una jaula, unas rejas? No he visto animal que lo haga. ¿Cómo alguien ata, amarra, encierra, pone grilletes? No he visto pájaro, caballo, perro, gato que lo haga. ¿Cómo alguien mata por gusto, quema con leña verde para mayor sufrimiento, ahorca, despelleja, descuartiza vivo, arranca el corazón? No he visto águila, alondra, cisne, liebre, gacela, que lo haga.

¿Quién inventó el cadalso? Esa elevada construcción, con sus escalones y sus instrumentos de muerte colocados con nitidez para mejor ver el suplicio, para que nadie se quede sin ver. El ansia de ver que domina al hombre. Todo lo debe ver. Ver sin ser visto. Ver, ver. En lugar de oír, de escuchar, de poner atención. Lo que se oye: el canto, el viento, el mar, la lluvia. Eso no importa. El sonido es inatrapable y no cuenta. Cuenta la maldita vista.

Ver la tortura. Ese es el espectáculo preferido de los inquisidores, de los ociosos, de los amargados, de los heridos de envidia, de los impotentes, de los que se escudan tras del confesionario.

No puedo seguir viendo las construcciones. Abjuro de la vista. Ensalzo el oído. Aprendo por lo que oigo. Quiero escuchar las historias nada más. No quiero ver. Preferiría la ceguera.

Dejaré de caminar por las ciudades. Sólo tomaré atajos y desviaciones. Periferias. Elegiré las periferias. El silencio de todos los campos. Sólo interrumpido por los sonidos naturales, no los que emite a todo volumen con sus máquinas infernales el inhumano género humano.

Me desvío por este atajo y, tal vez, tenga un encuentro agradable. ¿Por qué no? Algo debe suceder en mi vida. No importa lo que encuentre ni a quien encuentre. Pastores, caballeros, bandidos. Animales, todo tipo de vegetación, de piedra. Lombrices atribuladas, peces escamados, zorros despistados, osos ventrílocuos. Y si pensara en mi querida África: jirafas escandalizadas, leones apáticos, cocodrilos ahítos.

El encuentro es en una cueva. Al fondo se vislumbra un unicornio. Caso increíble. Pero cierto. Puedo narrar lo que sea: no tengo que rendirle cuentas a nadie. Don Alonso Quijano, con quien siempre me topo, también tuvo ocurrencias extraordinarias en el fondo de la cueva de Montesinos. ¿Por qué yo no?

Esto fue lo sucedido. Un día sábado me interné en la cueva y veía al fondo un resplandor. Una especie de altar mostraba un candelabro de siete brazos con las velas encendidas. Al lado un unicornio y un león cuidaban que no se apagaran. Como la visión era imposible decidí borrarla, pero persistía. Mis conocimientos científicos me impedían aceptar imágenes que no fuesen comprobables. Así que parpadeé varias veces y hasta cerré los ojos por unos segundos.

En efecto, al abrirlos de nuevo, la imagen se había borrado, pero en su lugar escuché cánticos en voz susurrante y cierto movimiento de personas. Esto sí me pareció factible y me puse a averiguar de qué se trataba.

Alguien a mi lado se llevó el dedo índice a los labios pidiéndome silencio. Comprendí que estaba en un lugar sagrado y que se trataba de un antiguo rito. De pronto, me iluminé: era *shabat* y los asistentes se ocultaban para celebrar el día santo del judaísmo. Tantos siglos de permanencia en España no impidieron que los judíos fueran expulsados en 1492 y su religión prohibida bajo amenaza de muerte y confiscación de bienes. Hicieron su agosto los reyes y el clero, ya que la expulsión fue en el mes de agosto. (¿Vendrá de ahí la expresión?) Los que quedaron sólo podían reunirse en la clandestinidad, aun con riesgo de ser descubiertos y entregados a la Inquisición.

Como todo lo rebelde y lo diferente me atrae, me quedé hasta el fin de la celebración que, por cierto, no incluyó beber sangre de niños cristianos, como suele decirse. Con lo cual me alegré mucho.

Este templo natural de la primera religión, sin necesidad de arquitectos, albañiles, pesas y medidas, me pareció lo más adecuado para quien quisiera tener un contacto con la divinidad. La cueva estaba sobre un monte y tenía entradas de luz natural que reflejaban efectos parecidos a los de los vitrales en sus juegos de claroscuro.

De pronto, comprobé que había personas que conocía. Estaba mi médico admirado Mateo Tedesco que me sonrió desde lejos. Estaba Juan del Álamo, lo que no me esperaba, y que hizo un gesto de disimulo. Elevándose en complicadas cabriolas en un rincón descubrí nada menos que a don Alonso Quijano. Ahora comprendí porque inventó esas historias maravillosas al salir de la cueva de Montesinos, en lugar de contar la verdad de su misteriosa desaparición.

Al final, todos nos dimos la mano y salimos gozosos. Había que dispersarse lo más rápido posible para no ser descubiertos. Cuando quise mirar por dónde se iban los celebrantes no pude ver ni un rastro. Me contagié de la premura y me alejé de la cueva sabática.

Este suceso fue algo que me alegró, como si yo también perteneciera a la comunidad. Siempre tenía la inquietud de saber quién fue mi padre y, por un momento, me hubiera gustado que fuera judío o cristiano nuevo. Pero no se puede ser tan ambicioso. La búsqueda de un árbol genealógico no es comparable a la arquitectura, aunque tenga sus raíces y sus ramas.

14

Titiriteros y teatreros

En sus correrías, Elena presencia todo tipo de obra teatral. Las artes escénicas le atraen, gracias a las cuales se desenvuelve bien en sus distintos papeles: masculinos, femeninos, ambiguos, esperados, desesperados, zurcidos en telas y en pieles, bordados en bastidores o arcabuces, tatuados en brazos o puñales, en discursos amorosos o científicos, de veras y burlas.

Le interesan las obras de travestismo. Después de todo su problema no es exclusivo. Muchos más han querido cambiar de personalidad. Pocos se han atrevido. Otros lo disfrazan en libros para que el autor pueda ser lo que no es. Cada quien se imagina ser otro, pero otro querido no despreciado. Cuando no lo es, entonces odia al otro. Es decir, a sí mismo.

Aclaremos, piensa Eleno. Por ejemplo: yo. Yo soy otro, tomo otro nombre. Me siento muy bien: interpreto mi papel: me lo creo: soy muy buen actor. Me canso: desecho el papel. Tomo uno nuevo. Soy Elena: me divierto. Tengo un amplio vestuario. A veces intercambio ropas: le doy un toque masculino a lo femenino y viceversa.

Los actores son así: para ser creíbles se meten a fondo en el personaje que no es ellos, porque si fuera ellos sería una falsificación. Paso primero: borrar el nombre o trasfigurarlo. Paso segundo: acabar con la identidad: la terrible marca agobiante que se creen, sobre todo, los demás. Una vez que te catalogaron quedaste fuera, no hay manera de volver a tu verdadero ser. Por más que insistas: YO no soy ASÍ, nadie te lo cree. Tercer paso: cambiar de casa, traje, manera de hablar.

No decir nada. Irte por las ramas. Arrancar las raíces. Olvídate de tus palabras preferidas, las que te señalan. Inventa unas nuevas de acuerdo a tu inaugurada personalidad.

Ya eres actor. Ahora aprende a moverte a otro ritmo. Moldea tu cuerpo y desacostúmbralo de sus vicios queridos. Adquiere nuevos vicios. Cojea, tose, húrgate la nariz, ráscate la cabeza, cómete las uñas y los pellejos, adora los tics. Esto si toda tu vida hiciste lo contrario. Y a la inversa.

De eso se trata: de hacer lo contrario: lo inesperado de ti.

Lo malo es que ya te clasificaron y no hay quien quiera corregir su punto de vista. El comodísimo punto de vista que te evita cambiar de opinión y aceptar que te equivocaste o que juzgaste según un patrón que ya no quieres alterar.

Que es de sabios cambiar de opinión es un dicho que nunca se cumple. Nadie quiere cambiar de opinión. O, consecuencia lógica: nadie es sabio.

Puede ser que aunque hagas lo contrario de lo que siempre has hecho, la ceguera afirme sus fueros y se siga viendo lo que antes hacías.

El público ve lo que quiere ver y oye lo que quiere oír. Aplaude. Ante todo aplaude. Porque para eso se va al teatro: a aplaudir rabiosamente. No hay crítica. ¿Para qué criticar? Si criticas eres peligroso. Llamas la atención. Chitón. A callar. A aplaudir.

A repetir los lemas generalizados. A asentir. A mover la cabeza verticalmente de arriba abajo.

Eso logran los actores. Para eso es el gran teatro del mundo. Porque un teatro que hace pensar es peligroso en grado sumo. Hay que evitarlo. Lo mismo los libros. Especialmente.

Por la vida hay que ir siguiendo el rastro caracolesco, es decir, baboso, de los demás. Lo trillado. Lo conocido. Lo sabido. Ni sacudir, ni menear. A no ser que quieras acabar mal. Muy mal. Pésimo. Hasta en la cárcel, el hospital o el manicomio.

Que nadie acuda a tus obras de teatro y que nadie publique tus libros. O lo hagan de mala gana.

O viviendo a salto de mata, como yo. Hoy en este pueblo, mañana en el otro. Hoy en este oficio, mañana en el otro. Por suerte, mis habilidades múltiples me lo permiten. Soy un gran actor.

Participo del uso del disfraz: como los actores: hombre que se disfraza de mujer que hace el papel de mujer disfrazada, a su vez, de hombre. El predominio del equívoco. Eso sí gusta. Ah, porque se trata del equívoco sexual. Eso sí.

En cuanto se toca el tema del sexo, el público se despierta, se inquieta, se ríe donde no, se siente bien. O mal. Nunca se sabe. Los recovecos del erotismo son impredecibles. El puritano no lo es. El licencioso deja de serlo.

El actor lo anuncia. Es libre para decir lo que quiera. El público mira para otro lado. Después de todo son las palabras del autor. El autor se libera porque no lo dice él sino su personaje y, en todo caso, se le piden cuentas al actor. El que recibe los huevos podridos es él. Peligroso oficio. Como todos.

Autor, *auctor*, actor, es lo mismo.

Y público, que también es lo mismo.

De catarsis nada. No quiero hablar de catarsis. Ni de los griegos. Ni de teorías sicologistas. Mucho menos de Aristóteles.

Sólo de Maimónides, gran conocedor del cuerpo, incluyendo el alma.

Lástima que Maimónides no escribió sobre los teatreros.

Otra forma de la escena imaginada es la de los títeres y marionetas. A falta de actores de carne y hueso, pues que sean de madera, clavos, papel, cartón, algodón, seda, paja, pegamento, hilos. Como aquí el engaño es tan claro, las historias son más disparatadas aún. Todo se resuelve a palos y golpes que no duelen por la calidad de los materiales. El asunto es burdo y sólo se salva por el movimiento imprimido a los muñecos. Hay quien lo acepta al pie de la letra, como don Alonso Quijano, que toma partido y parte los títeres, dando lugar al nacimiento de otro refrán: no dejar títeres con cabeza.

Es una forma de mostrar que hay un Hacedor, un Movedor, un Arbitrario, un Atrabiliario. *Deus ex machina*, comúnmente dicho.

Lo atractivo es la necesidad de contar, contar, contar. Sin cuentos, pobre de la especie humana. Lo típico son los cuentos, y como tales, su falta de veracidad. Se cuenta lo que no es y se calla lo que es.

Las marionetas mueven sus brazos, pero, en realidad, no los mueven: yacen en un rincón como personas sin voluntad, a la espera de ser accionadas. Nadie sabe lo que le espera. Quiero adelantarme a los hechos, en inutilidad. No sé ni lo que hay frente a mí. Ni el golpe que recibirá la marioneta.

Por lo que perdura el teatro es porque es previsible. Una vez visto la primera vez, todo se repetirá igual. Y esto es lo que quisiéramos: una pequeña clave que nos volviera videntes. Por eso abundan los videntes, los profetas, la bola mágica, las cartas.

En el fondo, sabemos que es mentira. Pero a algo hay que aferrarse. Los sacerdotes intimidan con su falso conocimiento. Prometen en nombre de Dios. Parecen tan seguros, sin saber nada de nada. Mueven como títeres y marionetas al pueblo.

Lo que yo sé, no puedo trasmitirlo. Me tacharían de rebelde, de hereje y me condenarían. Voy por los caminos en medio de pobrezas e injusticias aceptadas por la mayoría. No puedo protestar. No ha llegado mi momento. Tendrían que ocurrir cataclismos. Cataclismos mentales. Y astrales: para saltarme épocas e influencias cósmicas. Aunque dudo que cambiaran las cosas. Son siglos, milenios de pensar uniformemente. Sólo se cambia el título, pero el contenido es el mismo.

No importa si pienso o siento como una Elena de Céspedes de mi época o de otra. Lo importante es que piense y sienta.

Entre la gente de teatro que ha conocido Elena hay varias clasificaciones según a lo que se dediquen y al grupo que componen. Lope Pedrín es un bululú: él solito se las arregla para hacer varios personajes, imitar sus voces y agregar algún comentario como: "ahora la acción sucede en el campo de batalla". Viaja con apenas lo puesto y un pequeño zurrón, de pueblo en pueblo. Se presenta ante el cura y le dice que se sabe de memoria alguna que otra comedia, loa, entremés o romance y que puede recitárselos. El cura llama al sacristán, al barbero y otras personas principales. Lope Pedrín se monta sobre un baúl y empieza su recitación:

> —*Reduán, bien se te acuerda*
> *que me diste la palabra*
> *que me darías a Jaén*
> *en una noche ganada.*
> *Reduán, si tú lo cumples,*
> *dárete paga doblada,*
> *y si tú no lo cumplieres,*
> *desterrarte he de Granada;*
> *echarte he en una frontera*
> *do no goces de tu dama.*
> *Reduán le respondía*
> *sin demudarse la cara:*
> —*Si lo dije, no me acuerdo;*
> *mas cumpliré mi palabra.*

El bululú recibe su paga: unas monedas, un cuenco de sopa y un trozo de pan. Con eso sobrevive hasta el próximo poblado. Así, día tras día, con su memoria a prueba, hasta que la salud le alcance y acuda con Elena en busca de remedio.

Una compañía de dos es llamada ñaque. Lo mismo recitan octavas y sonetos que serranillas o nuevos cantares. Tocan el pito y el tambor. Suelen cobrar por su espectáculo de dos maravedís en adelante, con lo que apenas calman su hambre. Sus ropas están desgastadas y en el verano caminan descalzos, guardando las botas para el invierno.

La gangarilla es aún mayor: de tres o cuatro actores. Su representación es más animada: hay papeles para el gracioso y para la mujer, aunque ésta sea un adolescente a quien todavía no le cambia la voz. Cobran el doble del ñaque y comen mejor, agregando vino, carne y huevos a su dieta.

El cambaleo es mayor: lo compone media docena de actores e incluye a una mujer. Poseen una silla de manos para trasportarla y un vestuario variado. Su paga es de hasta seis maravedís. Su comida es buena y suelen quedarse en cada lugar casi una semana.

La garnacha es casi una compañía, por lo que cuenta con un repertorio de varias comedias, entremeses y autos sacramentales. Su vestuario es bastante amplio; son dueños de un burro en el que cargan sus enseres y va montado por la actriz. Se les recibe con alegría por donde quiera que llegan. Rentan un cuarto para descansar y no se miden a la hora de comer, probando de todo. Permanecen una temporada en cada aldea y el pueblo sale a despedirlos.

La bojiganga se compone de una docena de miembros. Toma su nombre de uno de los personajes típicos que aparecía con unas vejigas sujetas a la punta de un palo que agitaba constantemente. Su repertorio se amplía y sus condiciones de vida mejoran. Tienen los medios para alquilar un carromato y viajar más cómodos. El peligro consiste en que a veces se pelean entre sí y son difíciles de aplacar.

La farándula otorga mayor dignidad a la profesión. Su vestuario es de lujo. Trasportan sus pertenencias en un carruaje propio. Se visten y comen bien. Poseen capas para abrigarse. Sólo actúan en ciudades importantes y cobran doscientos ducados en los festivales mayores.

Las compañías son el verdadero teatro serio. Pueden incluir hasta treinta personas entre actores y ayudantes. Su repertorio es alrededor de cincuenta obras. Estudian y memorizan a la perfección. Son conocidos y famosos por sus nombres. Visten y calzan con elegancia. Poseen varias cabalgaduras, carruajes, literas. Acuden a los mejores lugares y son llamados a la corte.

Elena disfruta de todas estas variantes. Le interesa descubrir el móvil que lleva al actor a encarnar personajes ajenos a él y, sin embargo, identificarse con una situación hipotética. Al mismo tiempo observa a los espectadores y admira su trasformación, el olvido que logran de su corporeidad y de sus preocupaciones para sólo dedicarse a seguir una trama que, quizá, no les sea ajena.

15

Animación otra del mundo

¿Cómo, cómo fue posible que acumularas tantas guerras, tantas muertes, tantas historias en tu pequeño pero inmenso cerebro? ¿Cómo es posible que nunca pudieras organizar su caos? Sin estructura lógica ni cronológica, ¿cómo avanzas en el tiempo?

¿Cómo se te ocurrió, por ejemplo, tener dos sexos? Con lo que pesan. Si con uno basta y sobra. Bastante pesa uno. ¿Dos? Doble peso. Doble quehacer. Doble trabajo.

Elena y Eleno trabajan con sus mentes. En realidad, es una sola mente que varía de un polo al otro. El mundo de los sentimientos y el de las emociones. Podríamos improvisar con la mente de Elenao. En su interior abunda el caos. Por su duplicidad. Hay que ponerse en su lugar.

La manera de ordenar los pensamientos pertenecen a esa duplicidad. Las ideas pueden acortarse por medio de mínimas frases. De eso se trata.

El mundo de los pensamientos es el mundo de los sentimientos, ya se ha dicho. Sin sentimiento no se pensaría. Primero es el sentimiento y después es la emoción. ¿De acuerdo? Veamos. Los términos están invertidos. De la inversión nace la razón. Razón, ¿para qué te quiero? Te sueles equivocar. Sentimiento: tú también. ¿Entonces?

Acudamos a los significados para poner orden. Sentimiento es un estado de ánimo. Emoción es una alteración afectiva intensa. ¿Qué es primero? ¿Importa? Los que dan órdenes dicen que sí. Pero vamos a contradecirlos. Que es el caso de Elenao. Nada de que primero la experiencia y luego la escritura. Todo lo opuesto: primero la teoría, luego la práctica. Para eso existen los manuales y las instrucciones, las guías y los mapas. Sin ellos no haríamos nada. Ah, y las escuelas y las enseñanzas.

Primero el sentimiento. Después la emoción. Es decir, ahora, ante determinada circunstancia me toca ponerme triste y no alegre. Entonces, me pongo triste o alegre, según sea el caso. Según haga falta. Todo es muy práctico. Y, desde luego, pensado de antemano.

Por eso el mundo está tan animado.

Sea o no verdad lo explica todo.

Animación del mundo. Alma del mundo.

¿Existirán las vías místicas?

Porque lo que siempre se anhela, aún entre los descreídos y los escépticos, es el otro mundo. El que no se sabe si existe. Y que es inútil que se sepa o no. Porque no hay modo de revertirlo.

Pero, volviendo a la mistificación de los sentimientos y las emociones, son muestra de la animación del mundo. Del deseo de que lo mío se pase a lo tuyo.

Esa necesidad del doble es innegable. Sería tan amable ser siempre dos en uno. Que no hiciera falta el otro, ya que nos crea tantos problemas. Yo, Elena y Eleno, aparentemente lo he resuelto. Pero no es así, porque entonces necesito otros dos para ser yo. Y mientras más, peor. La multiplicación es un grave error.

Así que yo divido. Divido con la espada, con la imaginación, con el sentimiento y la emotividad.

En este momento tengo que encontrar a alguien. Alguien que me ayude en el trance en que estoy. Porque me siento al borde de la locura. Conozco los síntomas. Poco a poco se instalan y llega un momento en que no pueden ser desalojados.

Y no pienso en un médico, porque Mateo Tedesco podría ayudarme, sino en una pareja. Alguien que me acompañe y rompa mi soledad y los ataques de locura. Siento que mis dos sexos me dan dos personalidades y si ya es difícil vivir con una, ¿cómo vivir con dos? Porque pueden ser dos que se ataquen, dos antagónicas que quieran destruirse la una a la otra.

La armonía de los sexos en un solo cuerpo no se me da. Es indudable que se trata de una batalla. Tal vez por eso disfruto tanto ir a la guerra y satisfacer ahí mi impulso de matar. Quisiera matar una parte de mí. Lo malo es que no sé cuál.

Mi historia es la historia de las guerras. Toda historia empieza con una guerra y si no, no es historia. Las guerras determinan la vida. Matan, sí, pero aclaran el paisaje, limpian las ciudades, dan trabajo a los desempleados. Hay tortura, hay muerte. Claro. No faltaba más. De eso se trata.

En la tranquilidad aparente, y digo aparente porque tranquilidad no hay nunca, de pronto salta una guerra como pulga sedienta de sangre. La ciudad se desbarata, mueren sus habitantes. Al poco, regresan, no se sabe de dónde y empiezan a barrer y a construir de nuevo. Los hombres son hormigas insistentes. Si alguien orina su hormiguero, lo limpian y adelante, a pesar de los ahogados. Qué constancia.

Por eso, insisto, el mundo está tan animado.

Es como una obra de teatro. Levantar escenarios y luego doblarlos y guardarlos para tiempos mejores.

Las guerras. ¿Te ha tocado la saña contra los cuerpos ya muertos? ¿Para qué desmenuzar, mutilar, arrancar, violar un cuerpo inerte? ¿Inflingir dolor a algo incapaz de sentir? ¿A un trozo de madera? ¿Una roca? ¿El curso de un río? ¿Dar latigazos a la arena? ¿Ahorcar las olas del mar? ¿Fusilar un roble?

Pues eso lo hace el hombre a diario. Coloca a sus enemigos en fila ante una pared y los acribilla. Tan tranquilo. Es un soldado. Muy buen soldado. Recibe y cumple órdenes al pie de la letra y del cañón.

Así he hecho yo.

Me han felicitado, además.

Por lo tanto, no soy diferente.

Soy diferente cuando veo o ven mi piel oscura, siento mis mejillas marcadas, mi sexo indefinido. Mis maneras ambiguas entre los que no son oscuros, no han sido esclavos y no son ambiguos.

El mundo sigue siendo muy animado.

Por eso, regreso a mi gato, también doble como yo. Es mi único reflejo. Mi única manera de ser alguien con alguien. Que me tocara, exactamente a mí, este gato-gata.

Por eso, pienso, a veces, que estaba predestinada. Predestinada a comprender más allá de lo que comprenden los demás. Y, sin embargo, predestinada también al silencio, a guardar en mi mente un mundo infinito que me desborda y apasiona. Como una interminable catarata o un desierto inagotable.

¿Qué hacer con una riqueza inmensa que no brilla sino internamente?

¿Cómo sacarla al exterior si en el momento de salir se carbonizaría?

Y, sobre todo, en este siglo que me tocó vivir y en este país.

Sería como el secreto del rocío y la eternidad del rayo.

Porque añoro las tierras africanas que no conocí y los cielos estrellados que nunca vi.

Aquí, en cambio, no sé lo que hago.

Me asfixio.

Pero me resigno. Nunca regresaré a mi origen.

Nunca seré de donde estoy.

Por eso, camino y cambio de ciudad y de oficio y de traje y de sexo.

Qué encerrada estoy en esta mente y en este cuerpo.

Si pudiera abrirlos. Una pequeña abertura nada más. Para que el interior se aireara y contemplara, por lo menos, los campos y los bosques, los ríos y el mar, las nubes, los árboles, los animales de la naturaleza. Porque el resto no vale la pena. Las ciudades y las construcciones no tienen sentido alguno.

Por eso la lluvia, el sol, los terremotos, los maremotos las destruyen sin piedad. Saben más.

Esa pequeña abertura que quisiera abrir en mi mente no es necesaria. De un solo vistazo recreo la animación del mundo. Contemplo: a unos muriendo, a otros naciendo, creciendo, luchando, comiendo, copulando. El perpetuo móvil. Nada quieto. Todo en evolución.

Ánima, animación, animado, animal, animar, desanimar, anímico, animismo, ánimo, animosidad, animoso.

En fin, todo lo que se guarda entre las duras paredes craneales está a punto de explotar. Y, sin embargo, sigue cabiendo todo tipo de nueva idea, de primera imaginación, de pensamiento solventado. El mundo en su animación se extiende.

16

Lo que se calla

Elena ve un mundo a su alrededor que no aparece en los libros que lee o en el teatro al que acude. Los escritores están muy lejos de la realidad. Más aún de lo que suponen. Callan lo que sucede por embellecer lo que no sucede. El miedo, de nuevo el miedo hace su aparición. Lo que puede decirse y lo que no. Lo que es correcto decir y lo que no. Esa nueva frase que aparece por todos lados aunque no se exprese: "lo políticamente correcto". Lo que hay que repetir sin analizar porque todos lo dicen. Lo bien dicho. Así se habla de las glorias de España y no de las desdichas de la Colonia. De los perfectos caballeros y del amor ideal y no de los embaucadores, de los corruptos y, desde luego que nunca, de la aplastante Inquisición.

Salvo un género que empieza a ponerse de moda porque es un desahogo. Las novelas en las que los pícaros y los bajos fondos son los protagonistas. Donde sí aparecen los errores, el hambre, la corrupción, la deslealtad, la falta de amor. Entre los libros preciados y leídos una y muchas veces por Elena de Céspedes está *La Celestina o Tragicomedia de Calixto y Melibea*.

En sus páginas el verdadero mundo deambula y aún pueden ser leídas y alabadas, pero poco faltará para que sean prohibidas, desgarradas y arrojadas a la hoguera.

Entonces, prevalecen las buenas noticias: todo disfrazado y nada de provocaciones. Bellas obras. Fáciles obras. Sencillitas.

Por ejemplo, escasos autores describen la persecución y muerte de las llamadas brujas. Claro, Miguel de Cervantes sí. A él pocas cosas se le escapan. Por eso le va mal. No goza de la inmensa fama de un Lope de Vega o de un Calderón de la Barca.

Pues esto de las brujas es alarmante para Elena. Por quítame allá estas pajas y reúnelas para la hoguera, te queman. Ojalá no me vea yo involucrada en alguna acusación brujeril. Y lo temo porque la profesión médica casi roza, ante ojos inquisitoriales, con la hechicería. Por eso prefiero vestirme de hombre, que si de mujer aún sería peor. Si es médica es bruja. No maga, que suena muy bonito, vil bruja en cambio, que suena muy mal. No hermosa maga. No. Eso no. Nunca.

Pócimas, hierbas, cocimientos, cataplasmas, mezclas, brebajes, bálsamos. Si de Fierabrás serán aceptados. Si de la Celestina jamás. Míos, ni en broma.

Se me ocurre preguntar, ya que soy tan buena lectora y estoy al tanto de las últimas novedades y éxitos de bolsillo: ¿por qué esos temas no han llenado páginas y páginas de escritos? Si son la novedad, lo que sucede a la orden del día. Autos de fe por aquí, autos de fe por allá. ¡Viva (muera) la Inquisición!

Creo que tengo la respuesta, no faltaba más. Porque la literatura fue suplantada por la burocracia. Las páginas y páginas que se llenaron con preciosa caligrafía fueron las de los procesos inquisitoriales en miles y miles de folios. Que, cuando pasen siglos, podrán ser leídos por todo público y darán lugar a sesudos estudios. Bueno, y también a novelas.

Ya que estoy de vaticinadora, como cualidad propia de mi hermafroditismo, también llegará el momento en que se expongan a la luz pública los atrofiantes instrumentos torturadores para hacer confesar a quienes no tienen nada que confesar y que, mientras más niegan, más torturados son, hasta que, finalmente, sea o no verdad, comprenden de qué se trata y confiesan cualquier cosa que los torturadores quieran oír. El problema radica en adivinar qué quieren oír los susodichos torturadores, para dejar de ser torturados.

Pues bien, esos delicados instrumentos llegará el día en que pasarán a ser acervo de los museos nacionales. Entonces la gente se formará en extensísimas filas para entrar al Museo Nacional de las Torturas y horrorizarse, pero sin quitar la vista, de la extraordinaria imaginación de los torturadores.

Lo malo es que a mí no me ha tocado esa época, sino la actual, la real, en la que sí se aplican con gran precisión tales instrumentos. Aunque quién sabe, a lo mejor en futuras épocas surgirán nuevos inquisidores llamados de manera más elegante que se inspirarán y perfeccionarán de modo masivo la tortura y muerte de inocentes. Seguro que inventarán, en lugar de la primitiva hoguera de leños y fuego, una industria de la muerte y hornos crematorios con la última tecnología, capaces de destruir vidas humanas al por mayor.

Así que me da lo mismo, lo mismo me da vivir en esta oscurantísima época que, digamos, en la de un lejano siglo XX, XXI o el que sea. El hombre permanecerá siempre fiel a sus ínfimos instintos.

Por semejantes pensamientos que tengo, sería declarada bruja de las brujas y hereje de los herejes. Lo que me pregunto es si llegará algún día en que los inquisidores logren abrir el cráneo de los torturados para conocer de verdad lo que piensan. Aunque mejor no les doy ideas.

No creo en la perfectibilidad del hombre, sino en su mente dirigida al mal. A lo mejor tienen razón los inquisidores: su propio espejo es el que revierten en los demás. Seguro son ellos los nihilistas (qué bonita palabra me he inventado antes de tiempo), los apóstatas, los desviados, los perversos sexuales, los impotentes. Creyendo que sirven a Dios sirven al Demonio.

Y, sin embargo, hay que guardar un resquicio para la esperanza. Esa pequeña luz interior que aún es capaz de crear mundos.

De pronto, hay gente que borra la maldad. Sabios escondidos que dan la mano al que está al borde del precipicio. Los que no callan y usan palabras de bondad. Los que sonríen y hablan en voz baja.

Los que acarician a los perros, a los gatos y presionan sus dedos en la testuz de los caballos.

Pero pocos, son pocos. Mudos. Ciegos. Sordos.

Guardan en el cuenco de la mano agua para bendecir. Agua que ellos han acarreado de las fuentes vírgenes de la montaña.

¿Existirá esa agua?

Agua del río Jordán, mas no bendita, agua de riego para el trigo sediento. Agua del campesino olvidado.

Lo que se calla es múltiple. Seguramente es más de lo que se dice. Hay que aprender a callar. Es toda una ciencia.

Por lo tanto los diálogos sobran. Lo indecible es lo verdaderamente valioso. Como me ha explicado Mateo Tedesco que ocurría en la teoría de antiguos creyentes en la iluminación. Los que leían el *Zohar o Libro del Esplendor.* Libro que no debo mencionar, so pena de ser denunciada ante la Inquisición. Por eso, lo nombro en mi interior nada más. La Cabalá o tradición recibida es libre de interpretar el texto sagrado y esto sería inconcebible entre los cristianos. Así que, silencio, silencio.

Son muchas más las cosas que debo callar, pero a veces, ni siquiera en mi interioridad me atrevo a mencionarlas. Cómo será de grande el temor y el quedar bien con los demás.

¿Será así siempre? ¿No habrá una mejoría en épocas venideras? Con frecuencia mi don adivinatorio se ve restringido por un absoluto escepticismo.

¿Qué hacer entonces? Dormir y callar, como el cuento de la paloma y el ratón. Cuento que no pude contarle a mi hijo porque lo abandoné. Es también algo que silencio. Ese abandono y esa sensación de libertad que me alivió, pero que me regresa como una añoranza, como una obra incompleta cuyo curso se ha perdido para siempre.

17

Hermafrodita, hacia adelante en el tiempo

Soy como soy y puedo ser más. Una ventaja, no una desventaja.
Alquimia me formó y natura se rió. Existí en todas las épocas,
causando miedo y sorpresa. Perseguido o enaltecido. Hombre
y mujer: Hermes y Afrodita unidos: nace el imposible y bello
Hermafrodito, de quien se enamora la ninfa Salmacis: al no
ser correspondida pide a los dioses unirse a él para siempre.
Extraño. Eso sí. Extraño ser. La cumbre de la ambigüedad.
Positivo y negativo. Verde y rojo. Amor a todo extendido. Cántico alto y bajo. Contratenor natural. Puedo escoger. Puedo
cambiar. Puedo decidir. ¿Qué soy? Soy.

El amor al nombre de Dios es, pues, total. Lo que no logró
ningún místico. Se le puede amar desde la perspectiva masculina hasta la femenina. Los rezos se entonan en toda la regla
gramatical. El sueño de la semántica abarcadora se logra.

¿En qué trabaja un hermafrodita? Ante todo en un circo:
puede ser la mujer con barba y el hombre con pechos. Es poderoso y delicada. Alto y redondeada. Sol y Luna. Oro y plata.

Soy lo que soy.

Pues sí, soy muchas cosas. Empecemos. Soy el verdadero
sueño de la imposibilidad. Lo que debió ser el origen. Los dos
sexos en uno. La unidad alcanzada. La esfera original que lleva
en sí el principio y el fin. El nacimiento y la muerte. La total
soledad y compañía. Soy los opuestos integrados. Ya no más
luchas: el proceso de la creación sin conflictos. Puedo ir a la

guerra y puedo quedarme a bordar pañuelos. No más separación. La masturbación bien entendida. El orgasmo bipolar.

Soy lo oculto y lo manifiesto: todo en uno.

Soy la creación: me puedo autofecundar. Mis hijos son auténticamente míos. No tengo dudas. Y si las tengo permanezco infértil. Mis hijos son de todo tipo: pensamientos amalgamados que producen máximas ideas. Mis rasgos son el intelecto y la meditación. Mi cuerpo se funde y al fuego del atanor renace.

Soy el sueño dorado —y logrado— de los incestuosos: dos hermanos en uno.

También me llaman andrógino y soy, por eso, la perfección espiritual, el arquetipo metafísico.

No importa si cuando nací mis padres no supieran qué hacer conmigo: ¿es niño o niña? ¿cómo lo vestimos? Tal vez de niña. Sí, es mejor de niña y que después ella decida. Pero había problemas al exhibirme desnuda ante otras niñas. Además, me gustaba subirme a los árboles, jugar con trenes y disparar pistolas de juguete. Aborrecía las muñecas, aunque me divertía tejer y destejer con ovillos de todos los colores. Y también coser y cocinar. ¿Qué sería, en fin? Pues, la alternancia, decidía yo. La alternancia.

Unas veces un sexo, otras otro. ¿Qué mayor flexibilidad? La bisexualidad en marcha. Amar cada clase de ser humano, sin discriminar, sin temer. Qué limitación, qué estrechez los que están atados a un sexo definido: ¡qué horror! Son los que hacen la guerra. Yo hago la paz y es mucho mejor. Incluso mejor que el amor. Sólo yo comprendo el amor. Y la paz.

En realidad comprendo todo mucho mejor que los unisexuados. Combino en mí dos perspectivas y al ser dos, son doscientas, dos mil o dos millones. La exageración es mi fuerte. En todo exageré desde que puse en aprietos a mis padres y al médico y al maestro y al psicólogo y a la caraba en moto.

Mi columna vertebral es eso: una columna vertebral. Una columna vertebral que pertenece a los más antiguos dioses. Ya que soy la totalidad y la integración de los opuestos. He aquí que soy la Unidad. Auténtica. Sin desperdicios.

Soy una fuerza espiritual que provoca angustia e inquietud. Porque aunque me defienda, la verdad es que soy un ser intermedio. Ambiguo. Esa es la palabra: ambiguo. ¿Y polémico? ¡Polémico! No sólo pertenezco al pasado, sino, claro, al incomprobable futuro. Por lo tanto, se espera todo de mí. O nada. ¡Ay!

También me atribuyen no ser real, sino producto de la imaginación. *Ergo*, nací de la mente de alguien, o de su cerebro, o de su cráneo. Ah, esto me recuerda a Atenea. Con su complicado parto cerebral jupitoriano. Sus problemas en torno a la castidad. Su vestimenta mixta: túnica femenina, casco y lanza de guerrero. ¿Sería hermafrodita?

¿El conocimiento es hermafrodita?

Creo que sí.

Si paso al arte de la alquimia, soy Mercurio, el inestable, el mensajero. El que va y viene, viene y va. Que participa: es y no es. Movedizo como el azogue. Explotado por los dioses que lo mandaban de un lado a otro. El juego del termómetro. Columpio de plata. A veces estoy representado por una figura de cabeza doble (más puritánico, que lo doble es otra cosa) y acompañado de la palabra *rebis*, doble cosa (ahora sí).

Por cierto, no necesito hablar de sexo. Yo soy el sexo absoluto.

¿Y los cabalistas, qué pensaban de todo esto? Buena pregunta. Difícil respuesta. Tendré que investigarlo. Por lo pronto, me digo: ¿hubo cabalistas hermafroditas? Si no los hubo, los habrá.

Ahora recuerdo que el Adán primigenio, Adán Kadmón, era masculino y femenino a la vez, antes de la existencia de Eva. En el Génesis 1:27 dice: "Varón y hembra los creó". Constituía Adán Kadmón los pilares del mundo: la unión de lo activo y lo pasivo. La tierra en sí, los cuatro elementos. La falta de secretos.

Lo que se repite en la tradición alquímica al afirmar la unión de los opuestos como la corona de la perfección. El hermafrodita apoya sus pies sobre un dragón que simboliza el poder sobre la tierra, el agua, el aire y el fuego. Es el origen de la creación, ya que hombre y mujer por separado son infértiles.

El *yin yang*, pasivo y activo, se me asemeja como el orden universal que represento.

Por eso Platón pensó en un ser doble de doble sexo para el amor perfecto.

Y no olvidemos que Tiresias antes de ser hombre fue mujer, como castigo por haber visto el cuerpo desnudo de Atenea. Dos cosas aquí: convertir en mujer es un castigo y de la mujer adquirió el don de la profecía. "*N´est pas mal!*", digo, lo último. Porque yo amo a los dos sexos y no creo que pertenecer a uno o al otro sea un castigo.

A Shakespeare, a Cervantes, a Calderón de la Barca, a Lope de Vega, a Tirso de Molina y, no faltaba más, a la querida Virginia Woolf les dio por los herma. Más bien, el teatro fue el medio de satisfacer el travestismo. Que me visto de mujer y soy hombre. Que soy mujer y me visto de hombre. Que me da lo mismo y que lo mismo me da. Oscar Wilde vestido de Salomé. ¿Salomé vestida de Oscar Wilde? Greta Garbo de reina Cristina vestida de hombre. Sarah Bernhardt haciendo de Hamlet. Marlene Dietrich, Judy Garland, Shirley MacLaine, de semitravestistas: con medias negras y tacones, frac y sombrero de copa.

Sigo encontrando datos: aparte de Adán hermafrodita, está Zeus hermafrodita según algunas leyendas. Que para ser el dios de dioses tenía que abarcar la sexualidad completa. Mientras que en Chipre se adoraba a una Afrodita barbuda. Dionisio también gozaba del medio camino entre lo masculino y lo femenino. Y están las tradiciones chamánicas, según las cuales los sacerdotes se visten de mujer para oficiar y representar la situación ideal de dos sexos en uno. Frontera entre ilusión y realidad. Y ahora caigo en la cuenta, están también los sacerdotes católicos y sus trajes talares.

Las amazonas. Oh, las amazonas: acomodadas a la guerra se cortan un seno para mejor disparar flechas. Hoy se convierten en soldadas, en acróbatas, en gimnastas, en corredoras, en tenistas.

El intercambio de papeles en el gran teatro del mundo. O la gran igualdad por fin alcanzada. Todos somos hermafroditas.

El espanto o la idealizada belleza. Esos cuadros y esas estatuas de personajes ambivalentes. Miguel Ángel, Leonardo da Vinci, Giovanni Battista Caracciolo, Aubrey Beardsley. O repulsivos como el hombre que amamanta, de José de Ribera. ¿Son hombres? ¿Son mujeres? ¿Ambos? El nombre es masculino pero parecen féminas. O viceversa. ¿Entonces? Así es. El nostálgico sueño de la unidad recobrada. Del Paraíso integrado. De la trasgresión aceptada. Porque de eso se trata. De que la trasgresión se vuelva la norma y la norma, trasgresión. ¿Qué tal? El caso es nunca estar contentos.

¿Pecado de envidia? Lo que sobra y lo que falta: enigma sin resolver.

Problemas modernos: soldados que se vuelven mujeres: soldadas que, como la antigua doncella del romancero, arrojan las armas y piden el huso para hilar: campeonas olímpicas que resultan ser hombres: transexuales que piden sus derechos ante la ley. Ganancias en este mundo ambivalente: las Olimpiadas de 2004 aceptan deportistas transexuales. Como dice una mi amiga: "*It breaks my heart!*"

¿Qué más, que más puedo decir? Falta la parte científica. Reuní muchos artículos para tratar de entender el problema. Luego sí es problema. Veamos por partes los últimos avances. Según Anne Fausto-Sterling (apellido apropiado, por cierto), existen cinco sexos: la sexualidad abarca mucho más que las dos divisiones clásicas de masculino y femenino. Una tercera clase es la de los propiamente denominados hermafroditas, que poseen un ovario y un testículo. Una cuarta es la de los hermafroditas masculinos que poseen dos testículos y algunos aspectos de genitales femeninos. Y una quinta, la de los hermafroditas femeninos que poseen dos ovarios y algunos aspectos de genitales masculinos. En fin, la naturaleza revuelta.

A eso, agrego cómo manejar el asunto desde el punto de vista ético. El doctor Garry Warne cuenta la vez en que fue llamado al hospital para establecer a qué sexo pertenecía un recién nacido con genitales atípicos. Apocalípticos. No supo establecer si lo que veía era un clítoris aumentado o un pene reducido. El orificio urinario no estaba en la punta del falo, sino en el perineo. Los pliegues genitales estaban parcialmente fusionados. Podía palparse una pequeña gónada de un lado, pero no del otro. El ultrasonido no demostró con claridad si había un útero. Los cromosomas eran mixtos: 46XX-46XY. Y así sucesivamente. ¿Qué se hace en este caso de intersexualidad? (No de intertextualidad.) Si se decide practicar una cirugía para definir uno de los sexos puede ocurrir que cuando el sujeto crezca no se identifique con el sexo que se le asignó. Que sus inclinaciones sean hacia lo opuesto y que ya sea tarde para modificar su situación. Y muy bien podría aducir que la decisión fue tomada sin su consentimiento.

Yo no operaría y que fuera lo que fuese. ¿Tú?, si tú eres ella del problema.

Es decir, que una solución clínica no lo es sicológica.

El machismo y la figura de don Juan, ¿no serán producto de esta ambición sexual? La oscilación e inseguridad es el deseo de afirmarse exageradamente dentro de un sexo. Tal vez don Juan era hermafrodita y se empeñaba en no reconocerlo. Ya Gregorio Marañón lo había estudiado.

Regreso al principio. Al oscuro momento de los orígenes, de la separación del orden y el caos, de la luz y las tinieblas. De la indiferenciación.

Soy como soy y puedo ser más. Cambio de los cambios. Lectura abierta a toda interpretación. El rayo de luz, *kav*, reduce el universo y establece el origen de la vida. Nada es definitivo. Ni yo. Mal invento el punto final: aquí termino sin punto

18

Los cabos sueltos

La vida se forja de cabos sueltos. El tejido es inexistente. Los hilos se entrecruzan, a veces sin que lleguen a tener un sentido. El bordado escapa a un plan preconcebido y los colores no terminan el diseño. Siempre queda un nudo que se deshace.

Las páginas del cuaderno se doblan mecidas por el viento. Los dedos apenas se apoyan sobre el papel. Hay que unir las historias, incluso artificialmente. El deseo es completarlas, conocer el fin. El fin anticipado es no dejar nada a la imaginación. ¿Nada?

El reino de la imaginación no se deja vencer, ni aun por poderosos ejércitos lógicos. Entonces, diríamos que la vida es un juego de la imaginación.

Diríamos que la imaginación es la vida, sin más.

Porque lo que tenemos delante es un cabo suelto.

Intentamos atarlo. En vano.

Intentamos tejerlo sin agujas a la mano.

Otra vez, en otra de sus correrías, Elena de Céspedes se topa con don Juan del Álamo. Siempre ha querido tener una buena conversación con él. Siente un atractivo por él. No sabe a ciencia cierta de qué tipo. Pero le gusta verlo y ser vista por él. Como si él fuera a salvarla de males y peligros. Alguien a quien puede dirigirse la palabra. Cosa que no ocurre con todo el mundo.

—¿Sirvió mi afrodisiaco?

—Hasta cierto punto.

—¿El punto álgido?

—Regular, pero algo es algo.

—Está en la mente, ¿sabes?

—Sí, lo sé, ya no me preocupa tanto. Llego hasta donde se puede y eso es todo.

—Esa es la verdadera sabiduría.

—Conocer el propio límite.

—Si se puede.

—De acuerdo.

—Nuestra conversación es críptica.

—Y, sin embargo, nos entendemos.

—Si alguien nos oyera, ¿nos entendería?

—Depende.

—Claro.

—Mateo Tedesco nos entendería.

—Claro, él es parte de nosotros.

—Entonces, no hace falta hablar.

—Pocas veces hace falta hablar.

—Casi nunca es necesario.

—Necesario, necesario, no.

—Pero nos desesperamos si no lo hacemos.

—¿El qué?

—Hablar.

—Callar es mejor.

—Sobre todo si no se conoce el asunto.

—Al revés, cuando más se conoce el asunto.

—Tienes razón, no hay nada como el silencio.

—Pero qué pocos lo saben.

—Porque es lo más difícil.

—¿El silencio?

—El silencio.

—Mira si será difícil que hasta te torturan para que no lo guardes.

—Eso es diferente.

—No, es lo mismo.

—¿Y los cabos sueltos?

— Ah, pero ¿hablábamos de cabos sueltos?

—No sé, pero ahora sí lo son.

—Qué gran conversación.

—Grande o pequeña, es la nuestra.

—La que nadie podrá repetir con otra persona.

—Solamente nosotros dos.

—En un boca a boca.

—En un torneo de alusiones.

—En un enganchar palabra con palabra.

—Como si fuera un tejido.

—Un tejido de habilidades.

—Algo que estamos a punto de descubrir.

—Pero que se queda ahí.

—A medio camino.

—Que es camino completo para nosotros.

—Un largo recorrido.

—Que se convierte en un atajo.

—En una desviación de la norma.

—Verdad es.

—Nadie habla así.

—Ni así ni asao.

—Tú y yo sí.

—Es un hablar en clave.

—En clave musical.

—De Sol y de Fa.

—Lo que uno empieza el otro lo termina.

—Como si sólo hablara uno.

—Y otro.

—Lo que estamos haciendo es un diálogo interno.

—Pero hacia fuera.

Hay cosas que deberíamos decirnos.

—Más bien cosas que deberíamos preguntar.

—¿Quién empieza?
—Es lo mismo.
—Que lo mismo es.
—Sobre los orígenes.
—Yo dudo y tú dudas.
—No sé si es el momento de saberlo.
—Tienes razón. Tal vea sea mejor ignorar.
—Aunque llegará el momento.
—En que no se podrá evitar.
—Contar nuestras historias.
—O mejor dicho atar los cabos.
—Cabos sueltos imprescindibles.
—Que desearán ya no estar sueltos.
—Hay momentos para todo.
—¿Será este el momento?
—Falta un poco todavía.
—Es temprano y aún caminaremos separados.
—Pero nuestros caminos se cruzarán.
—Se cruzarán. Tenlo por seguro.

19

De escritores

Como gran lectora que es Elena y también Eleno, están al tanto de las novedades. Como grandes obsevadores que son, ambos escudriñan la especie de los llamados escritores. Las novelas y los poemas se los conocen muy bien, pero lo que son sus autores saltan de sorpresa en sorpresa.

Los tienen muy bien catalogados. En particular, a los que se apegan a las reglas, son convencionales y repiten siempre lo mismo. Los que, sobre todo, tienen gran éxito de ventas. Que entre ellos y los impresores se la pasan muy bien. Se apoyan unos a otros, pero también se atacan, se insultan, se roban, se plagian. Son un gremio muy especial. Hasta Platón los menciona y los exilia: por mentirosos habrán de morar fuera de las ciudades, pues hacen daño a los ciudadanos. Suelen tener la costumbre de creerse dirigentes de la opinión pública. Recomiendan a un duque o a un conde para determinado puesto y a un prelado y a un sacerdote para otro más.

En época de elecciones, si se trata de votar por algún candidato lo único que les importa es si ese candidato será su mecenas o no. Son tan egoístas que sólo piensan en su ridículo patrimonio. Incapaces de ver la pobreza y la corrupción a su alrededor sólo piden unas cuantas monedas de oro para malvivir.

Son expertos en poner zancadillas. En alargar las manos para recibir la limosna. En escribir alabanzas de cualquier pa panatas. En distorsionar, en creer a pie juntillas, en imitar.

Los que no se prestan a esos juegos malabares son arrinconados, olvidados, despreciados, vilipendiados. Si no entran por el aro son extraños seres condenados a la hoguera, a la parodia, al escupitajo, al sambenito. Así, los escritores insobornables, los que no aceptan las normas de la mayoría, los diferentes, no hallan ninguna ley protectora de animales ni de derechos humanos que los sustente. Ellos mismos se lo han buscado. Que no se quejen.

No, si no se quejan.

Pero, a veces, sí. Por lo menos tienen derecho a señalar la ética. ¿O tampoco?

Tampoco.

Para los rectos y los honrados, nada.

La literatura está dividida en dos grandes ramas: la de los cristianos viejos y la de los cristianos nuevos. Y eso no sólo en tiempos de los Elenos sino a partir de 1492. De la fatídica fecha de expulsión de los judíos de tierras de España. Que desencadenó el peor de los conflictos de su historia. Los Elenos lo saben muy bien, porque Mateo Tedesco los mantiene informados.

En el orden de la escritura las dos ramas describieron la vida crítica o la vida nacionalista. Lo que no es agradable oír y lo que sí. Los cristianos nuevos se dedicaron a la crítica y lo pagaron caro. Los cristianos viejos a ensalzar los valores tradicionales y fueron bien pagados.

Cuando los Elenos hablan con Alonso Quijano le han preguntado cómo escribe sus aventuras el autor de ellas. Las escribe entre trabajo y trabajo, que las letras no dan para vivir o, por lo menos, en su caso. Trabajos, fatigas, cárceles, por todo ha pasado su autor. Escribir es un descanso, la fuga de sus malandanzas. La oportunidad de decir del mundo lo que piensa. Aunque sea de manera encubierta. Con claves que habrán de ser descifradas. Ante todo con sentido del humor, pues la mejor manera de sobreponerse a las desdichas es el humor, la capacidad de reírse de sí mismo. Si algo no es Miguel, el autor, es ser solemne. Lo cual ya es muchísimo.

Miguel, el autor es experto en observar los males en su derredor. Convierte a los caballeros en objeto de burla y a los escuderos en sabios. Los amores fluctúan. Pastores, hidalgos y pícaros intercambian posiciones. Alonso Quijano guarda silencio ante la seguridad de su compañero Sancho. Sancho no duda de ser cristiano viejo, pero don Alonso calla.

Otros autores son críticos a fondo. El que haya sido autor del *Lazarillo de Tormes* por algo guardó el anonimato. El de *La Celestina* se amparó en un acróstico. Son libros amados y pronto serán prohibidos.

En épocas como las de los Elenos los escritores son malabaristas.

En otras épocas también lo serán.

Como no se puede escribir veinticuatro horas seguidas y ni siquiera doce, hay que refrescarse. Entonces, los escritores hablan. La mayoría, ya que la minoría calla.

Los que callan son los conflictivos. Los raros. Los inclasificables.

Elena y Eleno caminan juntos, de la mano. Se acercan a la fuente de una montaña y humedecen su cuerpo con gotas de agua clara. Quisieran que las cosas fueran fáciles. Que todo fuera sobre ruedas. Pero todo falla. Nada es como se quisiera. Los enredos dejan de serlo para convertirse en nudos que se desatan con sólo mirarlos. Hilos de colores cuelgan de husos inexplicables. Trozos de madera sobresalen de informes bolas de estambre. Como órganos internos desbaratados. Como nidos de víboras y telas de araña.

Recovecos de antiguas cavernas donde se esconden y pululan especies no imaginadas. Que se ignoraba que existían. La vida no es la única que contemplamos, sino que va más allá. Puede ser que existan seres ciegos en el fondo de las grutas porque nunca necesitaron ver, teniendo al alcance bacterias y hojas descoloridas.

La vida no para y aunque se la destruya, quedan los perennes insectos, los que nadie ha visto, bajo las aguas, bajo las minas. En los intestinos, en los pulmones, pululan átomos y núcleos. Nada tiene principio ni fin. Todo evoluciona, se escapa, se hunde.

Los tratados de medicina son la mejor literatura para los Elenos. No engañan. No mienten. La anatomía está ahí. Las pruebas también.

Se han cansado de las irregularidades, de las rimas, de los prefijos. No pueden aspirar a una vida sencilla porque no existe. Cada cosa remite a otra más compleja y más laberíntica. No dan ejemplos porque cada cosa es un ejemplo. Cada simple y sencilla palabra-cosa conduce a otra simple y sencilla palabra -cosa. El resultado deja de ser simple. Es decir, se complica.

Hay escritores de pequeñas palabras. Los hay de grandes. Se entreveran. Desconocen sus límites. Los borran. Una página de un autor continúa en la de otro. De ahí la gran literatura universal flotando en su pérdida.

La pérdida es la recuperación, como los organismos hallados en oscuras galerías subterráneas.

No hace falta la vista. Esos organismos que no se sabía que existían porque no se les había visto, están ahí. La ceguera predomina. Aun entre quienes tienen una visión de 20/20.

¿Y el oído? Está también lo que no oyen los Elenos. Lo que no oyen ni siquiera los que no son sordos.

El tacto. La necesidad de acariciar. Para eso están los perros y los gatos. Cleopatra-Amenofis. ¿Por dónde andan? Las dos gatas en uno. A veces una, a veces, otro. Los Elenos las acarician. Los acarician.

Para eso sirven los escritores. Para incluir los mundos separados y hacerlos uno. Son los monoteístas del texto. Los monotextistas. Que provienen de los politextismos y los reducen a la unidad todopoderosa, ubicua, eterna, del sonido que no suena, que se lee. En realidad, cuando olvidan su corporeidad es cuando aprenden a volar y sus palabras ya no pueden ser alcanzadas. Como un águila que se pierde en el horizonte. Magna-magno. O un delfín que salta del agua al aire y se hunde para no ser visto nunca más.

20

Por ahora

Elena dobla la página del libro. Lo cierra. Deja de leer. Por la ventana acaba de entrar la querida Cleopatra. Pide de comer. Elena interrumpe su pensar. Se baja de la cama. Con frecuencia son alabadas las interrupciones. No se quiere continuar con lo que se está haciendo. Se desea una interrupción y ocurre.

Preparar la comida de Cleo. Darle agua. Ver cómo come y bebe. Su postura agazapada en el piso. La necesidad y el deleite. ¿Qué más hacer?

Hacer, hacer, nada. Organizarse internamente.

Seguir el curso de la vida. Por ahora. Mientras no llegue la interrupción final, ésta no deseada, pero inevitable. Nada más aplazada. Cita irrevocable.

¿Qué tanto sabes de la vida? ¿Sabes algo? De la inexplicable vida oculta. La que no se menciona ni en el día de la muerte porque es vida muerta ya, condenada.

—Sí, algo sé. Algo intuí cuando doña Elena de Céspedes me arrastraba, vestidas de hombre, a las posadas de mala muerte, a los burdeles donde se citaban asesinos, se traficaban drogas de malos y olvidantes sueños, se robaba, se violaba.

—Desde fuera. Lo viste desde fuera, pero no lo viviste.

—Desde dentro. Porque me arrastraron, me envenenaron, perdí la noción. No sabía si estaba viva o muerta. Las cosas volaban en círculos. No sentía mi piel. Perdí la sensibilidad. Desperté en otra parte. No sé cómo llegué.

—Esto me lo dices por ahora. Quisiera saber con quién hablas mientras tu gata come lo que le has preparado.

—Ya lo sabes. Siempre estamos hablando. No podemos separarnos. Somos.

—Sí, lo has repetido: somos dos en una. Inseparables.

—Me canso. Podríamos separarnos, ¿no?

—¿Cómo? ¿Con una operación para siameses?

—¿Habrá algún modo de separarnos?

—Lo lograremos con el tiempo.

Elena acaricia a Cleo. Por la ventana entran los ruidos de la calle con un murmullo de agua que golpea. De granizo que se clava. Las palabras se entrecortan. Carecen de sentido. Reúnen la gran conversación mundial que no para un momento. Cualquier cosa puede ocurrir. Pueden ser las palabras de la muerte o de la agonía. Las palabras de la denuncia y de la traición. Lo distorsionante. Lo que ya no importa. El gran silencio. Y, de nuevo, el torrente, la catapulta, el proyectil.

Elena continúa acariciando a Cleo. Su pelo es suave y se acomoda en capas espesas.

¿Quién que es sabe del mundo? De lo que pasa en la otra pared. En la sorda pared de enfrente. Se planea una muerte. Se desea una herencia. No se soporta a un inválido. Se grita. Se pide ayuda.

—¿No habrá algo mejor? Una buena cópula. Una inmensa sonrisa. Un oído atento.

—Lo ignoro.

—Y te desespera ignorarlo.

—Me desespera, y no sé qué hacer.

—Ni cómo remediarlo.

—La calle trepida. Es el terremoto de la incongruencia.

—La gente cabalga; unos sobre otros.

—Cuelgan las vísceras.

—Nadie las recoge.

—Que sigan colgando.

—Escuetos cuerpos desnudos.

Los sexos desbaratados.

—¿Quién es quién?

—Imposible saberlo.

—¿Dónde está la llave?

—Qué llave ni que ocho cuartos.

—Desvarías.

—Desvarío.

Piensa Elena-Eleno que está volviéndose loca. Acaricia a Cleo. Le susurra al oído. Le ronronea. Ha aprendido a ronronear como los gatos y ahora lo repite. Le lanza un cascabel a Cleo y Cleo juega con la pata en delicada torsión. Lo lleva entre sus dientes de un lado para otro, como si fuera algún insecto sonoro atrapado. Lo tira por lo alto y espera a verlo rodar por los rincones. Se agazapa, menea el lomo trasero, se apresta y salta sobre el cascabel como feroz pantera. El cascabel rueda y Cleo sigue jugando sin parar.

Elena sonríe mientras la contempla. Pasa un buen rato. Pasa el tiempo. Decide que tiene que hacer algo nuevo con su vida. Como enamorarse. Tiene que encontrar a alguien de quien enamorarse. Ya lo ha pensado pero aún no lo pone en práctica. Irá por pasos. Primero: estar receptiva. Segundo: escoger qué sexo preferirá. Tercero: arriesgarse. Cuarto: que sea lo que sea.

Siempre podrá arrepentirse. Viajar a otra ciudad. Borrar lo anterior. Empezar de nuevo. Si te he visto no me acuerdo. Más vale pájaro volando que ciento en mano. Imposible tener ciento en mano y el pájaro que vuela no hay manera de atraparlo. Así que regreso al buen refrán: más vale pájaro en mano que ciento volando.

Aunque de eso se trate: de invertir los refranes y todo lo demás. De traspasar las palabras, los vestidos, los sexos. Ponerse de cabeza y de cabeza ponerse. Y a quien no le guste que aparte la vista.

¿Será benéfica la total inversión? ¿Lo de arriba abajo y lo de abajo arriba? Claro, al invertir se vierte dentro y se guarda el secreto tesoro. El que nadie quiere descubrir. Pero que, unos cuantos iniciados, se deleitan descubriendo y describiendo.

Metátesis: alteración del orden de las letras de cada palabra. Metástasis: lo que va más allá de lo quieto, lo que se reproduce en la lejanía. Metamorfosis: mudanza de una cosa en otra. Como yo. Ejemplo de las metas. Yo, en mí, una meta. Una metayo, una metasexo, una metapalabrería. No digamos otros metainventos: metatexto, metapretexto, metameta. Metamierda.

Ahora que me reconozco como metamórfica empiezo a entender mi plasticidad. Por eso no me aburro, en cambio, me distraigo. No sé cuánto me durará esta actitud y esta actividad. Mientras pueda acariciar a mi Cleopatra-Amenofis todo irá bien. Nada hay más agradable que acariciar a un animal: a un perro, a un gato, a un caballo. Son tan agradecidos que es un placer.

Me entretengo con pequeños placeres, a la espera de los grandes.

Que ya sé por donde se anuncian y que, por ahora y pronto, me dedicaré a ellos. No me arrepentiré, pero vendrá la época de los tormentos rabiosos.

Sigo con mis lecturas, porque éstas me habrán de apoyar cuando tenga que usarlas en mi defensa. No se me quita de la cabeza la idea de que algún día seré acusada ante la Inquisición, pues es poca la gente que escapa y por qué habría de ser yo la excepción. Vivo entre fortunas y tribulaciones. Soy conocida por mis cambios de oficio, a los que agregaría mis cambios de sexo, y todo esto se volverá en mi contra.

Sólo me queda vivir al día, seguir el *carpe diem* de Horacio que es la mejor fórmula hallada. Después sobreviviré de los recuerdos. La memoria será el arte que mejor cultivaré para repasar mis alegrías en mis desdichas, que sé que vendrán.

Así podré lograr la salvación.

SEGUNDA PARTE

La Libertad

21

Ocurrencias en torno a un cuerpo y la piedad

La vida sigue. Deben ocurrir cosas. Nada se detiene. El curso se dirige por voluntad y por azar. ¿Cuál domina a cuál? Ocurrencia, suceso casual, ocasión. Oportunidad para hacer algo. Causa o motivo. Peligro o riesgo. Coyuntura. Según la pecaminosa teología, ocasión es aquella en la que se cae en el pecado. ¿Por qué pensar mal? Pensar mal no es de los inocentes, sino de los moralistas y religiosos. Piensa mal y acertarás, lema de la Inquisición. El pecado propio de la Inquisición es el pecado.

Ocurrir es lo importante. Lo que ocurre corre como un río al mar. Correr. Recorrer. Socorrer. Transcurrir. Discurrir. Recurrir. Incurrir. El curso, el discurso, el recurso. El cursor, el precursor. La excursión, la incursión. Todo es parte de la misma ocurrencia. Sin ocurrencia no hay vida posible.

A Elena, y también a su doble, Eleno, les va a ocurrir el giro decisivo en su vida. El que está esperando el momento exacto de la elección, cuando por un breve instante el libre albedrío pudo elegir el buen camino o el malo. La encrucijada de Edipo. Pensar que se huye del destino para más pronto enfrentarlo. Creer que se abre una puerta y, en realidad, se cierra. Haber hallado la felicidad y, al mismo tiempo, la desdicha.

Eleno ha cerrado otra historia de amor. La de una viuda, por nombre Isabel Ortiz, que le reclamaría su promesa de matrimonio. Mas él ha escapado, como tantas veces, y junto a una compañía de soldados sigue su recorrido de pueblo en pueblo.

En Ciempozuelos cae enfermo. Mas no una simple enfermedad. Una doble enfermedad que lo lleva al descubrimiento del verdadero amor. Quien lo cuida es la hija del huésped y ambos se enamoran sin poder remediarlo. Aunque, ¿por qué hay que remediarlo? Ambas se reconocen una en la otra. Él y ella se entrelazan. Borran masculino y femenino. Un buen trío. El azar se instaura. El gran regidor de las grandes historias. Sin azar nada funciona.

Poderoso azar. Nada más se le invoca y todo se compone. No se descompone, en todo caso se recompone, como algunos pensarían. Algunos que siguen las reglas. Siempre hay que esperar al último momento: el decisivo: el que cuenta, por lo que es inútil calcular. Por tanto cálculo y tanta encuesta las cosas salen al revés. Por tanta previsión deja de haber visión. Los árboles impiden ver el paisaje.

Ha llegado el gran momento de Elena-Eleno y María. Para no equivocarnos y por darle un nombre de moda, cristiano y común y corriente, la llamaremos María (que, por otra parte, era su verdadero nombre) y más aún: María del Caño (que no es invento). Tal vez tampoco era su verdadero nombre y se lo alteró porque le gritaban: "María del Caño al coro, del caño al coro, del caño al coro, del coño al caro", toda vez que este último era demasiado alusivo y hasta elusivo. El caso es que, en futuras actas del Tribunal de la Santa Inquisición quedaría asentado como María del Caño. Una vocal es lo de menos. Lo importante son las consonantes.

En ese momento en que Elena yacía en la cama aquejada de fiebre y de dolores, María la cuidó con esmero y paciencia. Conoció su doble cuerpo cuando cambiaba las sábanas empapadas de sudor y se conmovió. En su extrañeza le pareció tan bello que se prometió sólo amarla a él-ella. Los dos sexos atenuaban sus rasgos y un equilibrio de perfección los unía. La definición no agredía y la ambigüedad era un bálsamo. Poder acariciar dos en uno. Iluminar ese prodigio de la naturaleza. Poder abarcar el amor en su totalidad. No separar. No disminuir. El misterio del predominio de uno o del otro. La sorpresa de cada día: ¿cuál predominará? ¿cuál querrá? ¿cuál escogerá? Pero también la piedad.

La piedad. El amor de María se convirtió en una forma de piedad. Contemplar el cuerpo yacente de Elena-Eleno fue relacionar su conciencia con la realidad, una realidad sólo por ella conocida. La que mantendría en secreto. María descubrió que el movimiento, lo que corre u ocurre, es la esencia de la pasión. Sin pasión no reconocería ese interno movimiento y no se decidiría por la acción. Era una especie de ir y venir sin orden establecido pero que tenía su propio orden, aunque impredecible.

Las cosas ocurrían y ella las contemplaba desde dentro, un dentro sin forma, sin luz específica, entre tinieblas, como pugnando por salir. Eran cosas que no podía explicar pero que pululaban, se retorcían, parecían anunciar una claridad, y nada más. No sabía cómo colocarlas, como si fueran una especie de vida invisible, aunque real.

El cuerpo que se estremecía de fiebre, el que ella cuidaba de su enfermedad era esa realidad oculta. Aunque lo contemplara, guardaba su misterio. Sólo veía una mínima parte, la epidérmica, aunque yaciera expuesto ante ella. Podía describirlo mas no entenderlo. Podía verlo, pero eso era todo. La orden que el cerebro imprimía para que cada célula mantuviera la precisión en funcionamiento no podía ser localizada. La conmiseración tampoco podía ser localizada, aunque existía.

El cuerpo desmadejado. La reacción lenta. Los reflejos estacionados. Lo que no ocurría era anticipado por María del Caño quien reducía la realidad a un mínimo horizonte. El horizonte se extendía en esa su carencia de límite. Y se minimizaba como si extendiera la mano para encerrar algo muy cercano. Algo al alcance e irreversible. Lo que ya no puede evitarse: el inadvertido paso del tiempo. El no regreso.

El no regreso al momento en que no se conocían Elena y María. Cuando aún podían haberse modificado las cosas.

Cuando ante un bordado el color del hilo escogido precedió a la leve vacilación en la que un rojo pudo haber sido un azul. Ese inestimable instante de libertad que no puede ser recuperado. Ese incalculable segundo que mueve la rueda de la fortuna para nunca más regresar al mismo punto. La vuelta y la vuelta, que es mentira que se repita. El intersticio que pudo quedar y que cayó en el olvido. Más que olvido, error. El gran equívoco de la elección.

¿Por qué la necesidad de la elección? Si lo más frecuente es equivocarse. Y, sin embargo, la vida es elección tras elección, equivocada o no. Permanente. Incambiable. Fatal. Si de algo sirviera, la mejor elección sería el silencio. La más difícil de todas. De la que no habría que arrepentirse. ¿O sí?

Entonces, el momento de la piedad, también inatrapable en su instantaneidad, también en el pleno del silencio podría ser parte inherente del cuerpo que se debate y que se desmenuza. Si acaso el cuerpo se rigiera por las leyes de la piedad y a punto del naufragio ocurriera, transcurriera, recurriera el instante de la pasión. Esa pasión que adula el movimiento y que es el padecer perfecto.

La pasión de la piedad en torno a Elena y María habría de llevarlas al reconocimiento que cada una de ellas hacía del cuerpo ajeno para introducirlo en el cuerpo propio. Sólo si comprendían que no eran una y otra, sino solamente una, ascenderían al verdadero trono de una oculta divinidad por ellas intuida. Divinidad que no se manifestaría en forma alguna ni requeriría de culto alguno. Seguramente una no divinidad, mas divinidad al fin. No divinidad al fin.

Escapar a los linderos del cuerpo de tanto amarlo, de la sabiduría que se aprende de quien está enfrente, de quien deja de parecer otro. De quien ya no es otro. Y es incorporado por la suavidad de una fuerza irremediable. Y es esa la fuerza de la piedad que siente en su cuerpo María del Caño cuando contempla el cuerpo de Elena de Céspedes. Ese otro cuerpo, devastado. Al que habrá de entregarse en todas sus variantes.

22

Derecha e izquierda o de místicos y políticos

Desde luego que en la época de Elena, de Eleno y de María la política no estaba dividida en derecha e izquierda. Pero con esa habilidad propia de los hermafroditas, Elena predecía y padecía los tiempos por venir. Le extrañaba sobremanera la gran confusión que se declararía a fines del siglo XX y comienzos del XXI. La política sería el gran campo del debate. La política entraría en la sicología, en la permisividad y en la irresponsabilidad. Lo correcto y lo incorrecto no se basarían en reglas lógicas, sino todo lo contrario. Mientras mayor el dogmatismo, más amplia la ceguera.

Esto del dogmatismo era algo que ella entendía muy bien. Los inquisidores abundaban en dicha materia. Eran especialistas. Su legado, tan poderoso, seguiría sintiéndose siglos y siglos después. He allí el fascismo y el comunismo. La única y misma cosa. Aunque cada uno cree a pie juntillas en el verdadero y elegido fin por el que trabaja. Esa especie de posposición de los bienes terrenales en aras de un benévolo, utópico e hipotético futuro que nunca habrá de llegar.

Tanto fascismo como comunismo heredaron la tortura, la mentira, la corrupción. Con tal de lograr lo que no existe, pero asegurando que limpiarán la tierra de inmundicias, son ejemplo de alta religiosidad. Lo extraño es que dejen de pensar. Que prefieran abatir la razón.

Para Elena, a partir de la Inquisición los tres son uno. Los tres inquieren y desbaratan la palabra poética. Su crimen es la minucia semántica. Y su crimen siguiente la quema de cuerpos, los fusilamientos, los campos de exterminio. Derecha e izquierda. Ambas queman la verdad y, desde luego, los cuerpos. De lo que se trata es de distorsionar. De traicionar las palabras. De decir lo que no es. Más bien, de hacer que las palabras afirmen exactamente lo contrario. Si algo está bien, decir que está mal.

Por eso nacieron los místicos. Porque para ellos la palabra es territorio sagrado y no puede ser violada. En cambio, en esa profesión mal llamada política impera la palabra violada y dirigida a distorsionar y a convencer a los de poco criterio. Los de poco criterio, así se consideren grandes pensadores y excelsos escritores, necesitan la voz gritona y autoritaria de un jefe mandón y paranoico que los arrastre y les permita hacer lo que siempre han deseado y no se atrevían a hacer. Recibir permiso para romper, desgarrar, atacar, quemar y matar es algo exquisito. Tener a alguien en mente para destruirlo con la mayor cantidad de embustes y palos, aún mejor. Aumentar cada vez más las falsas acusaciones y afirmar lo opuesto de lo que es, hace aullar con gran satisfacción. Mientras mayor la blasfemia y la mentira, mientras más absurda y alejada de la racionalidad, más aceptable.

De ahí que Eleno encuentre en la guerra su mejor aliada. En la guerra las cosas son claras: el enemigo es el enemigo y nadie finge. Está harto de las hipocresías, de las medias palabras, de los tonos ambiguos, de las falsas sonrisas, de los gestos reprimidos, de la continua actuación, de las megalomanías, de las esquizofrenias, de las histerias, de las paranoias.

Quisiera haber pertenecido a otra especie del reino animal que no fuera la humana. Por lo menos para evitar la estupidez. Los animales no son estúpidos. Cleopatra-Amenofis es una digna gata-gato de lo más inteligente. Lo mismo los perros y los caballos, los burros y los loros, los insectos y los murciélagos, poseedores de altos dones ignorados por los humanos.

Nunca he oído que un burro insulte a un humano, se dice, insiste y se repite Eleno-Elena, pero a la inversa ocurre a diario. Hasta se le atribuyen a los animales todos los defectos humanos:

craso error. Destruyamos los mitos: los gatos son fieles, los burros inteligentes, los perros independientes, las mulas tolerantes, los leones cobardes, los zorros ingenuos, las ovejas valientes y de aquí en adelante. Porque cada animal tiene su propia identidad al igual que cada hombre. Las reglas generales son la máxima equivocación. Vivan las excepciones.

Y bien: derecha es la diestra: izquierda es la siniestra. A la derecha se sienta el elegido. Pero el corazón está a la izquierda: una prueba más de que las reglas no sirven.

Las cosas se complican cuando la derecha siempre será la derecha, pero la izquierda será bamboleante y adoptará los métodos de la derecha sin darse cuenta. Sin darse cuenta o queriéndolo, cuando la locura tenga un sistema y no importe el procedimiento para lograr sus propósitos. En el fondo, la ambición del poder tuerce cualquier camino.

Pasemos ahora a místicos y políticos. Los espirituales y los prácticos. Los que corrigen y los que se equivocan.

Elena y Eleno gracias a la temporada de enfermedad reflexionaron mucho. Su reflexión se fusionó en una sola. Religión, por ejemplo: se vive en una época multirreligionaria. Hay de todo para escoger. Al por mayor y al por menor. Las aceptadas, las semitoleradas, las rechazadas. Cada una pasa por las tres categorías según una óptica diferente.

Partamos de la cristiana: en el centro del eje: ¿por qué?: porque se impuso por la fuerza de las guerras y las batallas. La musulmana: lo mismo: quiso ganarle la prioridad a la cristiana por medio de la guerra santa. Ambas pelearon, perdieron, ganaron y así siguieron por los siglos de los siglos: cada una afirmándose como la mejor y la única. La judía, la original, quedó en el medio. Las otras dos aspiran a eliminarla sin lograrlo, a pesar de las conversiones forzadas, las matanzas, las persecuciones y las quemas.

Vendrá, siglos después, la idea de la solución final, intentada llevar a cabo por los más modernos y científicos métodos nacionalsocialistas: reunir a todos los judíos del mundo, trasladarlos a campos de concentración, matarlos y cremarlos. Un poco más adelantados y efectivos que las quemas en plazas públicas de la época de nuestra Elena. Y sanseacabó el problema. Sobre todo san.

De todo es testigo Elena: en la guerra de las Alpujarras conoció el deseo de los musulmanes de recuperar el extremo europeo y asentarse, de nuevo, en la ibérica península. Dieron la batalla los cristianos y ganaron, pero la semilla del odio quedó latente para renacer, aunque fuera en siglos venideros. Y que renació, renació: un 11 de marzo de 2004 en la Villa y Corte de Madrid.

Los cristianos prefieren a los árabes, tal vez les tienen miedo y por eso no los acusan tanto. En cambio, los judíos, milenariamente considerados traidores, son masacrados y vilipendiados. Se les atribuye todo lo que de perverso tienen, no ellos, sino los propios cristianos. Lo que más les molesta es su sobrevivencia y que sea imposible exterminarlos para siempre. Prefieren someterse a los musulmanes, que les parecen más fuertes. Cuando los verdaderamente fuertes son los que no logran desaparecer. Razón de más para odiarlos.

Odio irracional: redundancia.

Los judíos, calladamente siguen adelante: inventan, estudian, descubren. Nadie se los agradece, pero la humanidad progresa por ellos.

El colmo será cuando, de nuevo, en siglos venideros restituidos a su tierra original sean vencedores. Todo el odio reconcentrado hacia el pequeño judío será contra el pequeño país, al que se acusará de ser igual a sus verdugos.

Todo esto lo ve venir Elena, con sus dotes adivinatorias. Y lo piensa, desde su lecho de enferma. Que estar enferma es lo mejor para pensar, para escribir, para entender.

Ahora se detiene en los místicos.

En Yoav ben Aviv.

Que leía el Cantar de los Cantares y de cada palabra veía nacer otra nueva.

Como si el poema se multiplicara.
Como si nunca hubiera sido escrito.
Como si fuera la primera vez.
Como un gesto de infancia petrificado.
Un labio montado sobre el otro para impedir el llanto.
Algo nunca oído y una música que se reproducía.
Era la única salvación. Esa cadencia que aparta de la mezquindad. Ese poder de la letra, pero una letra bien articulada, bien dibujada, libre de ataduras. La letra que vuela, que se posa en lo alto de la montaña y que aún puede llegar más allá, hacia el traslúcido cielo. La letra imparable. La que en verdad suena, la que se separa para penetrar en la eternidad. La única. La impronunciable.

Si se pudiera recuperar esa letra de la pureza.

23

Enfermedad

La enfermedad era el reino de Elena. Primero la conoció en los demás y se entregó a ella. Quiso hallar las causas del cuerpo quebrantado. El misterio de su funcionamiento. La dependencia de cada parte y su relación con las demás. La maravilla y el asombro. Para eso había estudiado los antiguos libros y pensaba que nuevos más se escribirían. Mateo Tedesco le había ayudado y ella seguiría leyendo y aprendiendo. Faltaba mucho y quisiera vivir en épocas más adelantadas para satisfacer sus dudas.

Se desesperaba al no encontrar respuestas y por que la ciencia fuera materia prohibida por la Iglesia. Que leer y estudiar se consideraran asuntos peligrosos y hasta merecedores de quema: quema de libros y enseguida, quema de cuerpos.

No podía entender por qué los demás no entendían. El abismo que hay entre la claridad y la oscuridad. Algo que resulta fácil y que se explica con palabras fáciles, con tono tranquilo, una y otra vez, puede no ser entendido por el que escucha. Su mente se ha cerrado por causas extrañas: por intolerancia, por fanatismo, por prejuicio. Y es imposible aceptar una razón sencilla. Lo primero es el no. A lo que tú dices, yo me opongo, sin analizarlo, sin reflexionar, simplemente porque lo dices. O porque mis ideas ya han sido predeterminadas y nada las hará cambiar. Porque es más fácil seguir igual o repetir lo que dicen los demás. Escuchar una voz sensata, ¿para qué? ¿Para qué arriesgarse con el pensamiento de una voz distinta? Si es distinta es mala. Si es mala hay que destruirla. No importa lo que haya en el camino, destruir es mejor. Que otros se encarguen de construir. Yo no. Yo quemo. Yo persigo. Yo me invento falsas razones, mientras más abstrusas, mejores.

Elena quisiera convencer a ese yo de la facilidad que la facilidad no es nada. Que el grupo, la pandilla, la masa sólo se rigen por fórmulas intrascendentes, por lemas deleznables, por miedo, por terror. Por ser como los demás. Y nadie es como los demás. Nada es como el resto. Hasta una piedra es distinta de otra piedra.

Por eso, para Elena la enfermedad no es mala. Es fuente de renovación. El cuerpo enfermo si se libra, se fortalece. Aprende más que el cuerpo saludable. Adquiere recursos, avanza, vence. Se desarrolla. Es inventivo. Crea. Admira. Piensa. Sobre todo piensa. Que pensar no es del dominio público. Cada vez se utiliza menos la facultad de pensar. ¿Para qué pensar? Mucho mejor vegetar.

Ahora que está enferma lo comprende. La enfermedad es la lucidez. El espacio de la cama es la amplitud y el cuerpo se olvida. El dolor marca uno por uno cada miembro: las articulaciones borran el movimiento: los nervios saltan al mínimo contacto: los músculos anhelan el reposo. El deseo es cerrar los ojos: dormir: no recordar.

Algo ha sido alterado. El poder de defensa se invierte: domina el ataque. Como cuando peleaba entre los soldados en las Alpujarras, donde ya no se sabía quién atacaba y quién defendía. El deseo de matar, de morir. Sin miedo, en paz. Paz en la guerra porque ya no importa la muerte. Cuando matar es sobrevivir.

Así la enfermedad: se da la batalla pero no se sabe si por el triunfo o la derrota. Pero se da la batalla. Es lo importante: dar la batalla: prueba aún de vida. Luchar cada palmo de terreno, cada recuadro de colchón. Las vueltas y revueltas, los cañonazos, los disparos de fusil. La medicina con medida, el bálsamo, la sangría. La espada y el puñal señalando los puntos álgidos. La escandalosa sangre, los líquidos derramados. De nuevo el disparo y la pólvora. La pared que se derrumba: aun con los años que costó erigirla en un instante se viene abajo.

Todo se viene abajo. El cuerpo rueda del colchón al suelo. El desmayo es el descanso. Alguien, María y su padre, suben a Elena a la cama. No se despierta. La fiebre aumenta. El sudor se derrama. Los poros se abren. Los labios se resecan. Las vueltas y revueltas. El cabello desordenado se enreda, se opaca. Los disparos: los musulmanes de las Alpujarras atacan a traición. Los cristianos mueren. Ríos de sangre. Elena se parapeta. Un disparo la ha herido. Cae. Se levanta. Vuelve a caer.

Una mano, la mano de María, se posa sobre la frente atribulada. Hay cicatrices en las mejillas. La marca de la esclavitud. María la toca levemente. Siente la necesidad de besarla. La besa. Pareciera que Elena ha abierto los ojos. Pero sus ojos no enfocan.

Se tranquiliza. Ahora el sueño es suave. No se oyen los cañonazos ni la mosquetería. Sólo algún que otro tiro de pistola. Pistola de cachas de madreperla, iridiscente, tallada en las armerías de Toledo.

La fiebre va y viene. Luego desaparece, pero el cuerpo ha quedado desmadejado, sin fuerzas, sin voluntad. Sólo perviven las imágenes bélicas. Se dibujan con la misma intensidad con la que ocurrieron. Parecen estar sucediendo de nuevo.

No quiere pesadillas. Quiere estar bien. Poco a poco regresa la calma. Sin embargo los dolores persisten. Cada articulación, cada milímetro. La piel se tapiza de inacabables puntos de alfiler. En los espacios libres surge el pensamiento, la idea, el recuerdo. Como palomas que escaparan del columbario sin esperanzas de regresar.

Extrañeza. ¿Qué ha ocurrido con el tiempo perdido, con el no vivido? Pues eso: ha quedado perdido: no vivido. O forma parte de una historia no registrada. Algo que después podrá ser contado como un gran vacío. Como lo inexistente.

¿Será eso el delirio? ¿Lo perdido para siempre? Lo que entra y sale del movimiento de la pasión sin ningún tamiz, sin control. Pérdida absoluta de los marcos que establecen la actuación. La actuación en su extenso sentido.

Algo recuerda. Algo. Una mano y su frescura sobre la piel abotargada. Tal vez un murmullo, un intento de canción o de rezo silenciado. Palabras lejanas, de tan lejanas incomprensibles. Tiene el deseo de descifrarlas, pero es inútil. Sí, alguien habla. Como cuando era niña y su madre murmuraba palabras suaves, lentas. ¿Quién las dirá ahora?

Poco a poco despierta. Las formas se definen de nuevo. La claridad avanza. Está en otro lugar que no es el suyo. Es la casa donde suele hospedarse. Es María quien la ha cuidado. Lo sabe. Es ella. Se lo repite varias veces. Es ella. Ella. María.

Su amiga. Tal vez más que su amiga. Su amiga querida. Su alma gemela.

Con quien puede hablar, incluso sin hablar. La frase que una empieza la termina la otra. La sonrisa, el gesto, el movimiento. Todo encuentra su lugar y su acomodo. Un buen espacio y un buen tiempo.

Restablecida, Elena decide que es Eleno: corteja a María y le pide matrimonio. Vuelve a caer enferma, esta vez de mal de amores. Son otras las calenturas y las inquietudes. La embriaguez y la pasión se asientan. Pasean por las callejuelas, las plazas, al borde del río enlazadas por la cintura, apoyadas la una en la otra. Se acarician la cara. Se ven reflejadas en las pupilas. María es corta de vista y se acerca más al rostro de Eleno. No distingue si es Eleno o Elena: también en la cara debe haber algún cambio. Quiere percibirlo.

Elena se deleita en la dilatadas pupilas miópicas de María. Su color verde se expande o se contrae, según el esfuerzo por enfocar. Y cuando no enfoca, la vaguedad de su mirada vuelve más cálido su rostro: las facciones se dulcifican y una ambigua sonrisa no sabe bien hacia dónde dirigirse.

María ve un halo sobre todas las cosas: una extensión de los contornos y un brillo difuminado. El suyo es un mundo amable, sin horrores, al que hay acercarse mucho para comprenderlo. Un mundo al que hay que tocar suavemente con la punta de los dedos. Como si no se quisiera alterar. Como la última gota de un vaso de vino.

24

Eleno y María se casan

La vida es doble. No basta con una. La pareja se necesita: uno
y otra. No pueden estar lejos: no pueden dejar de verse. Tienen que memorizarse. Contarse historias de antes de que exis-
tieran el uno, la una, el otro. Entran y salen de sus relatos.
Como si fuera uno solo. Se divierten. Se ríen. Descubren el
valor del buen humor y de la comicidad. Algo no tan fácil de
reconocer.

Les parece que su situación es bastante aceptable:

—Imagina todas nuestras variantes.

—Y nuestros pecados.

—No, no. De pecado nada.

—¿No? Me quitas un peso de encima.

—Claro. Pecado es lo que los otros consideran.

—¿Es un error?

—De principio a fin.

—¿Todo es válido?

—Válido y valioso.

—Viva el valor.

—Entonces, viveremos juntas-juntos.

—Como quieras. Podemos casarnos, aunque no hace falta.
No sé por qué todo el mundo insiste en casarse.

—Porque la sociedad lo requiere.

—No, no lo requiere. Es más cómodo.

—¿Te parece? ¿Entonces, qué haremos?

—Veo que te atrae la idea. Podemos hacerlo. Será una burla mayor. La Iglesia casando a dos, ¿dos qué? ¿Qué somos, después de todo?

—¿Marido y mujer?

—¿Dos mujeres?

—¿Hermafrodita femenino y mujer?

—¿Hermafrodita masculino y mujer?

—¿Y si yo fuera como tú?

—Eso lo decidiremos nosotras.

—¿Nosotras?

—Nosotros.

—¿Nosotros?

—Es el cuento de nunca acabar. Si nos apresan enredaremos a las autoridades.

Elena-Eleno y María deciden casarse con todas las formalidades. Elena no deja de reírse. María también. Primero piden la mano al padre de María y luego deciden ir a Madrid a obtener la licencia y que se pregone el casamiento según la ley canónica. Aquí empiezan ciertos inconvenientes, pero logran sortearlos.

Al vicario de Madrid Eleno no le parece muy masculino, viéndolo lampiño y un tanto cuanto feminoide. Eleno se defiende a capa y espada, y hasta llega a proponer que lo examinen desnudo, sólo por delante, que no por detrás. Lo examinan cuatro hombres y ¡oh, sorpresa! lo declaran hombre. Ya fuera engaño, mentira, verdad, convicción, poca vista o unas cuantas monedas de por medio, se autoriza el matrimonio. Surge un impedimento presentado por una viuda desairada, aquella Isabel de Ortiz a quien anteriormente Eleno de Céspedes había prometido matrimonio. Insistente que es. Además se extiende el rumor cada vez mayor de que el solicitante de matrimonio es un monstruo de la naturaleza. En pocas palabras: es un ser mixto, un fenómeno, ni macho ni hembra, un caso de hermafroditismo.

Se ha hecho famoso en las calles madrileñas y la gente le grita: "Ahí va ni una cosa ni otra", "ni pincha ni corta", "la del desove", "entre azul y buenas noches", "dime con quién andas", "la centaura", "el desorientado", "el inconcluso", "el quiero y no puedo", "el neutro", "el embaucador".

Elena-Eleno no se inmuta. Lo malo es que, al llamar tanto la atención, el vicario pide otro reconocimiento médico, esta vez fuera de Madrid. La envían a Toledo y el dictamen vuelve a ser el mismo. De paso, deteniéndose en Laguarda y Yepes se somete a tratamientos que borren los restos de su naturaleza femenina para que predomine la masculina. Se aplica lavados astringentes y prueba una receta de vino, alcohol y balaustras o granadas, así como sahumerios. Todo ello para cerrar su vagina. Consigue estrecharse y pide al alcalde que la revisen médicos y hasta diez personas diferentes para que atestigüen sobre cuál es su sexo. Ella misma lo narrará así, tiempo después, en la confesión que escribe para su juicio inquisitorial. Luego de ser revisada a la luz de una vela: "Tentaron y vieron y ninguno de ellos pudo ni conocer que tuviese sello de mujer y aunque es verdad que tentaban una dureza, preguntaban qué fuera aquello y les respondía que de una postema le habían dado allí un botón de fuego y le había quedado aquella dureza." Todos quedaron convencidos, declararon que no tenía sexo de mujer y que estaba conformado como hombre.

Pero, el vicario de Madrid seguía en las mismas y volvió a ordenar que la revisasen otros muy famosos doctores que coincidieron con sus colegas y se le declaró hombre. Al vicario no le quedó más remedio que dar la autorización para el matrimonio. Elena, o más bien Eleno, y María se casaron, fueron felices y comieron perdices.

Vivieron durante un año y pico en Yepes disfrutando a más no poder. Lo que no sabían es que su futuro traslado a Ocaño, ciudad que carecía de cirujano y que ofrecía una buena oportunidad de trabajo, sería el origen de su desgracia.

Por lo pronto, en Yepes todo iba muy bien. Eleno atendía a los enfermos y lograba buena fama. María cuidaba de la casa, hacía las compras, cocinaba, bordaba y tejía. Para todo era habilidosa. Cantaba antiguos romances y canciones sefardíes que oyó alguna vez a su abuela. Era muy escrupulosa al cocinar: hervía cuidadosamente el agua, no mezclaba los alimentos lácteos con las carnes, prefería la comida vegetariana y los viernes en la noche sacaba un precioso candelabro de plata que pulía y encendía a la hora de cenar. Tendía un mantel blanco que había bordado y al final de la cena decía una oración: "Comimos, bebimos, nos hartimos y al Dio bendeshimos". Que a Eleno le recordaba las costumbres de su mentor, Mateo Tedesco.

Cleo era feliz en su nuevo hogar. Acompañaba a María en sus labores siguiéndola de habitación en habitación y, a veces, distrayéndola para que jugase con ella. Le gustaba descubrir lugares encerrados y reducidos para ocultarse durante horas mientras dormía y soñaba.

Al despertar jugaba con el cascabel de oro que un paciente de Eleno le había regalado.

Tenía varios gatos amigos que solía traer a la casa para que fueran alimentados y a quienes, a veces, permitía jugar con su cascabel. Luego de dar las gracias, los gatos se marchaban, uno tras de otro, en hilera militar y con la bandera de la cola enhiesta.

Cuando María, que gustaba que la llamaran por su nombre hebreo de Míriam si no había gente extraña presente, se sentaba a pelar papas, Cleo, de un impecable salto se acomodaba en su regazo y dormitaba.

Al llegar Eleno cansado de su jornada de trabajo, se deleitaba contemplando a María y a Cleo. Hablaba con ellas y les contaba en qué había consistido su jornada. Se aflojaba la ropa y se quitaba las botas; ponía las piernas sobre un escabel, tomaba la mano de Míriam y la colocaba sobre sus pechos. Elena y María se besaban. Cleo ronroneaba.

25

Invierno

Si era invierno, María preparaba ropa especial. Largas bufandas y prendas tejidas, gorros que cubrían cabeza y gran parte del rostro, guantes y capas. La chimenea encendida daba calor y servía para colgar el caldero y que la sopa empezara a hervir y perfumar la casa con su olor a especias. Cleo prefería no salir y acostarse a dormir cerca del fuego.

Qué agradable regresar de la calle y junto a la chimenea extender las manos para calentarlas, pararse de espaldas y sentir cómo el calor penetraba el cuerpo poco a poco. Ver caer los primeros copos de nieve y el vaho que se formaba en el cristal de la ventana.

Envolverse en el silencio de la blancura y en la lentitud del frío que invade poco a poco. Anhelar quedarse en la cama bajo el gran edredón de plumas de ganso y con Cleo acurrucada contra las piernas.

Preferir el invierno porque es casero e invita a no salir. A usar las provisiones acumuladas en el otoño, como las ardillas que guardan las nueces y las bellotas. Así las conservas, los arenques salados, las carnes ahumadas, los frascos de mermeladas y compotas, el vino de uvas pasas y de ciruelas.

Elena tiene más tiempo para leer y estudiar. Toma notas sobre enfermedades raras, que aparecen de pronto y que aún no tienen cura. Observa los síntomas en sus pacientes y prueba nuevos medicamentos. Su instinto la guía. Sabe lo que hay que hacer sin entender de dónde viene el impulso que recibe para actuar. Pero es así.

También se toma a sí misma como paciente y se observa. En realidad, no puede determinar bien si es ella o él. Parece tener dos sexos, pero cómo explicar que haya podido quedar embarazada y dar a luz un hijo. Por otro lado, le atraen las mujeres y se ha relacionado con ellas: las ha satisfecho y su sexo pareciera cambiar según la intención de sus deseos. Ahora debe dedicarse a María.

En invierno, la chimenea es el mayor consuelo. Elena necesita consuelo. No sabe por qué, pero lo necesita. No sólo el que le da María, sino otro, fuera del alcance del amor: un consuelo proveniente de las cosas, de un paisaje o de una estación. Contemplar algo bello: un cristal de nieve, el fuego entre los leños, árboles a lo lejos. Estar sola.

La soledad puede ser un consuelo. El silencio, también. El gran silencio de una casa vacía. Eso es lo que disfruta cuando María se va, a pesar de que quiere estar con ella. Es lo único que quiere: estar cerca de ella. Verla cuando está callada y borda o teje. Y luego, no verla: que no esté a su lado, que se haya ido lejos. Pero con la certeza de que volverá. Aunque se interrogue: ¿y si no vuelve?

La incertidumbre: ¿siempre se querrán? ¿Siempre regresarán a la casa, al calor de la chimenea, a la nieve que cae fuera y que se ve tras del cristal de la ventana?

No es que esté sola, sino que se siente sola. Sin ganas de luchar, de abrir la puerta y salir a la calle. Como si el mundo se hubiera hundido. Como si la ciudad estuviera muerta. Como si nadie existiera. El vacío total. Sólo el viento azotando la contraventana.

Dejar que el viento suene y que la nieve se derrita. Las formas se acumulan al azar sobre arbustos, columnas, pequeñas estatuas. Monumentos ya no severos. Nieve que todo lo cubre antes de ser barrida. Misterio para el pie dubitativo.

El invierno es la estación en que los cambios de la materia

se concentran. La tierra guarda sus secretos. Lo que parece muerto solamente cobra fuerzas para renacer. Es la promesa del retorno. De lo perdido que renacerá.

Del silencio surgirán las voces plenas de un cántico que despertará los grandes secretos de la naturaleza. El atanor se encenderá y de las combinaciones de los elementos femeninos y masculinos un nuevo concepto vestirá los cuerpos desnudos y la capa de todos los colores de un gran mago se extenderá sobre los bienaventurados. Un gran mago que habrá atrapado el arco iris en sus manos, como Yosef el de la Biblia, en un cuadro que adivina será pintado siglos después en una urna de cristal para poder verlo desde todos los ángulos, y la capa ondeará y las figuras estáticas serán espigas y cáñamos suavemente mecidos por la brisa marina. Reglas de oro que aprenderá a interpretar Elena el día que descubra cuál es el verdadero sentido de su vida sobre esta tierra.

Está a punto de descubrirlo, en estos días de cristales blancos tras del cristal transparente. El viajero llegará y ella lo recibirá. Estudiará con él las artes mágicas y aquello que ya intuía y preparaba con Mateo Tedesco ahora lo desarrollará completamente y su medicina será otra.

Mientras, sigue contemplando la blancura. Los paseos en la nieve la conducen fuera de la ciudad, hacia el bosque también blanco, donde los animales guardan silencio y se recogen en sus guaridas. Apenas unos venados escapan nerviosos. Un lobo tras de un nogal. Arriba unas ardillas inquietas. Formas fantasmales. Temblor del aire.

Lo descubre en el mismo lugar donde estaba el lobo que ha desaparecido. Como caído del cielo. Su capa es, en verdad, el arco iris: todos los colores en el más perfecto matiz. Una capa no de una tela sino de infinitas, en suave meneo, movidas por una interna brisa. De delicadas plumas de aves del paraíso.

Arco iris, nacido el sexto día de la Creación como puente entre el cielo y la tierra. Nuevo pacto para Noé, dando término al diluvio y asegurando la permanencia de la humanidad.

La unión del Yin y el Yang. Para los griegos la diosa Iris era la mensajera entre los hombres y los dioses. En el cristianismo es signo de la virgen María, la reconciliadora. Sus colores se mezclan entre el fuego, el agua, la tierra, el aire, y cada uno es paz y esperanza. Colores primarios: azul, rojo, verde: colores de vida. Colores de tolerancia. El arco iris es el trono de la divinidad. El grabado de Durero sobre la melancolía lo incluye como término del horizonte, principio de la infinitud.

Yosef le hace señas para que se acerque y ya no está en el bosque sino al lado de la ventana. Su capa se agita levemente entre sus tenues matices y su tacto de seda. Elena no siente miedo, sino un intenso placer. La copa de plata del conocimiento será derramada ante ella. La copa que sostiene en la mano el mago. Mago de edad indefinible, de perfectas facciones, de cuerpo delgado y esbelto. Que habla sin tener que hablar. Que pronuncia todos los sonidos en una música que pareciera inaudible de tan armoniosa. Así es como se da a entender, en un canto no emitido, tal vez adivinado, en un eco de otros tiempos. Una melodía antes de la palabra que puede ser entendida por quien no ha olvidado los signos secretos del aire, del fuego, de la tierra, del agua.

De cómo los cuatro elementos deben ser amados de nuevo y venerados en un altar. De cómo hay que despertar la antigua memoria de los antiguos ritos. La escondida senda de los pocos sabios que en el mundo han sido, como dijera otro de esos sabios. El sabio oculto o *nistar*. El que no tiene que dar su nombre porque es el nombre de toda la Creación. Formado con el alfabeto entero, sin espacios, sin respiro. Como si fuera el nombre no de la Creación, sino del Creador.

Yosef ha tomado, por eso, nombre, un nombre especial nacido de la memoria: Yosef Magus: y así se le presenta a Elena de Céspedes:

—Ya no vagarás. Te sentarás este invierno y leerás las historias de la eternidad. Las que traigo en este bolso de cuero labrado y que son para ti. Que te cambiarán y que abrirán tu mente a los espacios de la sacralidad. Aprenderás un nuevo lenguaje, borrarás tus errores, aceptarás tu destino, no eludirás el azar. Creerás en lo increíble. No habrá juicio contra ti y aun en prisión serás libre. Más libre que el pájaro más libre. El bosque será la fuente del conocimiento: poblado de arcanos y de raíces memorables. Pero, sobre todo, de claros. El claro en el bosque es la respuesta que tanto esfuerzo cuesta encontrar. Por la que la muerte halla su explicación. La súbita iluminación para quien se entretiene por las vías del amor. El amor profano y el divino encarnados en un solo cuerpo. Como el tuyo, que abarca el matrimonio perfecto. Oro y plata en uno. Perfecto matrimonio conciliado. La unión de los opuestos: azufre y mercurio: el rey y la reina: el hombre rojo y la mujer blanca: el hermano y la hermana: *hieros gamos*.

Estudiarás la Tabla de la Esmeralda. Te relacionarás con los herreros y aprenderás de ellos. Nacerá tu trato con los metales. Armarás un pequeño laboratorio alquímico en el último cuarto de tu casa. Mandarás construir un atanor, conseguirás redomas, retortas, alambiques. Usarás el baño maría y todo lo que sea necesario según te explicaré. Comprarás los utensilios poco a poco y cada cosa en diferente lugar, para no levantar sospechas. Te desenvolverás en el lenguaje de los símbolos, el único real. El que significa lo que hay más allá de la palabra.

Palabra maleable como materia alquímica que asciende de elemento en elemento hasta llegar al oro puro, que es la expresión poética y la forma filosofal. La oculta raíz de todas las cosas: lo que parece no existir y existe: la historia sin fin: la construcción que no empieza ni termina: la fórmula mágica: el palacio encantado: la fuente de agua multicolor: las puertas que no se abren ni se cierran: las llaves que hay que encontrar y que, aun encontradas, su movimiento para abrir es insostenible: la cerradura de oro y plata con un diamante en medio: el dragón en su reino de cristal. Y más allá, al fondo, el templo de alabastro: los sueños de un palacio trasparente en medio de la nieve del invierno: los témpanos de hielo que flotan y se deslizan: el azul de zafiros y ópalos. El cielo: de hielo. Pareciera que el mundo se congela. Que las vanas construcciones se vienen abajo. Sólo queda el cristal y las hojas de plata.

En el templo de mármol una fuente central eleva gotas de agua como relámpagos contenidos. Oculta yace la copa con el elíxir preciado. El que sana toda herida y desata toda melancolía. Ahora el dragón del silencio adquiere una hermana y la hermana tiene la forma que no es forma del mercurio. Metal, alma y espíritu flotan sin ser vistos y hay que elevar la vista para recibir el don. El concentrado don de la operación alquímica.

Cuando sol y luna prevalezcan ocurrirá su matrimonio de esencias. Serán entonces Sol y Luna. Nuestro oro y nuestra plata.

Se consumirá el matrimonio sagrado: masculino y femenino serán uno solo.

Sol y Luna, Rey y Reina, espíritu hermafrodita en un abrazo fecundados y muertos, putrefactos y ennegrecidos, para que de ellos renazca la semilla de la vida.

Ataúd no del fin, sino del principio del mundo.

Maravilla de la procreación.

El cementerio es el gran vientre de la armonía.

El alma, envuelta por el aire del amanecer, vuela en total libertad.

Ya nada duele ni importa.

Es la paz alcanzada.

El alto amor del cielo y la tierra.

Por fin reunidos.

En abrazo inseparable.

En puente que une cada partícula de vida, cada átomo sin espacio.

Hasta que se descubre la intrincada unión invisible, la de los elementos de la absoluta pureza.

Por la que laborarán, por los siglos de los siglos, los alquimistas de la ciencia.

Ciencia de la magna obra.

Del misterio desvelado.

Del gran premio al caer la tarde.

Aún antes de que se arrastre la primera tiniebla y el reino de fuego prevalezca.

Advendrá el reino del cielo.

Reflejo de la tierra.

La Jerusalén del cielo.

Y la Jerusalén de la tierra.

Una y otra en oro fundidas.

Una sola, por fin.

Descansa en paz.

Ciudad de la paz.

Por fin.

Toda vida reflejada.

Toda inquina borrada.

Sola la paz de los sepulcros.

Así habló Yosef Magus. Y luego de una pausa, mientras caían copos mayores de nieve que se acumulaban en toda forma incipiente, agregó:

—¿Entiendes, acaso, Elena, Eleno? ¿Habrá que repetirte la lección una y otra vez para que llegues a entender?

—Mas que entender, habrá de llegar la iluminación, pues sin ella no entenderé.

—Algo es algo. Un primer paso por el largo camino. De eso se trata.

—Mi ciencia es otra y será difícil dejarla escapar.

—Tu ciencia es la misma. Cuando lo reconozcas habrás dado el segundo paso del largo camino.

—Por la iluminación llego a la ciencia: ¿cómo por iluminación llegaré a la iluminación si la iluminación es inexplicable?

—Ya es medio paso, medio camino.

—¿Por qué llamas ciencia a la iluminación?

—¿Por qué llamas iluminación a la ciencia?

—Si la iluminación no es visible.

—Si la fugacidad no es medible.

—¿Decimos lo mismo?

—Decimos lo mismo.

—Entonces, ¿qué haré?

—Cuando caigan las últimas nieves, las que pesan y ocultan las formas, las que se congelan capa sobre capa y ya no pueden ser removidas, las que obligan a los ciervos a arrancar las cortezas de los abedules a falta de otro alimento; y a los osos a esperar junto a un lago helado a que un pescador excave un hueco para atrapar algún pez, espante al pescador y aproveche el hueco para él. Entonces, sólo entonces, comenzarás la Gran Obra. Yo regresaré y guiaré los pasos de la búsqueda del oro filosofal.

Como ha llegado, así desaparece. Elena no ha notado su ausencia. Parece seguir junto a la ventana desde donde hablaba, envuelto en su capa multicolor. Pero si fuerza la vista, si trata de penetrar el espacio vacío, no hay figura alguna. Junto a la ventana no hay nadie. Sólo el aire se agita levemente. Como si se movieran unas cortinas de tul. Como si una hoja estuviera a punto de caer en silencio.

Cleo mira el vacío e interroga con sus ojos azules a su ama. Salta a la ventana y ocupa su lugar preferido. Se entretiene mirando la calle y el caer cadencioso de los cristales de nieve, los cuales intenta atrapar y luego desiste.

Las cosas parecen retornar al orden primero, antes de la aparición de Yosef Magus, cuando pensaba en María y en su regreso, que aunque breve, le parece ya demasiado largo. Ese estar esperando siempre y no estar segura del regreso. Ese querer estar fuera poco tiempo para encontrarla en la casa. Sobre todo en invierno. Cuando el instante se alarga al peso de los cristales de nieve que caen.

¿Cómo modificar el curso del tiempo? ¿Por qué parece moverse a ritmos distintos? ¿Cuáles son esas medidas que se escapan y que alteran su largueza o su brevedad? ¿Y el espacio? ¿Cómo saltó Yosef Magos del bosque a la ventana? ¿Cómo desapareció?

Quisiera que María estuviera a su lado. No tener que imaginar sus pasos, con quién hablará, en dónde se detendrá. La angustia del desconocimiento. Lo que puede pasar. Porque alguien lejos es la ceguera misma. La imposibilidad de saber si continúa con vida. Eso es la separación: una pequeña muerte que puede convertirse en la muerte verdadera. ¿Regresará María?

26

Trasmutaciones

La labor se complica. El paso del tiempo no es una simplificación, ni la experiencia acumulada. En realidad es como el vacío
del primer día y carece de significado. Lo peor es su inexora-
bilidad. Es igual que la taza de porcelana preciada que se cae
al piso y no puede recomponerse. Se parte de cero cada día. Si
fuera Mateo Tedesco el que pensara en este momento diría: Es
como el *shabat*: dedicado a la reflexión, la pausa figurada para
volver a empezar de nuevo en el primer día de la semana.

Si el tiempo no cuenta sino por su impiedad, ¿de qué manera detenerlo?, ¿qué ofrenda colocar ante su absolutismo?
Severo. Imperturbable. No detiene su marcha. Es la muerte.
Es el dios verdadero. El único. El que acelera el reloj para seguir estando presente. Siempre.

Siempre: esa es la palabra que borraría Elena. Que borraría
yo. Elena, Eleno o quienquiera que sea. Elena-Eleno eso soy yo
y el tiempo se me escapa. Si ahora leo los libros de la ciencia
alquímica, éstos que me ha dejado Yosef Magus dispersos por
la casa, que no sabía que estaban aquí y que descubro cada
día, que se renuevan según voy leyéndolos y unos desaparecen
y otros aparecen y otros siguen siendo los mismos. Hago una
lista de lecturas y los libros que se quedan volveré a leerlos. Los
libros saltan de lugar. Asaltan. No se quedan quietos.

He encontrado un diccionario de alquimia. ¿A quién se
le ocurre? Poner orden en el caos. La magia y el espíritu alfa-

betizados. Hasta dónde hemos llegado. Bueno, puede haber diccionarios de todo, incluso diccionarios de diccionarios.

Escojo cuaquier tema y lo leo: Las bodas alquímicas se dirigen a la obtención de la piedra filosofal por medio de la unión y reconciliación de los contrarios. Se simboliza en el matrimonio místico: masculino y femenino, activo y pasivo, la forma y la materia, recipiente y contenido. Según Zósimo, antiguo alquimista: "La composición de las aguas, el movimiento, crecimiento, eliminación y restitución de la naturaleza corpórea, la separación del espíritu del cuerpo y la fijación del espíritu en el cuerpo no son apropiados a naturalezas extrañas, sino a una sola naturaleza que reacciona sobre ella misma, una sola especie, así como los cuerpos duros de los metales y los húmedos jugos de las plantas. Y en este sistema, simple y de muchos colores está comprendida una investigación, múltiple y variada, subordinada a las influencias lunares y a la medida del tiempo, que regula el final y el aumento de acuerdo a aquello en lo que la sustancia misma se trasforma".

Los procesos alquímicos se relacionan con el funcionamiento del cuerpo y de la naturaleza. Es más fácil de entender algo cuando se compara con la ya conocida. Si lo comparo con la medicina y el proceso de enfermedad y curación todo va bien. Zósimo también recomienda soñar e interpretar los sueños en relación con la alquimia. Por más extraños que parezcan los elementos y los colores, el oro, el plomo, el estaño, el blanco, el rojo y el negro se referirán al significado simbólico que llevan en sí y a su cualidad trasformativa. "Cuando todas las cosas, en una palabra, llegan a la armonía mediante la división y la unión, sin despreciar ninguno de los métodos, la naturaleza se trasforma. Porque la naturaleza que se ha dado vuelta sobre sí misma está trasformada; y es la naturaleza y el vínculo de la virtud de todo el mundo".

En el trance espiritual ocurren las visiones: "Y otra vez vi el mismo altar divino y sagrado en forma de cuenco y vi un sacerdote vestido de blanco celebrando esos misterios tenebrosos y dije: ¿Quién es éste? Y, contestando, me dijo: Éste es el sacerdote del Santuario. Quiere poner sangre dentro de los cuerpos para aclarar los ojos y para levantar al muerto".

Visión que simboliza la destrucción de los metales y la resurrección de la materia. Entiendo que la acción alquímica se llena de significado al empezar el proceso de fusión de los metales y su trasmutación en otros, poderosos y nuevos. No sé si esto es sólo palabra de arte o si puede llevarse a la práctica. No veo las medidas ni las cantidades: ¿cómo podré repetir las operaciones? ¿Qué quiere Yosef Magus de mí?

Son muchas y alucinantes las ilustraciones de los libros que descubro de habitación en habitación, de vasija en vasija, de recipiente en recipiente. He ahí que lo primero es el dragón o sierpe. Ese primer dragón o sierpe se muerde la cola. Es el uróboro, por otro nombre, y forma el círculo de la creación. Con él se entabla la batalla de los metales y de sí mismo nace la proliferación de los elementos. Significa el cuerpo o la materia por el fuego iluminados. Su hermana encarna el Mercurio y es, por lo tanto, el alma o espíritu. Mueren abrazados y realizan la operación alquímica en un incesto de esencias.

El segundo símbolo es el matrimonio perfecto. El Sol y la Luna combinados. El Rey y la Reina en un cuerpo. El hermafrodita abarcador. Si su lecho es un sarcófago es porque la semilla de ambos muere para resucitar en un nuevo ser.

Luego los símbolos se multiplican. El alma liberada que se eleva al cielo es dibujada como una pequeña figura en una nube. La influencia celestial como el rocío que desciende para vivificar. Los pájaros que vuelan al firmamento y retornan luego a la tierra se equiparan con los procesos de sublimación y destilación. El árbol es también un buen signo, con sombra, con frutos, con ramas, con soles y lunas, con sus raíces al aire. Un león verde alude al cobre y a las impurezas de la mezcla del oro y la plata.

Los símbolos aumentan y se multiplican. Elena piensa que algún significado más allá de lo que supone se extiende indescifrable. ¿Qué hacer? Detenerse. No seguir adelante, aunque se disguste Yosef Magus. Por ahora no avanza. Lo que empiezo lo interrumpo. ¿Por qué? Me hastío. No es eso lo que quiero. No lo sé. Sólo cuento con mis indecisiones.

Un monótono sonido me distrae. Una fricción. María hace algo. ¿Qué hace María? Me asomo. Su ansia de limpieza. Todo lo lava, lo enjabona, lo frota. Ahora fibra la madera del suelo. Si estaba bien, ¿para qué otra vez? Tiene un sistema especial de fibrar el piso. Coloca la fibra en medida adaptada a su pie y con el pie la mueve hacia delante y detrás, como si patinara. Dice que así se cansa menos que al arrodillarse y hacerlo con la mano. ¿Quién le ha pedido que haga eso? Yo no. Lo aprendió de alguien: de su madre y cree que debe repetirlo. No puede dejar de hacer lo que aprendió y cree que es lo correcto. No me hace caso. Le digo que eso no vale la pena. Me contesta que todo estaría cada vez más sucio y que sería más difícil limpiarlo. Prefiere hacerlo cuando es poco y con menos esfuerzo. Le digo que por mí no importa. Me contesta que por ella sí importa.

¿Será su distracción como la lectura de mis libros? Ese no poder dejar de hacerlo. Pensar que hay que parar y que resulte imposible.

Fibra y fibra. Me duele que lo haga. Me recuerda mis años de esclava. ¿Por qué ella? Ella no es esclava. No lo fue. ¿Por qué? ¿Para qué? ¿Tiene algún sentido fibrar la madera del piso? ¿Sirve para algo? ¿Su conciencia queda tranquila? ¿Su yo se apacigua? ¿Será una emoción prefreudiana? Me adelanto, me adelanto a los tiempos.

Exceso de pulcritud. De obsesión. Todo en su lugar, todo meticuloso. Fibra que fibra. Recoge el fino polvo de la suciedad. Lo contempla, lo toca suavemente: polvo delicado, residuo, maravilla. Polvo ceniciento, entrecano, escogido. Polvo viajero. ¿De dónde viene el polvo? Polvo de todos los caminos. Polvo atesorado en cada cosa de cada casa. Que nunca huye: siempre ahí: saltando en su quietud.

María cumple con su labor doméstica. Limpiar: interminable labor. Se acaba de limpiar y ya está sucio. ¿Para qué limpiar, entonces? Labor no cumplida. Titánico esfuerzo y sisífica piedra. Símbolo de la sociedad (¿suciedad?): limpia que te limpiarás. Tarea eterna: sin principio ni fin.

Si hubiera un gólem. Si Mateo Tedesco pudiera crear un gólem. Un gólem limpiador, que no se cansara, que no se aburriera, todo el día limpia que te limpiarás, ni un rincón sin polvo, ni una esquina sin frotar, ni un piso sin encerar. Llegará el día de la absoluta automatización, en que María y todas las Marías ya no tendrán que limpiar, sólo descansar, descansar, descansar.

¿Y la comida? ¿Quién cocinará? Pues María. Después de barrer, de lavar, de exprimir y de tender, María corta, pica, rebana, amasa, cocina, hierve, cuece, fríe, hornea. Todo listo, a la mesa, a comer. Se acabó. Todavía no. A lavar, a enjabonar, a secar, a colocar, a guardar.

¿Se acabó? Tampoco. Que se come tres veces al día y siempre hay algo nuevo que cocinar. Que inventar.

Es el cuento de nunca acabar. La alquimia práctica, la instantánea, la vital. La que se renueva, la necesaria, la productiva. La que sirve, la comprobable: la materia convertida en otra cosa, en otro sabor, en otro olor. ¡Viva la cocina!

Sí, pero si otro la ejecuta. Yo no. Que cocinen los demás, que se enfrasquen en las trasformaciones, en las trasmutaciones. María es la reina de la alquimia, no en balde lleva el mismo nombre de la primera gran alquimista, la que dio en el clavo cocineril: Míriam, la judía inventora del, ¡claro!, baño María: el fuego atenuado.

Mira que hay que inventar para descubrir que no es lo mismo cocinar a fuego directo y seco, que a fuego indirecto y húmedo. Una olla dentro de otra olla que descansa sobre el agua hirviente. El total aprovechamiento de los elementos: todo en uno.

Y ¿para qué? Para satisfacer el refinado aburrimiento gastronómico. ¿Qué le pasa al hombre que no puede conformarse con un solo sabor? La simple carne, verdura y fruta crudas.

Ah, no. Buscar el extraño alimento entre rocas del mar, arena de la playa, pico de la montaña, entrañas de cada animal.

A veces pienso: ¿para qué comer? ¿Para qué despojar a la naturaleza? Pelar, descuartizar, arrancar, romper, macerar, triturar, aplastar, extraer, hervir, freír, quemar, ahumar. Son formas de la tortura. Horas de trabajo para luego terminarlas en unos minutos. Lo que tardan los dientes y la saliva en preparar el alquímico proceso digestivo. Y peor aún, su conversión en desecho, en podredumbre, en orina y heces.

Y vuelta a comer.

¿Quién quiere comer?

Porque se puede hacer todo un tratado de no comida. A veces es desesperante comer, a veces es imposible. Abarcar todo lo comestible o desdeñarlo. Empezar a comer sin poder parar: más y más comida: pantagruélica comida. O bien, mal, tener cerrada la garganta y no tragar ni un sorbo de agua.

Masticar: feo espectáculo: el movimiento de las quijadas. El ruido, el bocado que se traslada. Su tamaño, su aplastamiento, su deshacerse.

Unos comen y otros no tienen comida. No pueden dar un paso para conseguirla. La debilidad extrema los paraliza. Ni siquiera extienden la mano. Caen al suelo. Mueren.

La materia cambia y se trasforma. Se descompone. ¿Cuál será el alimento de hoy? Me abruma.

—La comida está lista, querida Elena, oigo decir a la bienaventurada Míriam, la alquimista.

27

Simultaneidad

Un acto alquímico es la simultaneidad, sigue pensando Elena. Sigue pensando Eleno. Yo soy una persona simultánea. Al mismo tiempo mi cerebro se divide en dos: mis hemisferios derecho e izquierdo se han desarrollado a la par. ¿Tendré dos cerebros? Uno para lo masculino y otro para lo femenino. Cada día descubro más posibilidades. ¿Soy una tragedia o una comedia? Más bien me inclino por esto último.

Sí, porque lo cómico es lo más cercano. Y yo estoy muy cerca de mí, estoy dentro de mí, de mis distintos mis. Elijo el que más me conviene según la ocasión.

Ahora me interesa saber qué hacen mis amigos al mismo tiempo y en distintos espacios. Lugares. Tendré que proceder por adivinación, don que me es propio, dada mi hermafroditez. Las cosas podrían ser así.

De doña Elena de Céspedes, mi ama y libertadora, sólo podré referirme al cuidado que de ella habrán tomado los meticulosos gusanos. Puedo describir la corrupción de la carne, proceso que también se relaciona con la alquimia y la medicina. La materia, la forma y el espíritu o aliento vital se trasmutan a partir de la muerte. La putrefacción estará en plenitud. Gusanillos por aquí y por allá: saltarines, arrastrados, dándose el gran banquete de su vida y ayudando al proceso de continuidad de la materia.

Mi simultaneidad con doña Elena de Céspedes sólo se puede dar en la memoria. Mi gran maestra, mi mentora, mi instructora. La que me inició en el arte de la palabra y de la libertad. ¿Qué estaría haciendo ahora si no se hubiera muerto? Seguiría en sus locuras lujuriosas. O no. Mejor aún: estaría escribiendo sus memorias clandestinamente, porque si esos papeles cayeran en manos de clérigos o inquisidores, ¡pobre de ella! ¿Y qué estaría escribiendo? Falsedades. Porque desde el momento de sostener entre pulgar e índice un preciado cálamo y de trazar las cuidadosas letras del alfabeto, el arte de la invención no para, y mentiras y ficciones brotan como agua de manantial. Mas como yace enterrada ese fallido acto de escribir se convertiría en un deseo que volaría traspasando la pesada piedra de la tumba y se depostaría en mi mente para que yo lo trasladara al papel en su lugar. Si yo fuera escritora me determinaría a hacerlo.

Pero no lo soy. ¿O sí lo soy? Bastantes cosas soy ya para agregar otra a tan larga lista. Aunque de eso se trate. De la larga lista puedo escribir múltiples historias sin inmutarme. Doña Elena de Céspedes me lo agradecería: en el fondo ansiaba que su historia se conociese. Pero su historia no se conoció: sólo yo fui la depositaria, incluso si ella nunca se lo imaginó: yo era su pequeña acompañante disfrazada: su esclava marcada en la mejilla: su silencio: su cómplice. La que sobreviviría e intrigaría a generaciones futuras. Siempre con la idea del futuro a cuestas.

Algo vio en mí, aun siendo una niña, o algo inculcó en mí. Por eso me arrastraba a sus orgías, dejándome a la puerta, oyendo lo que pasaba dentro. Que oír es peor que ver, porque entonces la imaginación no tiene límite. Lo que se oye es tan extenso, con tanto eco, que abre el camino a cualquier interpretación. Fue ahí, ante esa puerta cerrada, donde aprendí a valorar el sentido del oído: su simultaneidad y sus enseñanzas: porque lo que se ve es único y lo que se oye es múltiple. La vista es cerrada y el oído es abierto. Los ojos sólo ven: pobrecitos. En cambio los oídos: esos sí son interminables: oigo lo que se dice, las palabras, lo que suena en la calle, la lluvia contra el cristal de la ventana, el llanto de un niño, el maullido de Cleo, su ronronear, las agujas de tejer de María, el relincho de un caballo, un suspiro, mis propios ruidos, una canción, las campanas, una pausa, o el silencio que no es tal.

Ante los gemidos del amor fatigado de doña Elena de Céspedes mi oído de niña no sabía qué juzgar: si era placer o dolor, angustia o éxtasis. A veces me tapaba los oídos, pero aún seguía oyendo. Aún hoy sigo oyendo. No me gusta cerrar las puertas, quiero los sonidos abiertos. Los sonidos en su volumen normal: ni más alto ni más bajo.

Doña Elena, de estar viva, me hubiera buscado y me hubiera llevado con ella de nuevo para que abandonara estos mis desasosiegos y malandanzas. Hubiéramos llegado a ser la pareja perfecta. Pero me dio la libertad y yo escogí la huida.

Si estuviera viva, a lo mejor mi simultaneidad sería a su lado y el resto de personas que he conocido me serían extrañas y mi vida hubiera sido más simple. Mas no fue así. Y no sé si agradecerlo o no. Los rumbos trazados ya no se borran.

La dejaré en la paz de su tumba, el único lugar al que aspiraba, pues su inquietud no le daba respiro. Mis pensamientos serán siempre nostálgicos y sé que cada día seguiré acordándome de ella y hasta hablando con ella, contándole lo que hago y pidiéndole su consejo. Porque yo creía en su palabra, a pesar del marasmo de su vida. Su capítulo no está cerrado pero no puedo internarme por él. Quedaron sin hacerse un montón de preguntas o, quién sabe, las hice sin recordar ahora la respuesta. Porque era niña y no puse la atención debida. O mi memoria borró lo que era doloroso. Quién sabe.

De mi madre recuerdo poco. Las canciones de su África perdida que me trasmitió para que no olvidara. Pero las olvidé: sólo me vienen algunos versos inconexos y ni siquiera sé si eran esas las palabras. Qué fue de ella, tampoco lo sé. No quiero pensar en la simultaneidad porque si vive seguirá como esclava. O ya habrá muerto. Sería mejor si hubiera muerto. Una vida perdida, lejos de su hogar, prisionera.

Don Juan del Álamo continúa con sus viajes y tráfico de esclavos. En este preciso momento piensa en Elena. Quisiera volver a verla y decirle, quizás, un secreto. Pero no lo hará. Sigue sus pasos y aunque ella no lo sepa está siempre dispuesto a salvarla de cualquier peligro o acusación. Hasta cuando viaja la deja encargada con alguno de sus hombres de confianza que podría rescatarla en caso necesario. Tiene miedo por ella. Algún día cometerá un grave error y lo peor sería que tuviera que vérselas con la Inquisición. Pero sabe que ella no hace caso y que se arriesga hasta el final. La olvida cuando su barco atraca y es necesario ocuparse del cargamento. El cargamento humano es preciado, de ahí sus conexiones con alta gente y su posibilidad de pedir favores a cambio. Procura tener quién quede en deuda con él, porque un día no se sabe qué fatalidad pueda ocurrir.

Mateo Tedesco está en constante fuga. Sus orígenes pueden ser descubiertos y cualquiera lo delataría anónimamente. También se ocupa de lejos de Elena, pero poco puede hacer y hasta la perjudicaría en caso de un arresto pues se descubriría una red de conversos y todos irían a parar a las temibles cárceles del Santo Oficio. Calla, él siempre calla. Sus respuestas son tardas, cuidando mucho lo que dice. Sabe que la palabra está a prueba. Todo el mundo oye. Todo el mundo está esperando la palabra que traiciona. La gran acusación: ese es el deleite máximo. El doble sentido de la palabra o, por lo menos, interpretarlo así. Lo dicho contra la doctrina cristiana. Es el gran temor. De lo que nadie se escapa. ¿A dónde huir que las palabras sean sólo palabras y no instrumentos de tortura?

Alonso de La Vera también piensa igual, aunque él no tendría qué temer. Pero en un régimen de terror, todos temen, hasta los cercanos al poder y los inocentes. En un régimen que presume de bondad, de pureza y de misericordia para sus súbditos lo contrario es lo que ocurre. La pureza es temible. El criterio estrecho que no ve ni un palmo más allá de sus narices condena la libertad y el libre pensamiento. No hay nada qué hacer: la intransigencia es total. Alonso de La Vera va y viene, de continente en continente pero no halla la paz. Guerras y matanzas en todos los idiomas. El limitado molde humano se repite infinitas veces: ¿dónde hallar un rincón de tranquilidad? Piensa en Elena y la sabe condenada: tarde o temprano caerá.

Don Juan de Austria y Felipe II no cejan en sus empeños. Lo bueno y lo malo se les confunde. Su tarea imperial se rompe. Sus alianzas son traicionadas. Las naves corren al triunfo y a la derrota simultáneamente. No tienen idea de quién es Elena de Céspedes: no la representan: no conocen sus ambiciones ni sus deseos. No es nadie para ellos. ¿Y ellos para ella?

Shakespeare y Cervantes tampoco la conocen, pero hablan por ella y otros silenciados.

Hipócrates, Galeno, Maimónides, Platón, Aristóteles: cero opinión: no discuten ni escriben perplejidades: yacen en el silencio muerto.

Lai, ah, Lai es otra historia. Se contorsiona y se contorsiona. Dobla sus articulaciones, sus huesos crujen. No para. O ensaya o representa. Se acuerda de Elena y Elena de Lai. Poco se ven. Pero a veces coinciden en algún poblado. Se hablan o no. Se entienden con la mirada.

Cristóbal Lombardo: caso perdido: ni siquiera se acuerda del nombre de Elena. Ella también lo ha borrado. Y cuenta nueva.

Alonso Quijano: caso patético. ¿Qué hacer con tal espécimen? Su simultaneidad puede darse ininterrumpidamente, sin descanso, en el colmo de la atemporalidad. Es igual a cualquier espejo, roto o no. Se estrena cada instante sin saberlo. Es reescrito y reborrado. Tendría todas las prostitutas a su placer y no se da cuenta. Las considera altas princesas. ¿No lo son?

Alteza, Bajeza, Seisdedos, Manopato, Mongoloide, Ana Enana, Epifanio el Loco, el sudanés Felipe el Hermoso, la loca Juana la Loca, Sirenita, entre otros ejemplares, cada uno se dedica a sus monerías. Enanos y gigantes, locos, negros y albinos, casos genéticos de salto atrás y de alteración, de cercanía con aves y peces abusan de sus anatomías para dar miedo, compasión, indiferencia o empatía. En ese momento, lejos de Elena-Eleno resaltan sus diferencias que quisieran otorgar a todo ser humano. La indescriptible ambigüedad.

Yosef Magus, experto en cambios de la materia, enciende su atanor. En unas horas alcanza la temperatura requerida. Los ingredientes son medidos cuidadosamente y la mezcla alquímica está lista. Seguramente algún iluso, del rey abajo, le ha encargado una porción de oro. Los metales se derriten y adquieren el tono requerido. ¿Creerá en lo que hace? ¿Será verdadero o será farsante?

Simultaneidad. Todo es simultaneidad. Un extendido percance que se repite. No hay manera de detenerlo: el paso del tiempo marca la simultaneidad: los hechos se doblan: nada se detiene: la interferencia es la clave. ¿Es?

Por eso el lenguaje se fragmenta: no es lo mismo lo que se dice: si pudiera escucharse lo que habla cada ser: sería la absoluta Babel de babeles. Elena, a solas, dialoga con Eleno a solas. María, al fondo, no escucha.

28

Separaciones o el bosque animado

La crueldad es algo que se acepta.
Se acostumbra.
Se recibe.
Se valora.
Se exhibe.
Crueldad de todo tipo.
Hasta una separación es una crueldad.
Elena no soporta la separación. María es llamada al lado de
su padre. Tal vez él la convenza de que no regrese con Eleno.
O ella se deje convencer. ¿Se habrá hastiado de las inestabi-
lidades? Lo que fue novedad en un principio: no saber con
quién trataba, ¿Elena? ¿Eleno?, puede ser una pesadez. Tie-
ne derecho a disentir, ¿no? A variar en busca de lo definido.
Aunque lo pasa bien con su esposa-esposo. Eso no puede negarse. Las cosas son más tranquilas. Salvo cuando Elena-Eleno
se impacientan. O cuando aparecen los celos, tan poderosos
en la época en que viven, con tantas obras sobre ellos. Celos
siempre habrá. Celos, envidia, pasiones.
María necesita alejarse. La distancia es buena, afirma. A
Elena no le convence. ¿Por qué va a ser buena la distancia?
¿En dónde está escrito?
Para María no importa que no esté escrito. Insiste: es buena la distancia: un poquito: no mucha. Bueno, si no es mucha,
se consuela Elena. María empaca y se despide. Elena casi no se

da cuenta. De pronto, recapacita: que se me ha ido, ¿qué voy a hacer?, ¿qué comeré? Ella que cocina tan bien y que, además, lo disfruta. Yo no. Tendré que comer en alguna fonda. Así descansaré de sus platillos, que aunque buenos, siempre son los mismos: adivinable qué comeríamos cada día de la semana. Muy ordenada María en sus menúes. Lunes una olla de algo más vaca que carnero, salpicón el resto de los días, lentejas los viernes, duelos y quebrantos los sábados, igual, igualito que Alonso Quijano quien le recomendó esos platillos para ahorrar sin pasar hambre. Sea dicho.

María, ligera de equipaje, en realidad no se dirige a la casa de su padre. Quiere estar sola. Caminar por ahí, ver lo que hace. Se aparta de los caminos trillados y se interna por un bosque. Uno de esos bosques que siempre aparecen en los momentos oportunos de los cuentos. Donde pueden ocurrir aventuras maravillosas y fuera de lo común. Permiten descripciones por nadie comprobables. Más bien, aunque no lo son, son lugares comunes. A lo mejor María nos resulta también una buena cocinera de las letras, es decir, una escritora. En el bosque de los olivos puede imaginar su encuentro con estrafalarismos mitológicos. Desde faunos en algún que otro laberinto hasta ninfas muy despistadas, unicornios nostálgicos, exagerados duendes y dragones entretenidos. Ser raptada, a punto de la tortura, pero ser salvada en el último momento.

El futuro aceitoso bosque de los olivos con sus hojas de plata anuncia batallas impenitentes para héroes perdidos y olvidados que hay que resucitar. Desde un tronco añoso, María observa los trámites bélicos. Los ejércitos se aprestan. Fantasmas montan caballos fantasmas y rememoran que en ese preciso lugar fue la batalla entre el bien y el mal. Que no hay batalla que por ese maniqueísmo no suceda. Unos son los buenos, otros los malos según el punto de vista, el polo, la historia, los individuos. Pero nunca hay ni habrá tres puntos de vista: o la luz o las tinieblas, o los dominadores o los dominados, o los invasores o los invadidos. María dirige su vista a uno y otro lado de la batalla en el bosque. Los dos bandos pelean a muerte. Los dos dicen tener la razón. No es de otro modo. No puede interrogarlos porque son guerreros fantasmas que van sufriendo nuevas muertes o remuertes sin pizca de piedad. Aunque hay golpes y gritos ocurren sólo en el mundo gestual, que no hay sonido que se escuche. María agrega el sonido de su propia cosecha y se queda tan campante. Es ella la que grita y hace ruidos. Se vuelve onomatopéyica: ¡paf! ¡zas! ¡cataplún! ¡argggg! ¡pssss! ¡rrrrrrrrr! ¡pin! ¡pan! ¡pun!

Los guerreros reaccionan: si bien son fantasmas no son fantasmas sordos: ¿de dónde vienen esos sonidos que imitan los suyos?, ¿acaso alguien se burla de ellos? Han dejado de pelear y prestan atención. Se hace el silencio.

Reanudan la batalla luego de secarse el sudor inodoro y de restañarse alguna que otra gota de sangre incolora. Prosiguen en su gesta. De nuevo creen escuchar el fragor, los quejidos, los metales, el dolor. ¿Quién le pone fondo musical a su temible pelear? De nuevo se detienen con las espadas en alto y así se quedan: paralizados.

De nuevo el silencio.

Uno de ellos, de seguro el capitán, mueve despacio la espada: ¡zzzz! y la detiene: silencio. Otro más repite el experimento: mover espada: ¡zzzz!: detener espada: silencio.

El resto de los combatientes repite el experimento con los mismos resultados. Se están volviendo unos fantasmas muy científicos.

Deciden enviar un explorador para que descubra el misterio de los sonidos agregados. Esto de que su fantasmal batalla se esté convirtiendo en una comedia musical no les hace gracia en absoluto. Interrumpe sus criminales actos y los crímenes no deben ser interrumpidos: requieren calma y cumplimiento formal. Si no, ¿cuál es el propósito?

El explorador explora. María no sabe qué hacer, salvo hacerse la distraída y quedarse muy quieta, como si fuera una estatua. El explorador pasa a su lado y no la reconoce, puesto que ni siquiera la conoce. Decide que los ruidos provienen del aire, de la danza de las hojas secas, de algún insecto despistado, en fin, de nada.

Regresa con su minucioso reporte: sin novedad en el frente.

Los guerreros reanudan el nudo de la batalla. Silencio. No se oye nada. Ahora resulta que esto no les gusta. Después de todo un poco de escándalo no hace daño, es más, no mata a nadie. Marca el compás de la batalla. Descubren que una batalla con un poco de acompañamiento musical, aunque sea gutural, es mejor. Más realista. Vuelven a interrumpir la pelea. Deliberan. ¿Qué hacer? Ambos bandos ya no pelean, discuten. Cambian la espada por la palabra. No tanto como por la pluma o el arado, pero algo es algo.

María, tras del árbol, se divierte. Ha logrado la paz entre los contendientes. Hasta podrían firmar un tratado y volverse más civilizados. Esto de no saber detener a tiempo la espada es el peor de los errores. De los males.

Claro que por tratarse de una batalla fantasmal ya no importa a qué conclusión llegan. María sale bailando de detrás del árbol. La nueva incongruencia hace reír a los soldados y todos se unen a la fiesta trasparentemente.

Por si fuera poco, los demás habitantes del bosque de los olivos: faunos, unicornios, ninfas, gnomos, centauros, alguna que otra hada y desde luego que brujas y encantadores, todos ocupan su lugar en la ronda y saltan por aquí y por allí.

No hay nada como un bosque encantado de lo que sucede para que la imaginación vuele y los fantásticos seres se rían de los planos humanos que todo lo ven derechamente.

Sólo María sabe que ella convocó la escena y que puede ponerle fin en el momento en que quiera. Para algo era buena la separación de su querida Elena, a veces demasiado preocupada por la inútil realidad de las cosas.

29

El padre

María sigue internándose por el bosque que ya conoce su animación. Se duerme un rato. Despierta muy descansada, sin gran pensamiento ni cosa qué hacer. Apresura el paso para que la noche no la encuentre aún dentro del bosque. Escoge un sendero lateral para cortar camino. Sin darse cuenta lo alarga, luego lo corrige y, por fin, halla la salida.

Es de noche, pero no importa, cerca del pueblo de Villarrubia de los Ojos sabe orientarse. La esperan aunque llegue tarde. Su padre la ha llamado. Está preocupada. Con su padre no es buena la relación. Se rompió la de la infancia. La de la subida al monte en busca del claro para sentarse y escuchar historias. La de cómo se conocieron padre y madre, que pedía que se la contara una y otra vez. Había sido en una feria cuando el padre compró un caballo y mientras ajustaba el precio no dejaba de mirar a la hermana pequeña del vendedor. Se dijo en ese instante que se casaría con ella y sólo con ella. No había vuelta de hoja. Así sería. Esperó un año y a la feria siguiente habló con el hermano para pedirla. Pero ya estaba comprometida y no podía hacerse nada. Ella oía y le miraba pensando que él era su verdadero prometido. Entonces se miraron y los dos pensaron lo mismo. Esa noche ella lo aguardó y él, montado en el caballo que había comprado el año anterior, la alzó en brazos y se la llevó a todo galope. No esperaron al día siguiente; él golpeó la puerta de la casa del cura y le pidió que los casara. Cuando se presentaron el hermano y el padre el matrimonio ya era un hecho consumado. La dicha duró muy poco. Al nacer María, la madre murió y el padre nunca volvió a casarse.

Esa era la historia que le gustaba oír a María de niña. Al crecer ya no quiso que el padre se la contara y él no se lo perdonó. A partir de ahí, vino la ruptura y, poco a poco, el silencio. Ninguno de los dos sabía de qué hablar con el otro y aunque ella le hubiera pedido que le contara la vieja historia, él ya no lo haría.

A María no le quedó sino imaginar otra historia. Cada vez que se quedaba a solas con él. En un cuarto oscuro. A solas. Con él. Lo pensaba. Cada vez que se quedaba a solas con él en un cuarto oscuro lo pensaba. Desear. Imaginar. Imaginar. Desear.

Tenía doce años. Estaba en el piso alto de la casa, con vista a los árboles de la calle. En medio de la tormenta se apagó el candelabro. A oscuras. Lo pensó. No sólo lo pensó. Pasó. ¿Pasó? Ahora ya no lo sabe. ¿Pasó? Pasó. Lo deseó. Pasó. Lo imaginó.

El silencio y la oscuridad. Los dos solos. ¿Dónde estaba ella? Ella, ¿qué ella? ¿La madre? No estaba. Cuando debería estar no estaba: a lo mejor daba permiso porque no estaba. Los dos solos. Por lo tanto, sucedió. ¿Permiso para qué? En realidad, no hace falta permiso. Así fue en las oscuras cavernas con pinturas rupestres. En las oscuras cavernas del tiempo. Así fue. Padre e hija.

Lo pensó. Sentía que se acercaba lentamente. Se acercaba. Ella no estaba. ¿La madre? La misma que debería estar no estaba. Imposible que estuviera. Muerta, ¿por qué había muerto? ¿Por qué la había abandonado? Quería que pasara. ¿Quería? Solos padre e hija. Solos. ¿Confianza? ¿Desconfianza? En las oscuras cavernas del espacio.

Lo pensó. Luego pasó. Piensa y pasa. En la imaginación pasa. Por ese pensamiento temía el retorno. No quería enfrentarse a él. Había preferido casarse con Eleno o quien quiera que fuese Elena. Lo que quería era huir.

Se encontró con el padre, enfermo, que la llamaba para despedirse. En cama, irreconocible, sin fuerzas, consumido. Su carácter perdido. Su cuerpo también. Poco a poco perdía el interés en la vida. Se dejaba arrastrar hacia la muerte. A punto de desaparecer lo que su mente había guardado durante tantos años. Inútil. Los recuerdos se borrarían. Ni siquiera hacía el esfuerzo de retenerlos. Huían libres de la memoria.

La memoria ya no existía. Ya no tenía papel que cumplir. Si trasmitió algo fue antes y si alguien lo recogió sería parte de una nueva memoria. Su hija guardaría retazos de esa memoria que se escapaba. Le quedarían huecos, porque ella no preguntaría y él no contaría nada.

Después María se arrepentirá. Tarde. Cuando no pueda ponerse remedio. ¿Cómo era aquella canción que él le cantaba de niña? Solo recordaba algunos versos. ¿Cómo era su madre? Sólo fragmentos le quedaban. ¿Por qué no preguntó?

El resto de su vida estará esforzándose por recordar algo más de su padre. A veces, pensará en inventar. En armar su propia historia y aceptarla por verdadera. ¿Cuánto de la memoria es propio y cuánto adaptado?

Adaptar. Esa es la palabra. Nos la pasamos adaptando. Yo, María, adapto mi mente a lo que me conviene. Doy vuelta a mis pensamientos: los viro: los pongo de cabeza y así me creo lo que quiero creer. Una vez revuelta mi mente cualquier cosa es creíble. Por ejemplo, mi padre no está muriéndose, corre a campo traviesa conmigo, me pone sobre sus hombros y simula ser un caballo. Tacatá, tacatá, tacatá. Sus ojos no están vidriosos, arrojan fuego y su mirada es inquietante. Una mirada huidiza. Que ante una pregunta comprometedora mueve sus ojos a gran velocidad de derecha a izquierda, mientras elabora la respuesta. No me gustaba ese gesto: lo disminuía. Indicaba vacilación. Algo que no iba con sus arranques de violencia. Pero, al mismo tiempo, me alegraban esos momentos de debilidad. Nadie es de una sola pieza.

Su sentido del humor era especial. Sólo lo empleaba contra

los demás: nunca hacia sí. Contra los demás era caústico: sabía encontrar el punto flaco y ponerlo en evidencia de la manera más cruel. Pero que nadie se burlara de él: era capaz de destruirlo por la palabra y de golpearlo sin misericordia. Así se había ganado una fama muy poco agradable y me cubría de vergüenza presenciar algún suceso de ésos.

Por eso fui apartándome de él y la llegada de Elena, su enfermedad y encargarme de ella fue mi tabla de salvación. Escapé y estoy contenta. Verlo al borde la muerte es una esperanza de borrarlo. Y, sin embargo, algunos recuerdos de infancia son rescatables y quisiera quedarme sólo con ellos.

Solía hacerme trucos de magia. Aparecían monedas detrás de mi nuca. Los pañuelos de color rojo se convertían en verdes. Algún juguete roto se compuso de inmediato. Un día escuché un ruido cerca de mi almohada y un pollito me picaba suavemente la oreja. Las cartas de la baraja danzaban y cambiaban de lugar. Si en la noche pedía que brillara una estrella con solo tronar los dedos pulgar y medio la estrella le obedecía.

Decía que entendía el lenguaje de los animales y que podía hablar con ellos. Un día le preguntó a un burro si me había portado mal y el burro asintió. Otro día le preguntó si estaba triste y sacudió la cabeza, negándolo.

Una vez que vio a un arriero azotar a su mula, le arrebató el látigo y lo golpeó hasta dejarlo desmayado. Nadie se atrevió a quitarle el látigo por miedo a ser también azotado.

Era un soñador y hubiera querido hacer muchas cosas que nunca logró. Nunca supe exactamente qué deseaba y qué era lo que lo hundía, con frecuencia, en estados melancólicos. Se encerraba en su habitación y no salía por días ni probaba bocado. Tampoco soportaba mi presencia y tengo la impresión de que sollozaba.

La verdad es que nunca conoceremos a nuestros prójimos, ni siquiera a los padres, tan cercanos y tan lejanos. Lo veía desde mi egoísta perspectiva y según crecía le atribuía todos los defectos: me decepcionaba, me enfadaba, me avergonzaba. Ahora, ante la muerte, no quería que sucediera pero no por amor, sino porque luego me quedaría un vacío. O tal vez no y me sentiría mejor por ser la sobreviviente. Aunque no me interesaba ver un poco más allá. No podía imaginarme qué era vivir sin mi padre. Ni para bien ni para mal.

Me había alejado pero no pensé en la muerte y ahora era lo inesperado. De pronto me atraía la nueva sensación y dejaba de aterrarme. Yo también moriría y era una especie de aprendizaje. Lo que sucede y cómo se afronta. La suya era una muerte lenta y eso era lo peor. Cuanto mejor una muerte instantánea. Sin tener tiempo para pensar. Porque de qué sirve pensar lo que no se va a poder contar.

Los silencios del padre quedarán sellados para siempre. Ya no reacciona ni quiere hablar. Morirá sin que me dé cuenta. Cuando salga del cuarto. A solas. No conoceré el trance. Los ojos abiertos. Las manos cruzadas en el pecho, como me vio una vez dormir y se aterró y me descruzó las manos. Tal vez, vio su propia muerte. No la mía durmiendo.

El recuerdo insistente de infancia quedará sin solución. ¿Pasó o no pasó? No lo sabré. Y no importa. Lo pude imaginar o temer. Ni yo se lo pude preguntar ni él hubiera sabido qué contestar. La verdad o la mentira quedaban a la misma distancia. A la misma distancia marcadas por lo irremediable de la muerte que todo lo borra y nada rescata.

Sólo me quedaba regresar con Elena, aunque pensé, por ráfagas, no hacerlo y de este modo entender lo que no se entiende. ¿Para qué acumular tantos secretos si se pierden en una exhalación?

Luego de muerto busqué en los cajones y el arcón alguna seña más. Y sí, la encontré. Cartas de amor a mujeres para mí desconocidas. La figura aún se quebraba más. O no, se volvía más nítida. Su mundo interior tomaba forma. Demasiado tarde. Nunca conoceremos lo que deberíamos conocer.

Más al fondo del arcón encontré algo envuelto en un paño blanco con unas rayas negras bordadas finamente y flecos colgantes. Lo desenvolví con cuidado y tenía ante mí un libro con letras doradas en hebreo. No sé cómo supe que era hebreo, pero de pronto lo supe. Al lado, estaba un apuntador de plata.

Empecé entonces a recordar. Algunas palabras de mi padre que decía haberlas aprendido de la abuela daban vueltas en mi memoria. Sonaban, pero no podía continuarlas. Sólo restos de palabras y versos incompletos. Ruinas de silencios me acosaban. Y como ruinas, poderosas en el misterio de los tiempos. Más fuertes que cualquier historia, siendo ellas historia pura. Siendo la permanencia que no sería borrada nunca. Mi memoria las repetía por si hallaba el hilo conductor que me devolviera el rezo completo. ¿Rezo? Ahora sabía que se trataba de rezos. Pequeñas frases repetidas una y otra vez grabadas en la memoria y en la lengua. Entonadas en la noche del tiempo. Había una vez. *Shemá Israel.*

El libro en mis manos con sus letras de oro me pedía que lo abriera, pero no me decidía, como si yo no fuera la persona adecuada. ¿Acaso podía leerlo?

Lo besé. Eso sí pude hacer y permaneció cerrado. Lo envolví de nuevo para el día en que tuviera el poder de abrirlo y leerlo. Recogí también el apuntador y guardé ambos conmigo.

Fue como una caja de Pandora de la memoria. Los recuerdos se abrían, volaban, no había modo de detenerlos. Caían unos sobre otros. Como un collar, las perlas se engarzaban y los hilos se multiplicaban. Un resplandor iluminaba la oscuridad de mi pensamiento y la lucidez era pieza dominante. No sabía por dónde empezar. Voces, palabras, ritmos y silencios, muchos silencios. Ahora comprendía los silencios de mi padre y ahora los reinterpretaba. Tarde. Era tarde para entablar un diálogo con él.

Cuántas cosas se perdieron y cuántas podría recuperar si la memoria me obedeciera y no empezara a inventar. Porque temo a la memoria, a veces inventa para tenerme contenta. Lo que era simple suposición o breve recuerdo crece y crece y se convierte en toda una historia sin principio ni fin. Así que lo que me falta empieza a ser rellenado por breves golpes de recuerdos revolventes que acomodo y a los que doy un desarrollo cuasi lógico. Pero en cuanto a que sea verdad, eso no lo sé, porque para saberlo tendría que inventar, de nuevo, otra historia que me lo confirmara.

Así que me siento como a punto de volar sin alas, a correr sin pies y a ver sin ojos. También a oír sin oídos. Es decir, inepta.

Regreso a antes de la memoria, que no fue sino una desviación. Todo esto porque los hallazgos en el arcón han despertado lo que dormía por años en mí. Y quiero que siga despertando para tratar de entender quién soy. Ahora me pregunto quién soy, siendo que creía ser otra. ¿Qué ocurre cuando todo el panorama que tenía ante mí debía ser cambiado? Cuando creía ver un parque resultó ser un bosque (tal vez por eso lo paso tan bien en el bosque y entiendo su lenguaje), cuando creía que era de noche resultó ser de día (tal vez por eso soy a la vez nictálope y hemerálope).

Pero entiendo las afinidades, algo me atraía hacia ese mundo que se oculta para sobrevivir y que se adapta para disimular. Poderoso y que no puede ser borrado. Persistente.

Vayamos por pasos para tratar de encontrar una explicación. ¿Por qué soy nictálope y hemerálope a la vez? Nictálope porque veo mejor de noche que de día, *ergo*, confundí el ciclo día-noche. Soy hemerálope al perder visión cuando la luz es escasa. Se contradicen, pero me conforman. Más la miopía: ¡qué combinación! Ese debe ser mi encanto. Lo que vio, aunque yo no veo, Elena en mí.

Esa es mi realidad: compartir situaciones extremas y antagónicas. ¿Será como mi relación con Elena y con Eleno? ¿Tan variable? ¿Según el momento del día o de la noche? Creo que sí.

Luego es posible la situación de mi padre: dentro: judío: fuera: cristiano. Complementaria y antagónica. Sus cambios de humor. Su ambigüedad. Su inestabilidad. Su irritabilidad.

Que yo heredé por mi indecisión. Y mi indiferencia. Que me da lo mismo y lo mismo me da. Que una religión o la otra. Que hombre o mujer. Que puritanismo o lujuria.

Claro que esto no se lo digo a nadie. Queda dentro de mí, pero me ayuda a sobrevivir. Soy experta en sobrevivir y ya sé porqué. Bienvenido mi porqué si, de ese modo, entiendo más de lo que solía entender.

Luego ese pensamiento-deseo de infancia, en lugar de lo truculento, ¿no se referiría al secreto abrahámico? Muy bien podría ser que no quería oír una confesión. Que algo me imaginaba ya. Y que no quería complicaciones. ¿Sería?

Complicaciones, complicaciones no quiero. Eso es un hecho. Si no, ¿cómo me las arreglo para sobrevivir? Bien, seguiré buscando y rebuscando en esta mi mente un poco demente. Deja ya de palabrear y dedícate a lo serio. A lo serio.

Bien, ¿por dónde íbamos? ¿Íbamos? Sí, adelante.

Los recuerdos me llevan a donde no quiero, pero sí puedo. Lo reconozco: mi padre era criptojudío. En soledad, no me dijo nada, pero a partir de ahora yo lo reconstruyo. Sé que en 1492 se decretó la expulsión de los judíos de todos los reinos de España:

> Mandamos a todos los judios e judias de qualquier hedad que sean que bivuen e moran e estan en los dichos nuestros reynos e sennorios, assy los naturales dellos como los non naturales que en qualquier manera e por qualquier cabsa ayan venido e estan en ellos, que fasta en fin del mes de jullio primero que viene deste presente anno, salgan de todos los dichos nuestros reynos e sennorios con sus fijos e fijas e criados e criadas e familiares judios, asy grandes como pequennos, de qualquier hedad que sean e non sean osados de tornar a ellos ni estar en ellos ni en parte alguna dellos, de biuienda ni de paso ni en otra manera alguna so pena que sy lo non fisyeren e cunplieren asy, e fueren hallados estar en los dichos nuestros reynos e sennorios o venir a ellos en qualquier manera, yncurren en pena de muerte e confiscaçion de todos sus bienes para la nuestra camara e fisco… syn otro proçeso, sentençia ni declaraçion.

Drásticas palabras que pusieron temor en los corazones: pérdida de bienes y de la vida, desde niños hasta ancianos, incluyendo a sirvientes, para quienes habían vivido cerca de catorce siglos en el territorio hispano. Qué falta de agradecimiento, qué mal cálculo, qué error de errores. Y horrores, con la Inquisición dedicada desde entonces a perseguir al diferente, al de otra religión, al que no piensa igual.

Pero qué persistencia, por otro lado, seguir manteniendo el recuerdo de los orígenes y las costumbres, en lo que cabía. ¿Habrá ocurrido lo mismo en las nuevas tierras colonizadas allende el mar, también arrancadas de cuajo de sus vidas? Estoy segura de que sí.

¿Qué hacer para salvarse? ¿El riesgo de una doble vida? Todo, con tal de no doblegarse. Quien oprime desconoce que contra el silencio nada vale. Callar puede ser la manifestación de una convicción imbatible.

A esa dignidad pertenecía mi padre y yo juzgándolo mal. ¿Cómo restituir algo a quien ha muerto? Parecería inútil. Sólo me queda intentarlo. Si tengo fuerzas. O sellarlo.

30

El regreso

María del Caño guardó el secreto para sí y no quiso contarle a Elena dónde había estado esos días. El bosque se unió a ella y el pacto fue sellado. No quedaría ni un rastro. Ni una huella. Las hierbas se enderezaron y la tierra fue barrida por el viento.

Las cosas habían cambiado. Elena estaba temerosa de que los vecinos descubrieran sus extrañas vidas. Había decidido no seguir montando el laboratorio de alquimia y sólo dedicarse a leer los libros prohibidos y esconderlos enseguida por si alguien llegaba a la casa. Pero algo le decía que un día sería descubierta.

María, que acababa de entender lo que es un secreto, la ayudó a esconder los libros y objetos que podrían delatarlas, mientras determinaban si no sería mejor destruirlos. Acordaron tomar más precauciones, cuidar lo que decían ante propios y extraños.

—Asentir sin decir palabra que pueda comprometernos.

—Ver hacia atrás por si somos espiadas en nuestras caminatas.

—Hablar en voz baja.

—No hacer gestos convencionales, sino crear los nuestros para advertir de algún peligro.

—Observar a Cleopatra por si ella percibe algún sonido desacostumbrado.

—Cuidar, sobre todo, el habla.

—Repetir lo que todos repiten, nunca usar una expresión inusitada.

—No llamar la atención.

—Pertenecer al común de la gente.

—Hacer lo que hacen todos.

—No establecer diferencias.

—Romper con rutinas y horarios, para desconcertar a un posible delator.

—No corregir errores de los demás ni enseñar a pensar.

—Ingresar al reino de la mediocridad y del temor constante.

—Ir al bosque.

—Para allí volver a ser nosotras.

—Bailar en los claros y cantar con los pájaros.

—No, eso podría ser peligroso. Nada que indique alegría ni felicidad.

—¿Borrar el amor?

—Ante los demás, sí. No hay nada que cause una mayor envidia que dos que se aman.

—Como nosotras.

—Como nosotras.

—¿Será una vida condenada?

—No. Si tenemos fortaleza nos salvaremos. Tenemos que empezar a crear un exclusivo mundo interior.

—De laberintos y encrucijadas, de claves y pistas.

—Para las dos.

—Fingir ignorancia, que la inteligencia está mal vista.

—¿Inventar estupideces?

—No, repetir las que ya existen.

—¿Lo nuevo atribula?

—Espanta, hace huir.

—Repetir lo conocido.

—Pero ni siquiera con nuevas palabras.

—No, no. Ninguna novedad. Siempre lo mismo. Todo igual. Hay horror al cambio.

—Y al ingenio.

—Y al pensamiento libre y diferente.

—Diferente: esa es la palabra. Lo diferente es la mayor amenaza.

—El que no sigue la corriente: el otro es el peligro.

—Quien se salta dogmas y consignas está perdido.

—La minoría no cuenta. Viva la mayoría.

—¿Aunque se equivoque?

—Sobre todo si se equivoca.

—Dejar que los demás hablen primero.

—Y repetir, repetir, repetir hasta la náusea.

—Pero cuidado. Medir antes lo que dicen, no vaya a ser una trampa.

—La trampa de la palabra.

—La palabra que se vuelve del revés y significa exactamente lo contrario.

—¿Cómo distinguir, entonces?

—Intuición, aplica la intuición.

—¿No hay ciencia?

—Recuerda que, ante todo, la ciencia es perseguida.

—El que esclarece es un demonio.

—El conocimiento es la maldad. Por eso la historia de Adán y Eva.

—No digas que sabes: jáctate de tu candidez.

—No mencionar ni lo nuevo ni la ciencia.

—Hasta la misma palabra "nuevo" es peligrosa.

—Sobre todo se se aplica al cristiano.

—El cristiano nuevo nunca será aceptado. Eso tenlo claro.

—Lo sé, por nosotras.

—¿Nosotras?

—Sí: una, hija de esclava africana y otra, de padre converso. Ambas viviendo juntas. Qué combinación.

—A callar, nada de confidencias, que las paredes oyen.

—Empecemos con nuestro nuevo plan.

—Empecemos, pero vas mal; recuerda: nunca usar la palabra "nuevo".

—Prohibida.
—Prohibida.

A partir de ese momento, Elena-Eleno y María desarrollan su estrategia. Al principio no reconocen nada extraño. Les falta práctica en el mundo detectivesco. Nadie habla de detectives en su época, se llamaban de otros modos menos dignos, como delatores o malsines, pero el oficio era parecido.

Una táctica es, al ir caminando, darse la vuelta de pronto por si alguien se sorprende y memorizar su cara. Muy bien puede tratarse del sujeto perseguidor. Otra táctica muy sencilla es detenerse ante un cristal y ver en el reflejo si alguien está observando. O agacharse para amarrarse las agujetas de los zapatos. Cambiar el ritmo del paso es desconcertante, sobre todo si se sale corriendo intempestivamente y se empieza a callejonear. Buscar lugares con mucha gente para perderse entre ella puede dar buen resultado. O bien, cambiar el orden de los factores y perseguir al perseguidor. En fin, hay que ingeniárselas cada vez. Nunca repetir la rutina.

Aparte de la obsesión que el hermafrodita y la mujer tienen que desarrollar cada uno se dedica a lo suyo. El hermafrodita sigue siendo consultado por sus pacientes y su fama va en aumento. La mujer, luego de haber descubierto cuáles son sus orígenes decide establecer una guía de la situación presente de los conversos. Piensa que será muy interesante para quienes hayan de vivir en tiempos venideros conocer el *modus vivendi* de los oprimidos y carentes de derechos humanos. De aquellos que no habían descubierto al "otro" o lo consideraban el mayor de los peligros. Después de todo, el diablo también es el otro. Y el diablo estaba muy presente como personaje activísimo de la época. Un diablo creado por la imaginación desatada de los puristas o, más bien, falsos puristas. Que se entretienen en crear problemas, en perseguir y en dar estrictas reglas incumplibles. Un diablo que es ellos, los puristas, que aplican el término a los inocentes perseguidos. El otro, siempre el desconocimiento del otro.

De lo que se trata es de darle la vuelta a las palabras: si soy el malo llamo malos a los buenos y los persigo hasta destruirlos y acabar con ellos. Emito leyes en su contra, los demonizo y decreto la solución final.

Digo, por ejemplo, que matan niños cristianos y que se beben su sangre. Que envenenan los pozos de agua y que contagian de peste a la humanidad entera. Que profanan iglesias y que se mofan de la santidad. Mientras más disparatado más creíble.

Los conversos vivieron la peor de las vidas. Pero llegaron hasta los siglos XX y XXI para ser descubiertos. La clandestinidad los protegió. Su memoria se amplió más que ninguna otra. Regresaron en busca de sí mismos y, a fin de cuentas, triunfaron.

Eso aún no lo saben ni Elena ni María. Aunque se les puede pasar el dato. La ventaja de manejar los tiempos pasados y presentes de manera despreocupada es que no engañas al lector. Le estás advirtiendo que no se crea la historia que lee, que es ficción tanto como la existencia suya y la del autor. Pero sigamos con el deber de la escritura y la lectura, ¿o más bien, placer?

Lo que hoy se sabe es lo siguiente. A partir de 1492, con el triunfo militar definitivo de los reyes católicos, Fernando e Isabel, sobre los árabes fue necesario establecer la religión dominante por encima de la judía y la musulmana, y el idioma castellano sobre las otras lenguas romances y semíticas. De este modo, la triple victoria era aplastante y total.

En el caso de los judíos, la nueva situación fue devastadora. Ante el Edicto de Expulsión el cambio dentro de la sociedad española, el pueblo, la iglesia y la monarquía fue también radical. Con el surgimiento de los conversos, como una nueva clase social en desventaja, arribó un caos descrito, por primera vez, en la obra de Fernando de Rojas, *La Celestina*, cuyo personaje principal es el intermediario entre las clases sufrientes y sirve de señalamiento de la corrupción en pleno. Nadie se salva, ni siquiera el que no es converso. Cualquiera es objeto de duda y la Inquisición con su sistema de delación anónima inaugura el reino del terror y de la impunidad.

El resultado fue catastrófico. Nunca había habido una forzada conversión mayor, que prácticamente acabó con el esplendor de la vida judía en todas las ramas: cultural, científica, artística, filosófica, social, económica. Casi dos tercios de la comunidad hispanohebrea fueron destruidos.

Los conversos quedaron en una súbita situación que no sabían cómo resolver. ¿Aceptarían la nueva creencia? ¿Regresarían a su verdadera fe poco a poco? ¿Practicarían el judaísmo de puertas adentro y el cristianismo hacia fuera? ¿Elegirían el destierro luego de siglos de convivencia con cristianos y moros?

Ante las alternativas no hubo una respuesta generalizada e incluso en las propias familias algunos miembros optaron por una solución y otros por otra, provocando la incertidumbre y la confusión. Los conversos descubrieron que habían perdido su identidad y que eran un grupo aparte, ni en el judaísmo ni en el catolicismo; lo que los mantuvo unidos durante siglos recibiendo la herencia de su extraordinaria situación por línea materna, la más segura y la aceptada en el judaísmo.

(Sobre esto atestigua la autora de estas líneas al descubrir en los archivos del Casar de Talamanca que la familia materna durante siglos mantuvo la costumbre de acudir a determinados sacerdotes, todos ellos con el mismo apellido de la familia, para las ceremonias principales, como el bautizo, el casamiento o el entierro. O bien, casualmente enfermarse en días de fiestas mayores cristianas, para excusarse de asistir a la iglesia. O conservar, aunque fuera vagamente, las leyes de la dietética judía y no comer carne de cerdo por cuestiones de salud, según recomendación de un médico, también de origen converso; lavar y hervir muy bien los alimentos; separar las ollas en las que se cocina carne de las destinadas a productos lácteos.)

El paso siguiente para excluir aún más a los conversos fue la institución de los estatutos de limpieza de sangre. Quien no podía demostrar que cuatro generaciones anteriores a la suya no provenía de cristianos viejos, estaba impedido de ocupar puestos civiles o eclesiásticos, ser testigo o notario, pertenecer a una orden militar, ingresar en la universidad ni recibir distinciones, títulos y honores. Tampoco podía viajar a las tierras del nuevo continente recién descubierto.

De tal modo que el converso estaba en peor y paradójica situación que el judío. El primero cometía el delito de herejía y el segundo se salvaba al no estar bautizado. Situación de incertidumbre, de amargura. De no saber qué esperar, cómo responder.

El Santo Oficio irá afinando sus procedimientos y mejorando sus métodos de tortura e inquisiciones. Creará dos grandes libros: el de los testimonios y el de las confesiones, que servirán para montar el proceso. En uno se trata de incriminar al acusado y en el otro de que relate su vida y caiga en trampas. El criptojudaísmo se le atribuye, sobre todo, a la mujer, mientras que, con frecuencia, el hombre se defiende aduciendo que sólo toleraba la situación sin compartirla. Se descubrió la importancia de la vida familiar y de la trasmisión del culto judío por la vía femenina, y que aun muerta la madre sus hijos seguían judaizando.

María duda. ¿Guardará o no el secreto? Ante lo que dice Elena sobre el callar, seguirá su consejo y no hablará. Tal vez, Elena lo sospecha y de ese modo la protege.

Elena nota que María guarda un secreto, pero no la interrogará. Son tiempos de silencio y más vale no comprometer al otro ni comprometerse por conocimiento de causa.

Quien queda fuera de peligro es Cleopatra-Amenofis. Por ahora. Que también puede inventarse que es una gata hechicera.

María repasa su secreto y fuerza su memoria para descubrir aspectos de la vida de su padre que no supo interpretar en su momento.

Elena-Eleno la observa y sabe que algo ocurrió durante esa ausencia. Teme que se aparte o que huya.

Cleopatra exige atención: no le gusta que Elena-Eleno se ensimisme y deje de jugar con ella o de dirigirle esas palabras ininteligibles especiales sólo para ella, como cucurruchi cuchita o chispililita marracachuda. Porque el resto de las palabras las entiende, es más, posee un amplio vocabulario del habla castellana. Por su parte tiene toda una gama de maullidos para indicar qué le pasa o qué quiere.

Amenofis salta sobre Elena y Eleno le grita. Cleopatra le lanza un zarpazo y Elena un capirotazo. Quedan a mano. Luego se arrepienten, se miran y hacen las paces. Si todo fuera así.

Cleo busca un lugar donde acurrucarse un rato. Tiene varios lugares preferidos que va alternando. A veces es una silla empujada debajo de la mesa y cubierta por un mantel, lo que le da cierta privacidad. Otras, en el hueco de la parte trasera de una cómoda donde entra arrastrándose y la oscuridad es mayor. O en lo alto de un armario para dominar la vista. Pero, a veces, busca el calor del sol y se instala en el saliente de la ventana o sale al patio y se acuesta en un rincón. En invierno se acerca a la chimenea lo más posible o a las ollas donde hierve el puchero. Hacia la noche busca la cama y le maúlla insistentemente a su ama para que se acueste de inmediato y reciba su calor.

¿Podría un gato hacer una delación ante los inquisidores? No lo creo: los inquisidores aún no han entendido el lenguaje de los gatos. Pero, eso sí, los asocian con el mal y la brujería.

¿Podría dar testimonio o confesar? Tampoco.

Aunque su endemoniada mente, digo la de los inquisidores, asocie gato y perversión.

Para que Elena le preste atención y no piense tanto en María, acude a su canasta de juguetes y saca el cascabel para que se lo lance y tenga que ir a buscarlo. Luego lo engancha con sus uñas y suavemente lo desliza, una y otra vez, haciéndolo sonar hasta que se cansa y lo abandona. Cuando termina de jugar regresa el cascabel a la canasta de juguetes y todo queda en orden.

En efecto, Elena se ha distraído y ahora sonríe a Cleo.

31

La melancolía de nuevo

Es el gran tema de la época. Elena-Eleno lo aborda en su vida
y en sus pacientes. María, en cambio, no es dada a los cambios
de humor: en ella predomina la alegría.

Melancolía, estado de tristeza, de languidez, de olvido. Añoranza de la sombra perdida, de lo que no fue, de lo adivinado.
Lo otro, lo de más allá, lo que no nos pertenece. Lo oculto. Lo
lejano. A lo que no se volverá. El mar de por medio: su oleaje,
su color, su misterio, su profundidad. El barco que partió.

Lo que la imaginación hizo propio frente a una insoportable realidad. Lo irreparable. Lo inevitable. Lo imposible.

En época de Elena se llama malenconía, y ha leído en antiguos libros de Aristóteles y de Hipócrates que es el predominio
de la bilis negra lo que la provoca. Aún Robert Burton no ha
escrito la *Anatomía de la melancolía*, pero el *Examen de ingenios*,
de Huarte de San Juan, médico amigo de Mateo Tedesco, muy
bien ha podido conocerlo. De los *Comentarios a los Aforismos
de Hipócrates* y de los tratados de medicina de Maimónides no
se dude, y también pudo haber tenido noticia del *Libro de la
melancolía* de Andrés Velásquez.

De Aristóteles le interesa su atribución a las grandes mentes: los estadistas, los filósofos, los poetas. Si busca casos más
antiguos recuerda que en la Biblia el rey Saúl era atormentado
por un espíritu maligno que lo sumía en la tristeza, sólo apaciguado cuando el joven David tañía el arpa para él.

Al lado de malenconía hay otra palabra que Elena utiliza: acedía, esa debilidad moral provocada por la pereza, el cansancio, el descuido, la apatía, la torpeza mental.

De Maimónides hay mucho de donde escoger. Elena recuerda algunos de sus comentarios sobre la aparición de enfermedades en determinada época del año, como la melancolía en la primavera, tal vez por lo templado del clima que las favorece.

> Si una persona se vuelve temerosa y presa del desaliento sin razón aparente, la causa se debe a un cierto tipo de melancolía, aunque los episodios no sean constantes. Pero cuando el comienzo de dichos episodios tiene una razón obvia como el enojo, la cólera o el miedo y los episodios se prolongan y son constantes indican una verdadera melancolía.

En el *Régimen de salud* hay un capítulo dedicado a la melancolía que padecía el sultán al-Afdhal. Se destacan los periodos de excitación y depresión: la locuacidad y el mutismo, así como las fobias. Entonces, Elena recuerda las actitudes extremistas de su buen y loco amigo Alonso Quijano.

Era una enfermedad atribuida al pueblo judío por su relación con las actividades intelectuales clasificadas bajo el signo de Saturno. Signo que se representó en un grabado de Durero que si Elena conoció o no, por lo menos intuyó, donde la melancolía se revaloriza. Aquí ya no se trata de una enfermedad sino de una fuente de inspiración.

De los libros que poseía Mateo Tedesco y a los que Elena tuvo acceso estaba el clandestino *De occulta philosophia* de Enrique Cornelio Agripa, donde los datos sobre la melancolía eran de primer interés. Elena relee:

> Cuando se enciende y brilla el *humor melancholicus* genera un frenesí o *furor* que nos lleva a la sabiduría y a la revelación, especialmente cuando se combina con una influencia celeste, sobre todo la de Saturno... Además, este *humor melancholicus* tiene tal potencia que dicen que atrae a nuestro cuerpo a ciertos demo-

nios, por cuya presencia y actividad los hombres caen en éxtasis y revelan muchas cosas maravillosas.

Elena-Eleno llega a una conclusión: no es tan extraña la melancolía: en algún momento se padece. Puede ser que yo misma la padezca, aunque trato de salir de ella. Lai, mi querida acróbata, la padecía, con sus periodos de silencio y retraimiento, pero con su frenesí al instante de su actuación. Y tantos de mis pacientes.

Así, la melancolía se redime en la obra de quienes cruzan la frontera entre realidad y ensoñación. De quienes abren la puerta interna del miedo para sobrepasarlo, de lo ignoto para dejar entrar la luz y de lo oculto para exponer la sabiduría.

32

Aventuras

Tanto se distrae Eleno imaginando historias y acechando secretos que decide salir esa noche de aventuras con Amenofis.
Espera a que María esté dormida. La mira despacio y no se
arrepiente. La fuerza de salir es mayor. Como la de Amenofis.

Revisa sus ropas y escoge el traje de soldado que guarda
impecable. Se calza las botas bien lustradas y se cala el sombrero. La espada brilla y la enfunda. Amenofis se ha lamido
su pelambre y luce irresistible. Están listos.

Se tropiezan con una guardia nocturna y se esconden rápidamente en una callejuela porque no quieren ser interro-
gados. Ahí deciden separarse: Amenofis trepa por un muro
hacia un jardín desconocido y Eleno retoma el camino hacia
una taberna cercana. Se despiden y cada uno se dirige a lo
suyo. Sin saber que van a salir malparados.

Eleno, en pleno papel masculino pide un vaso de vino
de la casa. De un largo trago se lo acaba y pide otro más. Se le
acerca un capitán y empiezan a competir por bebidas. Se lan-
zan improperios y desenfundan las espadas. El tabernero les
pide que se salgan a la calle, ya que no quiere tener destrozos. No le hacen caso y empieza una descomunal batalla a
la que se unen el resto de los parroquianos de un lado y de
otro. Cuando aparece la primera gota de sangre aparecen
también los alguaciles y no hay modo de detener el desba-
rajuste.

De nuevo, Eleno se enfrenta a la cárcel. Es condenado y permanece entre el conjunto de prisioneros de todo tipo: por pequeños y grandes delitos, por deudas, por pérdida de la razón. Entre amenazas, miedos, traiciones, comida asquerosa, vómitos, orinas, heces. Un conjunto nauseabundo.

En eso se le acerca alguien conocido. Don Alonso Quijano, preso por sus locuras, le anima a pelear contra malsines y encantadores. No es la hora ni el lugar, le espeta Eleno, harto de condescendencias y desatinos.

La larga temporada en prisión parece no tener fin. María se ha enterado y acude a amigos para tratar de sacar a su marido de la prisión. Un párroco que conocía a su padre le presta ayuda y se cambia la sentencia de Eleno por servicios médicos sin paga dentro de la cárcel. Sale maltrecho y promete no volver a participar en disputas y peleas tabernarias.

Al llegar a la casa se encuentra con un Amenofis también maltratado, reponiéndose de sus heridas de aquel malhadado día en que ambos salieron de farra.

En cuanto a don Alonso, su autor, Miguel de Cervantes, también lo rescató de la cárcel para que siguiera dando entretenimiento al mundo con su locuras y verdades sin hipocresía. María lo invitó a que pasara unos días en la casa y que se repusiera.

Los tres se han ensismismado. Eleno siente insatisfacción por su vida, que si no fuera por el desempeño de la medicina empieza a considerar sin sentido alguno. María presiente un futuro de peligros y se inquieta. Deja el tejido a un lado y se estremece. Don Alonso, más optimista, piensa en rescatar galeotes, en desencantar a Dulcinea y en conquistar la isla de Barataria. Pide un libro de caballería para leer.

Cenan en silencio y duermen mal, dando vueltas y apenas conciliando el sueño. Sólo don Alonso Quijano descansa, como un bendito que es. Aunque al alba despierta y, sin hacer ruido, sale de la casa en pos de las interminables aventuras que se le adjudican.

Al día siguiente las cosas parecen aclararse. Eleno quiere probar fortuna en otra parte, abandonar el pueblo y seguir su viaje. María no está tan segura. Quizá no le acompañe. No le atrae la incertidumbre de los caminos. Esos atajos que se convierten en largos rodeos, la intemperie, la falta de techo conocido, el cargar con una alforja.

Por lo pronto, Eleno tiene que cumplir su servicio carcelario y la partida se aplaza. Los días se suceden y la rutina ayuda a que corran. Mientras, Eleno sigue madurando su plan y tratando de convencer a María para que lo acompañe. Pero es en vano. Ella también lo ha decidido. Lo esperará. Si es que regresa.

Imagina Eleno su viaje. Quisiera huir de España e ir a Italia. Le ha quedado pequeño el territorio de pueblos y ciudades. El autor de don Alonso estuvo en Italia y Eleno escuchó historias maravillosas durante su estancia en la cárcel. Quijano le contó cómo es Roma, Milán, Florencia, Venecia y Nápoles, según palabras de su autor. El aire trasparente, el azul del cielo, la campiña, los ríos y el mar. El dulce idioma, la cadencia de los sonetos, su musicalidad. Y Eleno lo añora sin haberlo conocido.

Si viajara, vería la costa de África, de donde vino su madre. Estaría expuesta al ataque de piratas musulmanes y a ser tomada como esclava de nuevo. Recuerda otra historia de Quijano sobre los peligros de una pareja cristiana atacada por los turcos y de cómo para proteger al hombre su prometida lo viste de mujer para que no sea violado.

Ese caso para ella es indiferente, por su capacidad de sexo alternante. Hasta resulta divertido ver la cara de sorpresa del otro, que no se imagina a lo que se enfrenta. Trasmutación, al fin y al cabo.

Necesita un cambio. La vida estable al lado de María no es para él-ella. Quiere aventuras, peligros, situaciones inesperadas.

Sigue imaginando su viaje a Italia. Tendrá que engancharse otra vez como soldado, lo cual no le incomoda, y hacer el viaje por mar. Una vez en tierra firme, el pelear se combinará con visitas a casas de prostitución, que es lo que le atrae en realidad. Conoce remedios infalibles que le evitan contagiarse de enfermedades venéreas, el gran mal de la época.

Cada época escoge su enfermedad preferida. La cultiva y la protege con deleite. Que si peste, cáncer, sífilis, cólera, tuberculosis, sida. Se convierten en tema de novelas, ensayos, danzas, óperas, filmes. De todo. El caso es estar a la última moda.

Para Elena-Eleno no es un problema, sus conocimientos médicos la salvan y sabe cómo cuidarse. El uso del preservativo de piel de cordero es imprescindible y, aunque difícil de conseguir, siempre guarda alguno para su uso personal. Un poco después de su época, el médico inglés Lord Condom, ya lo sabemos, creará el condón para prevención universal.

En cuanto al pesario, lo conoce por los mercaderes de la China, que suelen traer alguno que otro de sus largos viajes. También reserva uno para su actuación femenina. Así que está bien pertrechada, como una buena *girl scout*, dispuesta a cualquier eventualidad.

Sigue soñando con su deseado viaje, pero no sabemos si llegó a hacerlo o si sólo se quedó en veremos. Porque, mientras, ocurrieron otras aventuras que habrán de narrarse para avanzar en el tiempo y que se acerquen las fechas oportunas.

No pudo resistir la tentación de tentar a otras mujeres que abandonaba de inmediato cuando ellas o María estaban a punto de descubrir los múltiples engaños. No podía serle fiel a una sola persona, necesitaba la diversidad y tomar la iniciativa. A todas les prometía casamiento, ocultando el verdadero por ley. Todas ellas habrían de recriminárselo algún día y le pedirían cuentas a la manera de lo que le ocurrió a don Juan Tenorio que andaba en ese tiempo en sus amoríos por tierras andaluzas.

Esta característica de Elena-Eleno habría constituido gran tema de desarrollo para las teorías de Gregorio Marañón, según ya ha sido mencionado, sobre la poca masculinidad del donjuanismo. Y no digamos cómo se hubiera frotado las manos Sigmund Freud de haber conocido la historia de este ambiguo personaje.

33

Alonso Quijano dice: "Loco soy, loco he de estar"

Como una novela se construye de muchos, variados y dispares elementos, si a Cervantes le gustaba intercalar otras historias ajenas al texto, es mi turno de intercalar algunas peculiaridades de Alonso Quijano, personaje prestado en esta novela, sobre algunas situaciones de la época. Sobre todo la locura y la insensatez. Adelante, pues.

El año de 1492 fue crucial para la historia de España. Tres hechos máximos ocurrieron: la derrota de los moros en Granada, la expulsión de los judíos y el descubrimiento de América; poco después se dieron la anexión del reino de Nápoles y la conquista de Orán. A partir de entonces, la historia fue otra, la vida cambió su rumbo radicalmente y el futuro quedó sellado.

Teología, religión y leyes subyacen conformando un oscuro paisaje de fondo imposible de soslayar. Nacen leyes, decretos, reformas, modificaciones. Se afirma la tradición teológica y se instauran innovaciones jurídicas referentes a la expulsión de los judíos y a la legislación de Indias.

Un siglo después del decreto que expulsaba a los judíos de España y de la consecuente división de la sociedad en dos clases irreconciliables, cristianos nuevos y cristianos viejos, los efectos no sólo siguen notándose sino que se han acentuado. Elena lo sabe muy bien y Alonso Quijano no digamos.

El paso del tiempo agudizó el problema de manera tal que dio nacimiento a pasiones extremas y situaciones temibles. Orgullos desenfrenados, temores paralizantes, acciones bajo cuerda, mentiras exaltadas, negaciones abisales, corrupción degradante, identidades descompuestas, reino de la mistificación. El todo revuelto, la nada flotando. Líneas de fuga en todas direcciones: hay quien se vuelve soldado, quien místico, quien pícaro, quien inquisidor, quien Celestina, quien don Juan, quien Quijote. Vivir será un constante peligro y más valdría que la vida fuese sueño.

Nuestro Alonso, manchado, que no manchego, sin nombre exacto, los viernes en la noche, comienzo del prohibido *shabat* judío, sufre duelos y quebrantos; es prudente al topar con la Iglesia; prefiere vivir por la virtud que por la limpieza de sangre; pide perdón al hablar de una manada de puercos; en fin, es el encargado de mantener una herencia dudosa y de trasmitir un lenguaje cifrado.

A su modo, se atreve a denunciar el poder eclesiástico. Sutil e irónicamente, pero lo logra. No se conforma con repasar la jerarquía clerical y señalar sus defectos, sino que alude al muro erigido que encerró al gran imperio donde no se ponía el sol, pero tampoco alumbraba. Critica desde los monjes y frailes hasta los arzobispos y pontífices. Para todos tiene palabras de recriminación. Señala su corrupción, ignorancia y dogmatismo.

Desde luego que la primera y más directa alusión es la de la quema de sus queridos libros, como muestra de la intransigencia y del mínimo paso entre quema de objetos y quema de personas, como hará la Inquisición.

Las alusiones se suceden y, por último, la anticristiana forma de matar es tan dolorosa que se convierte en una desmedida burla cuando está a punto de aplicarse también a animales. (Y aquí, Cleo se estremece en su sueño.)

Alonso Quijano elige la locura cuando se convence de que la bondad, la sabiduría y la tolerancia como fuentes de la vida no triunfarán. Son cualidades imposibles de aceptar en un momento amargado que juzgó la diferencia y la marginalidad como el peor de los peligros y que cerró los ojos ante la claridad y la inteligencia. Fue así como se eliminó el libre pensamiento.

Esta es la idea que Alonso quiso, mas no pudo, incluir entre sus hazañas. Una disquisición contra el fanatismo religioso. Por lo que se conformó con hablar con Elena en largas sesiones silenciadas que nunca pasaron a la historia (salvo el estremecimiento de Cleo en su dormitar).

34

La libertad o novela-novelo

Como esta segunda parte se llama la libertad, hagámosle honor a su título, que ya se lo estoy haciendo por capítulos como el anterior.

Libertad, ¿de qué tipo? ¿Dónde empieza y acaba?

Habrá que reflexionar, algo no muy propio de los tiempos ni de cualquier tiempo. Mejor seguir la corriente. Mas no es el caso de esta novela. Esta novela, seudonovela, contranovela, recontranovela, recontracontranovela se escapa de toda clasificación y deja fluir las prisioneras palabras de la aprobada cárcel mayoritaria.

Por lo cual no es novela sino novelo, para acoplarse a la situación de su protagonista. O ambas cosas: novela y novelo. Una especie de hermafroditismo novelístico. Novela femenina y novelo masculino: los dos en uno. Una buena pareja. Autofecundándose.

Ahora los críticos literarios tendrán que pensar en la nueva modalidad narrativa. Los teorizantes feministas y los de género se sentirán ofendidos: ¿qué es eso de romperles sus esquemas dogmáticos? Les dejo el problema a resolver. Aunque ya sé lo que harán: ignorar el problemita: total no hay seguidores de la novela-novelo: una golondrina no hace verano, a pesar del refrán contrario: un grano no hace un granero pero ayuda al compañero.

Eso de novela-novelo está muy bien, acaba con la discriminación, en este caso femenina, del género. ¿Será que las mujeres escriben novelas y los hombres novelos? Como eso de hablar de cuidadanos y ciudadanas, mexicanos y mexicanas, niños y niñas. Entonces, es la moda (y yo que creo que no sigo la moda).

En realidad, esta técnica polivalente, se inauguró en *Morada interior*. Novela a caballo entre falsa confesión: biografía, autobiografía, ensayo, poesía y demás. La ópera de la literatura. También podría llamarse esta novela en proceso: "ópera", por ser un conjunto de obras: pintura, literatura, música, danza: todo está presente. Por algo en inglés se dice: "*the works*" para algo que incluye todas las posibilidades, o un etcétera no perezoso y especificado.

De eso se trata, de dar una visión del mundo lo más amplia posible. Si guardamos tantas cosas en la cabeza, ¿por qué no vertirlas de una buena vez? Luego de muertos nada quedará. Mejor dejar fluir las grandes fuentes asociativas y adelante.

Eso es la libertad. O la liberación.

Lo que nadie ni nada aprisiona.

¿Nadie?

¿Nada?

Imposible.

Sabemos que las pequeñas cárceles siempre existen.

Pequeñas.

Grandes.

Medianas.

Agobiantes.

Extenuadoras.

Torturantes.

Matantes.

Pero, por ahora, creeremos en la libertad.

Que después vendrá el terrible tiempo de la prisión.

Aunque, pensándolo bien: ¿cuál será la prisión: la vida o la muerte?

Un hospital.

Un hospital puede ser una prisión.

Es una prisión.

Lo más parecido.

Donde careces de voluntad y haces lo que te ordenan.

Todo calculado y medido.

Sin elección.

Elena-Eleno sabrán lo que es un hospital: ahora sólo han estado de visita.

Pero hay quienes lo han padecido.

(Si lo sabré.)

La libre novela es la que salta como un conejo perseguido por podencos: ¿podencos o galgos? La disputa es el fin de los tiempos.

Aclarar no sirve de nada.

Aclarar es matar: ilusiones, magias, fantasías, teorías científicas.

¿La oscuridad?

No, no, no.

El desequilibrio, sí.

Del desequilibrio nace el equilibrio.

De lo contrario, lo positivo.

¿Del mal, el bien?

No hay mal que por bien no venga.

¿De veras?

De veras.

Entonces, de la novela el novelo.

Y conste que no es por influencia de Unamuno y sus nivolas. Desvirtuó la palabra. Es mejor masculino y femenino.

Tampoco se trata de antinovelas. Ni de pronovelas. Ni de metanovelas.

¡Qué va!

Novela y muy novela.

Novelo y muy novelo.

Los términos bien definidos.

¿Bien definidos?

Si no se puede definir.

Sólo aproximar.

Parafraseando al Arcipreste de Hita:

Oh, novela, luz del día
tú me guías todavía.

Hora de reír.
Hora de seriedad.
Una nueva doctrina nace: el novelismo.
Atención: hay que marchar al paso del nuevo criterio.
Cuidado. Si hay un criterio se echa a perder. Es mejor el sin criterio, para mayor confusión.

Una vez establecido lo anterior podemos seguir con esta historia. Lo malo es que ahora me da por pensar: historia-historio. No sé por qué inventé esta dualidad. Es lo malo de un idioma que tiene masculino y femenino. Tendremos que reformar la gramática, el género humano y sus apéndices.

Para la Cábala, la alquimia y el gnosticismo, masculino y femenino son definitorios. Interpretaciones, trasmutaciones y herejías necesitan dividir el mundo para entenderlo. Esas tres materias se entremezclan: habrá contradicciones y los textos serán leídos con mayor cuidado, como pedía Maimónides en su introducción a la *Guía de los perplejos*.

Leer con cuidado, no saltarse líneas, regresar a lo complicado, sospechar de lo sencillo. Acudir a la fórmula de los aquimistas: *Lege, relege et invenia*. Lee, relee e inventa. Para eso sirve leer, para luego inventar.

En este caso es lo que se ha hecho.
Ante todo, inventar.
Viva la libertad inventora.

Poco a poco el tiempo pasa. La libertad se siente constreñida. Se gana y se pierde. Es una ilusión o casi una realidad. Pero siempre hay formas de contenerla. Las mujeres criptojudías de la época de Elena y María, tan perseguidas en cuanto ponían el pie en la calle, en sus casas eran tan libres como para guardar las leyes del judaísmo. Leían los salmos, celebraban a su modo las fiestas, observaban el *shabat*, desbautizaban a sus hijos, cumplían con los rezos empezando por *shajarit*. Limpiaban a fondo la casa, sobre todo en Pascua, se bañaban en sábado, cocinaban alimentos frescos y permitidos por el *kashrut*, cumplían con la Torá y leían en voz alta un versículo cada día.

El tiempo pasaba y puede ser que olvidaran algunos aspectos. Entonces se relacionaban con algún judío no converso para pedirle consejos y aclaraciones. Se arriesgaban, pero lograban su propósito de no olvidar el judaísmo. La Inquisición supo pronto que a veces su celo no podía contra esa obstinación de ser lo que se es, y que había quienes escapaban sutilmente a sus estrechas redes: peces que saltaban sin más al limpio océano. Cuando el sentido de la libertad es poderoso no hay qué cosa hacer.

Pero me pregunto: ¿para qué pensar?, si eso pertenece a la libertad. La libertad debe ser borrada: *Delenda est libertas.* El pensamiento también. El libre arbitrio también. Que prevalezca una sola voluntad rectora. Los usos totalitarios avanzan: el individuo no cuenta: el ser no existe.

Todo lo anterior lo puede estar pensando Elena-Eleno en su época o en cualquiera otra. Su duplicidad se infiltra.

O lo puede estar pensando la autora. Que es lo mismo. Que lo mismo es.

La potencialidad de la autora que es una y de todos se manifiesta en la claridad. Se está poniendo la soga al cuello, pero eso es lo que quiere. Porque de todos modos está ya condenada y la soga lista para el ahorcamiento. Linchamiento, para ser exactos.

Por lo tanto, ya nada importa: de perdidos al río y cualquier otro refrán que tenga ese significado desesperante y aceptante del destino. De ese destino y delirio del que escribía María Zambrano: lo que ata y lo que impulsa. Lo que ata y rompe, y desgarra. Por fin, llegar al fondo de la cuestión, sin importar la cuestión, siempre que haya cuestión. ¿Entendido?

Pequeñas frases que van moldeando el curso de lo escrito, de la novela-novelo que fluye por el uso y aprendizaje de la palabra. Porque la palabra aprende su camino y se desborda en atajos desviantes y, por lo tanto, alargadores del tiempo: no siempre coinciden espacio y tiempo, según la palabra que se use. Entre teoría y práctica la distancia es la misma.

Lo igual y lo dispar se escabullen sin dejar huella.

Frases sobre las que hay que regresar para meditar un poco.

Claro que si no se quiere meditar no se medita.

La pereza todo lo cubre como las hojas del otoño en el recodo del camino, en la ladera de la montaña.

Por debajo queda el manto acuoso de la tierra, mientras las hojas secas se humedecen y protegen del escaso sol.

La vuelta a la naturaleza es la única posibilidad. Esa naturaleza de la cual, según todo progresa, más descubrimos y menos entendemos.

El eterno porqué sin solución.

Pensar. Sólo el que piensa se arriesga. Todo lo pierde aunque todo lo entregue y nadie le atienda.

Pocos, muy pocos son los llamados.

Llamados a otros llamados.

Por el libre camino quedan los llamados.

Es difícil entrever sus huellas: huellas ligeras que no pesan y que los demás tratan de borrar.

Con el pie cubren la tierra en la que algo se ha escrito por los llamados, mientras los otros creen haber borrado el mensaje.

Mas el mensaje se hunde y hunde mientras más se borra.

Y aflorará.

En libertad.

Siglos después, en compacta arqueología.

La historia se reconstruirá.

Nunca se pierde nada. Esa es la verdad.

Contra la ley perdurará la imaginación.

La *agadá* sobre la *alajá*. Como quería Franz Kafka.

Amén.

Hasta la Inquisición pudo ser burlada.

Ni los campos de exterminio nazis borraron el judaísmo.

Luego, los llamados quedan.

Y las rutas en el desierto son reconocidas.

Y sobre el océano existen caminos.

Y el cielo, aunque repetitivo, sorprende.

O por eso mismo.

Las parábolas.

Las paradojas.

Sin letras no se puede.

No se puede entender.

El que no quiera entender que hay que entender, no entiende.

No hay que darle vueltas.

Es como la archimencionada rosa.

El tiempo se acaba.

Es todo lo que hay que entender.

Poco a poco el granero se llena.

Los granos son como los llamados.

Unos cuantos pero fecundos.

Me hago el propósito de seguir adelante. Elena y Eleno me esperan. Aguardan mi voz, que será la suya. O la suya será la mía, ya que me lo permiten en este momento. Gracias, Elena. Gracias, Eleno.

Bendita ambigüedad.

No se trata de que el autor dé vida a los personajes y de que éstos lo busquen. Es exactamente lo contrario. Son los personajes los que le dan vida al autor. ¿Qué haría sin ellos? ¿Cómo pasaría su jornada sin tener con quién dialogar, sin descubrir sus secretos, sin escuchar su voz? En total soledad. Así, por lo menos, ellos le acompañan.

Acompañan de día y de noche. Hacen soñar. Convierten al autor en un ser que los justifica, que los defiende, que habla de ellos. Lo dominan. Lo exprimen como el jugo de una naranja. Le dictan palabras, órdenes, situaciones. El autor es su esclavo. Olvida su persona y se encierra con ellos. Es ellos mismos. No puede rebelarse, sabe su dependencia, sabe que si no acaecería la muerte.

Cada palabra que escribe es una pequeña muerte. Mas muerte que da vida. Como los místicos. Qué bien lo comprendieron. Morir en el acto mismo de la revelación. En el acto mismo de la palabra escrita. De la escritura. De la poesía en su *rigor mortis*.

Elena y Eleno comprenden que también la autora ha comprendido. Falta el lector. Al que se le ofrenda, sin pedirle nada a cambio, el esfuerzo de cada línea. En libertad. Novela-novelo. Gracias.

35

El Palacio de la Magdalena

Sobre los orígenes de esta novela-novelo, o lo que sea, hay varias cosas que contar. El antecedente viene de muy lejos. De la infancia de mi madre, cuando veraneaba en Santander. Sus recuerdos eran de absoluta felicidad. Las fotos que guardó lo prueban. Una niña contenta en la playa jugando con la arena. ¿Contenta? ¿Qué tan contenta podía estar una niña que vivía en adopción con un matrimonio de familia rica que la quería, la consentía, la educaba en las mejores escuelas y era el centro de su vida? Pero la niña recordaba muy bien a su verdadera madre y a sus hermanos. Debió vivir, aun en la playa y frente al mar, una doble vida. Lo que le sucedía y lo que recordaba. Más las ocasionales visitas de su madre, a escondidas, propiciadas por su aya, Agapita. Agapita, casada con el chofer de la familia, también de nombre especial: Melitón: no he conocido a nadie más con tal nombre.

El Palacio de la Magdalena, en la brevísima península de la Magdalena, había sido construido entre 1909 y 1911 como un regalo que el pueblo de Santander ofrecía al rey Alfonso XIII y que se convirtió en su sede de veraneo. Años después se agregaron las caballerizas, imitando el estilo de un pueblo medieval inglés, para agradar a la esposa del rey, Victoria de Battenberg, nieta de la reina Victoria del Reino Unido.

Durante la Segunda República fue convertida en la Universidad Menéndez Pelayo y famosos personajes fueron invitados a dar cursos de verano: Albert Einstein fue uno de ellos.

Solía recorrer la residencia imaginando épocas pasadas y me detenía ante sus dos entradas, una hacia el norte para vehículos y la principal hacia el sur con amplias escalinatas. Contemplaba el Palacio, el jardín, el mar. Me detenía largos ratos.

Para entonces, mi madre había muerto años atrás y sólo me quedaba recordar sus historias. Me había contado que en la playa había una división para dejar espacio a la familia real, pero los hijos del rey se las arreglaban para hablar con los niños del pueblo. Uno de ellos, don Jaime, era tartamudo (aunque en libros de historia se le menciona como sordomudo) y así lo recordaba mi madre.

Según iba recorriendo la costa y veía los nombres de los pueblos mi memoria se despertaba y era el eco de nombres ya escuchados. Como una caracola que colocada sobre el oído repite el sonido guardado del mar. Y eso me producía una melancólica sensación de alegría. No todo se había perdido.

San Vicente de la Barquera, que yo veía por primera vez en el año 2000, había sido visto por mi madre muchas veces a principios del siglo XX, hacia 1919. Seguro que todo era diferente. No pude detenerme. Me llevaban en automóvil hacia Colombres. No pisé la playa ni me llené los zapatos de arena. No mojé mis manos en el mar. No recibí el frescor de la brisa. Sólo traté de fijar la imagen que veía y que se me escapaba rápidamente según avanzaba el automóvil.

En el Palacio de la Magdalena pude estar a solas y recorrer la breve península sin que hubiera nadie o muy poca gente. Pero antes de recorrer la península, recorrí el Palacio. Y antes de recorrer el Palacio escudriñé la habitación que me tocó, la número 115, y su vista al mar y al faro. Quería que todo se me grabara profundamente en la memoria. Me pasaba largos ratos frente a la ventana captando cualquier cambio en el paisaje, cualquier movimiento por leve que fuera, cualquier matiz de luz diferente. No quería que el tiempo corriese. Era un esfuerzo por detener el instante, por saber que si no lo hacía perdería parte de mí. Lo que había visto mi madre de niña lo recuperaba yo de adulta en una acción inútil aunque forzosa. Tan inútil que no podía contársela a nadie. Sólo a ella le hubiera gustado.

Ese actuar conforme a un recuerdo, pero nada más. Impelida por él.

No quería apartarme de la ventana aun sabiendo que terminaría por apartarme. Y alargaba los minutos, los sacaba del reloj y los dejaba sin medida. Los estiraba. Me hundía en la vista del mar lejano y el faro vigilante. Faro de la isla de Mouro, con su luz revolvente. Me decía que nunca lo olvidaría. Sin estar segura, porque los paisajes se me borran. Será por la miopía, pero siempre los recuerdo como en sueños o como si los hubiera visto sin lentes.

El caso es que llegaba un momento en que tenía que abandonar la ventana, prometiéndome que más tarde regresaría a ella. Eso era lo más importante que tenía que cumplir en el Palacio de la Magdalena. Ni la conferencia que tenía que dar, ni conocer a la familia que me quedaba en Santander, ni los escritores y personajes que pululaban en los cursos de verano de la universidad, nada valía lo que esos momentos frente a la ventana.

Eran como un secreto inconfesable, un tesoro sólo por mí hallado.

Cualquier actividad que desempeñaba llevaba en el fondo la idea de que regresaría a mi habitación para contemplar la vista. Y era lo que me mantenía con esperanza.

Luego, cuando volví a ver a mi prima (desde hacía casi cincuenta años de ausencia) y su hija me llevó al faro, ella no lo supo, pero no pudo haber escogido mejor lugar. Ese faro se me apareció en sueños tiempo después y dio lugar a un relato, "La cigüeña" y a un poema, "Faro". Aún hoy lo veo como si estuviera frente a mí.

Pero el día de mi conferencia, que mucha gente aguardaba con curiosidad (entre otros, José Hierro), porque había sido recomendada por Eulalio Ferrer, gran personaje del exilio en México y del retorno en Santander, se me acercó María Jesús González y me invitó a un café (un jugo de naranja para mí).

Así la conocí: había observado, mientras pronunciaba la conferencia, su atento interés y recordé que en otros días la había visto en compañía de Raymond Carr y su esposa. Hablamos largo y tendido y, de pronto, me preguntó si conocía la historia de Elena de Céspedes. No, no la conocía. No tenía idea de quién era. Me dio los primeros datos y me prometió que me enviaría por correo artículos sobre ella y un resumen del proceso inquisitorial en su contra. Me intrigó tanto el personaje que, enseguida, pensé que era un extraordinario asunto para una novela. Poco después de mi regreso a México me llegó el sobre que me enviaba María Jesús o Chusa, como le gusta que la llamen.

De este modo empezó mi búsqueda de datos sobre Elena de Céspedes. Estudios, escritos, libros de los temas en torno. Las redes de la esclavitud en el mar Mediterráneo de los siglos XVI y XVII. La guerra de las Alpujarras. El hermafrotidismo en la historia desde épocas antiguas hasta nuestros días. Artículos científicos que Alberto, mi marido, se encargaba de conseguirme. Recortes de periódicos sobre travestistas y lucha por los derechos de homosexuales.

Me fui llenando de papeles y más papeles. El tema me atraía y me repelía. No, más bien, me intrigaba. Pero algo me obligaba a seguir adelante. Cuando alguien me preguntaba qué estaba escribiendo no daba los datos completos, pues temía su reacción. A mi amigo Ludwik Margules, aún vivo en esa época, le entusiasmó el personaje, aunque claro, él era tremendista. Otras personas apenas reaccionaron y otras más se excitaron o se identificaron tanto que, cualquiera que fuese la reacción, me daba ánimos para seguir adelante. Hasta algún editor me pidió la novela cuando estuviese terminada. El colmo fue que se la aceptó como proyecto para una beca de creación artística.

Entre otras cosas descubrí una novela, pienso que única, del siglo XIX titulada *El hermafrodita* de una escritora norteamericana, Julia Ward Howe. Escrita hacia 1840 y publicada casi siglo y medio después es una extraordinaria y valiente visión del hermafroditismo. El personaje, criado desde niño como hombre, sabe que tiene una parte femenina y lo mismo atrae a mujeres que a hombres. Él mismo ignora a qué atenerse y oscila entre sus dos partes constitutivas: a veces enamora a un sexo y a veces al opuesto. Repudiado por su familia vaga de un lugar a otro, de un país a otro y la desesperanza no lo abandona. No puede culminar el acto sexual por temor a provocar el horror o el pánico en quienes se enamoran de él. La fuga es su constante defensa. En determinado momento se dirige al lector y le interpela si no posee, ya sea de espíritu o de intención, una parte femenina y una masculina, una inclinación ambigua hacia el mismo y el otro sexo. Prueba el traje femenino para eliminarlo por su incomodidad y en esto también se adelanta a los tiempos. Su pensamiento final lo lleva a afirmar que la vida y el amor son infinitos y, por lo tanto, tocados de un hálito divino.

No sólo me nutrí de lecturas. Al mismo tiempo, busqué imágenes en la pintura y la escultura y hallé bastantes. Alberto también me ayudó en estas pesquisas cuando al regreso de sus viajes me traía ilustraciones de los museos que visitaba.

Así, poco a poco, los datos y los documentos fueron apilándose. La relación con Chusa se mantuvo firme y nuestra correpondencia electrónica es casi diaria. Nos volvimos a ver cuando regresé a España en 2005, a un congreso del *Quijote* en Alcalá de Henares. Chusa vino de Santander a Madrid y pasamos una tarde juntas. Elena-Eleno apareció en la conversación y sigue apareciendo.

Me pregunto porqué suceden las cosas como suceden. Y me quedo sin respuesta. Es el gran misterio al que nos enfrentamos todos. ¿Destino? ¿Azar? ¿Necesidad? Imposible saberlo. Tal vez, mezcla de todo ello. Como Elena en sus propias mezclas.

El Palacio de la Magdalena no se me escapa de la memoria. Quise que nunca se me olvidara. Fue la conjunción de muchas historias, de muchas vidas. Una mañana, temprano, cuando recorría las salas, encontré el piano que tocaba García Lorca y me quedé un largo rato contemplándolo. Ni siquiera me atreví a pasar levemente la yema de los dedos por su superficie.

Caminé por los jardines. Vi árboles vistos por ojos siglos atrás. Acaricié sus troncos rugosos en busca de alguna señal. Tuve la suerte de estar en soledad y en silencio. La diminuta península me pertenecía. Si pensara en un lugar querido al cual regresar sería ahí. Pero, al mismo tiempo, sabía que no regresaría. Mis viajes son breves, nunca me llevan al retorno.

Fue un don de libertad. Un don de silencio también.

No tenía relación con nadie. No hablé con nadie.

Y, sin embargo, me sentía poblada por dentro.

Densamente poblada.

Volvía a rodear el Palacio imaginando cuántas personas me habrían antecedido. Añoraba a Alberto, quien hubiera estado tomando fotografías.

Pensar que no tengo ni una foto del lugar.

Mejor así.

(Si Elena hubiera ido a Santander, a San Vicente de la Barquera o a Santillana del Mar, no habría sido atrapada por la Inquisición.)

36

Sigue un cierto tipo de acción

Una vez explicado algo del proceso de creación, no todo, porque sigue siendo un misterio: computadora o no, programas o no, teorías o no, becas o no, académicos o no. Y, después de todo, sin que importe en realidad. Qué bien. Respiro con tranquilidad.

Elena retoma el hilo. ¿Qué es la acción de una novela-novelo? Pues la falta de acción. O, mejor dicho, toda acción. Y como toda acción es eso: toda-todo.

Imaginemos ahora los quehaceres mentales.

Los quehaceres mentales brillan como estrellas del cielo.

Los quehaceres mentales son pura acción.

Imaginar es la actividad por excelencia: no cuentan ni las escenas de espadachines, ni las lujuriosas en la cama, ni las peligrosas en las calles (cruzar, asaltar, asesinar), ni las travesías por alta mar, ni los tesoros submarinos, ni las batallas a diestra y siniestra, ni las recetas de cocina, ni las tribulaciones, ni los desamparos, ni los desconsuelos, ni las infidelidades, ni el tráfico de drogas, ni la pornografía infantil, ni las idioteces de los políticos, ni cualquier otra estupidez humana. Que de eso tratan las novelas normales. Nada. Nada de eso. Es acción.

Acción: la interna: la deseada: la incomprendida: la solitaria: la melancólica: la desmadejada: la inútil: la etcétera.

Por ejemplo, dejemos a los humanos deshumanos de lado y pensemos en animales más bellos: los caballos. Un relato sobre ellos podría titularse: "Los caballos necesitan camas".

¿Te has dado cuenta, Elena, de lo difícil que es dormir en el suelo? Tú dormiste en él cuando eras esclava. Cuando tu madre te contaba historias sobre los animales africanos que también dormían en el suelo. Esa añoranza de África es tu compañía, aunque nunca conocieras África. Era tu refugio imaginario, tu lugar al cual te apartabas ante los embates de los otros. Esos otros que te señalaban: el color tostado de tu piel, los rasgos entremezclados, tu armonía al caminar, tu cuerpo sensual, tu habla diferente, tu pronunciación. Y, sin embargo, para ti, tu orgullo. Eras diferente, pero excedías en tu arte. Quien te conocía como médica no te abandonaba. A tus enfermos les contabas las historias de tu madre: el paisaje, los árboles, los animales: jirafas, elefantes, ciervos, caballos. Y a los niños les cantabas en tu idioma para que se durmieran cuando tenían mucho dolor.

Habías dormido en el suelo siendo esclava. Los huesos se te clavaban por todas partes, delgada que eras. Esclava que eras. Cómo acomodar brazos y piernas. (Y si eras caballo, las cuatropatastanlargas y con cascos) (y si eras jirafa, el interminablecuello) (y si elefante, la entrometidatrompa). Brazos y piernas y la dura y terca cabeza, cómo duelen en la dura y terca tierra.

Porque hay algunos animales que están cerca del suelo y no tienen problema.

Pero los caballos. Oh, los caballos.

Los tigres, en cambio, con elegancia se acuestan. Con elegancia se levantan.

¿Y los elefantes? Ni qué decir.

Otros animales, los que están cerca, se las arreglan mejor.

Los insectos y las serpientes.

El hombre. ¿Por qué al hombre se le ocurrió pararse en dos pies?

Diminutos dos pies que sostienen, achatados, al engreído gran cuerpo.

En cuanto a las vacas, ellas sí se acuestan.

A rumiar todo: la hierba y los pensamientos.

Oh, las vacas.

Pero los caballos son nerviosos, como nosotros.

Oh, los caballos.

Oh, los hombres.

¿Y qué piensa Cleopatra-Amenofis de esto?

Pues que ella ha resuelto el problema. Los felinos participan de la tierra y del aire. Se arrastran o saltan a toda velocidad. Son pequeños tigres o panteras. No se espera de ella que establezca un horario de actividades. De un caballo sí. De una vaca también. La vida para Cleo es imprevisible, por eso no envejece, siempre está en alerta, sin saber qué le depara el destino.

A veces le gusta quedarse muy quieta pensando qué hacer a continuación. Tiene muchas dudas y es difícil escoger cuando se carece de planes.

En cambio, los caballos no tienen muchas oportunidades de dónde escoger. Por eso, deberíamos pensar en ayudarles a dormir mejor. Elena está ideando una especie de cama alta que les permita acostarse sin el gran esfuerzo de llegar al suelo. Una cama en la que simplemente apoyaran un costado y se dejaran caer, lo que les permitiría acomodar el resto del cuerpo y dormir a gusto. Claro que si se dan una vuelta podrían caerse de la cama, lo cual no es una buena solución. Elena tendrá que seguir pensando otra solución. Hasta aquí sobre los caballos.

Mientras Elena piensa, el mundo sigue dando vueltas. Vueltas y vueltas, revueltas, hasta el día del gran final, de la espléndida explosión.

Sigue la acción.

Elena, experta en los caminos andaluces, en sus vericuetos, atajos y pasos de montaña, uno de esos días que se inventan para que suceda algo, se interna, como es su costumbre, por los bosques que también ha frecuentado su querida María. No sabe que esos lugares serán cantados en un *Romancero gitano* que habrá de escribir siglos después un poeta que, al igual que le va a suceder a ella, cayó preso de una inquisición, esa vez falangista, que lo habría de condenar, fusilar y enterrar en un lugar desconocido para que nadie pudiera acudir a su tumba a rendirle homenaje.

En su honor, pero sin saberlo o sabiéndolo, que a los hermafroditas se les atribuye el don de la adivinación, le ocurrió esta aventura en la Sierra Morena. (Luego habría de compararla con la de su amigo don Alonso Quijano, deambulante por los mismos parajes.)

La aventura que le ocurrió, para mí, su escritora, sin haberlo planeado en absoluto, se describe en este capítulo que es el número 36, es decir el año en que empieza la Guerra Civil española y el de mi nacimiento. (Los capítulos de mis novelas, a la manera cabalística, entremezclan números y letras.) Al despertar a las cuatro de la madrugada con las primeras líneas del capítulo reconocí en ellas el romance de "La casada infiel". Mi madre me hacía memorizar poemas y supongo que esos primeros versos se me han quedado dando vueltas en la cabeza y necesitan salir de vez en vez. Esto fue lo que transcribí pidiéndole a Eleno que me contara otra historia.

"Yo, Eleno, luego de internarme en el bosque me encontré con una niña de unos doce años, de piel tersa, suave, con los pechitos florecientes. Me la llevé al río, creyendo que era soltera. Nos desnudamos una a otro, otro a una y nos metimos en el agua para seguir acariciándonos una a otro, otro a una. De pronto, me di cuenta que no era mozuela y no quise enamorarme. Otro día la busqué entre las ramas bajas de los árboles y el rumor del río. La acaricié levemente y le regalé un costurero. Me despedí y nunca más la busqué.

"Dejé así las cosas y es una aventura que siempre recuerdo con cariño y con nostalgia".

Sí, Eleno, recuerdas lo mismo que el poeta granadino. Y ahora que he releído el romancero veo su dedicatoria a "Lydia Cabrera y su negrita". ¿Quién sería esa negrita, como la llama el poeta? ¿Una criada? ¿Una esclava del siglo XX? ¿Alguien parecida a ti? Muy bien podría ser tu semejante, salvando los siglos de distancia. Negrita, más bien mulata, ¿cambiante de color, de sexo?

Un neurólogo de tiempos futuros tal vez descubra esa conexión cerebral que hace coincidir el momento preciso en que el poema preferido de mi madre regresó a mi memoria, al despertar en la madrugada, con las primeras líneas y el eco de los versos en este capítulo 36.

No deja de maravillarme.

Cómo se mueven lentamente los cristales del caleidoscopio.

Cómo todo empieza a tener sentido.

Aun la invención establece sus propias reglas.

Reglas desconocidas hasta el momento en que toman forma.

Azar y necesidad:¿cuál de los dos?

Los dos: azar y necesidad.

Cierto tipo de acción.

37

Elena como lectora de novelas pastoriles

Elena, tan aficionada a leer y a adquirir conocimiento, siente pasión por las novelas de enredos amorosos entre pastores. Que A se enamore de B, B de C y C de A le fascina. Ella, también dada a experimentar en el campo del amor, utiliza esas novelas para reflexionar y atar cabos entre las lecturas guiadas por su querido maestro Mateo Tedesco, quien poseía una abundante colección de libros de ese tipo. Acto seguido se le ocurrieron algunas cosas como las siguientes, que iba anotando en su cuadernillo.

Estas novelas son muy hábiles: permiten exponer doctrinas heterodoxas, envueltas en un tono platónico. Eso de combinar prosa y verso es también un acierto trasgresor que yo celebro. Es, desde ya, un antecedente de la novela-novelo que se escribirá, algún día, sobre mí.

La Edad de Oro es el tema por excelencia de estas novelas. En esa Edad hubiera querido vivir, para evitarme muchos problemas. Posee un eje melancólico en torno al cual me gustaría girar. Es una evocación poética inverosímil, como la vida. Verdad y mentira no importan si su fusión crea un nuevo objeto ideal.

Mi preferida es *La Galatea*, donde aparecen animales queridos, como los mastines de Erastro y su relación de inteligencia y amor. Es lo que me gusta de este autor llamado Cervantes: su aprecio por los animales bípedos y cuadrúpedos y su armonía amorosa.

Los bosques, los prados, los ríos, la naturaleza toda, ofrecen claves para la sabiduría. Están a la vista para quien quiera interpretarlas. Descubro destellos órfico-pitagóricos, claros en la espesura, la creación en proceso.

Es también un paso hacia la libertad, esa libertad que tanto ansío: en la vida y en el amor. Conocer la naturaleza, conocer el amor, conocer a María. Su cuerpo y el mío entrelazados, acariciados. Éxtasis.

Menos palabras. Cada vez menos palabras. Me quedo sin ellas de tanto amar.

Misterio de la seducción. En medio de la naturaleza.

El extático momento de la soledad de la naturaleza, propicio para la creación.

El eco. La soledad.

Se instaura el lenguaje del cuerpo como alternativa del habla.

El silencio se combina con la soledad a la que se retiran los pastores de estas novelas. Mas necesitan cantar sus amores. Música y naturaleza se alían para expresar el pensamiento amoroso. El misterio de la poesía expresa las formas del amor, representado por la belleza y la bondad. Es decir, por mi amada María.

Ese lugar apartado de los pastores amantes es donde se da el conocimiento y el principio de la revelación. En una palabra, el espacio sagrado.

Estos pastores, como yo, viven del amor. A él se entregan y todo lo demás sobra. Es la confirmación de la propia existencia. Sin el objeto del amor sería imposible la vida, querida María.

Esto me recuerda otro autor referido por Mateo Tedesco: León Hebreo. Los diálogos entre el amor profano y el sagrado se entreveran y llegan a ser uno mismo.

También puedo entender ese amor de los pastores como la trasmutación de los elementos alquímicos o como las emanaciones divinas. La belleza como equivalente de la compasión y el puente entre la misericordia y el rigor.

La instauración del espejo y la duda entre imagen y realidad. El ser amado y la imagen frente a frente para confirmar su realidad y bondad. Ese espejo que es la naturaleza. Ese espejo que son los ojos.

El amor, representado por sus características, bondad y belleza: lo que posees, María, y que yo no dudo. Espejo o imagen del agua y fuente de la vida. Reflejo de la naturaleza que me lleva a amarte, querida María, como en las novelas pastoriles.

38

Transexuales

En este siglo de tinieblas y desencantos (¿cuál, el de Elena-Eleno o el nuestro, cualquiera que sea el nuestro?), enmedio del caos, los temas extremistas: narcotráfico, corrupción, violencia, sexo abusivo, guerras, torturas, trata de blancas, pornografía infantil, todo es posible. Nada detiene la imaginación.

Todas las artes señalan la confusión sexual. La naturaleza también. Desde cualquier tiempo y cuaquier espacio hay mucho qué preguntar. Freud expuso el origen. Las ideas se desgranan. La vista se harta. Se muestra o se oculta. Pero rige la vida. Es la vida misma.

Quienes quieren abarcar toda posibilidad cambian su aspecto. La presencia se disfraza. Ser y siempre ser. Nunca no ser.

Todos han cambiado de vestimenta alguna vez. Alguna vez había una vez que fue vez. Si no puedo ser algo, me visto de ese algo.

Elena y Eleno no tuvieron reparo. Como un columpio. Como un émbolo. Como un pistón. Sube y baja. Se adapta. Las ideas van y vienen.

Época difícil y tenebrosa la de Elena. Hoy las cosas son distintas. El feminismo fue avanzando poco a poco durante el siglo XX. Hubo de todo: aciertos, errores, cegueras, sorderas, inflexibilidades, exageraciones, humores, ganancias, divertimentos, alegrías, entrecasamientos, derechos obtenidos.

Todo un mundo prohibido empezó a tener sentido: homosexuales, prostitutas, transexuales y lesbianas se presentaron como normales y no como seres monstruosos. Demandaron casarse entre sí, algo que Elena logró en el siglo XVI y con muchas mayores dificultades. Así que estamos ante una pionera.

Una pionera que nunca pidió perdón ni se arrepintió, ni siquiera ante el tribunal de la Santa Inquisición. Algo verdaderamente inaudito.

Así que las luchas del siglo XX no son nada, comparado con la naturalidad con que ella defendió su posición y salió adelante.

Casi inexplicable.

Con gran calma y lujo de detalles explicó a sus detractores que el suyo era un fenómeno aceptable. Describió su cuerpo con la perfección de un anatomista y estuvo a punto de convencer a los expertos teólogos y médicos de que su caso era normal.

Casi, casi fue un antecedente de las teorías, por ejemplo, de Angela Davies, con quien compartía su realidad de pertenecer a un origen mixto proveniente de esclavos negros. O de quienes son defensores de lo que se ha dado en llamar *queer*, como si de este modo fuera menos explícito. Porque para explícita-explícito, nadie como Elena-Eleno.

Ahora que está de moda reivindicar las marginalidades, podría convertirse en un original prototipo. Solita y desnuda contra los encapuchados inquisidores. Exhibiendo su extraordinario cuerpo. Bimembre.

Auténtica como pocos casos: inhibida, tranquila, sin nada qué ocultar. Su historia a muchos sorprendió, desde el artículo de S. R. Llanas Aguilamido (uno de los que me envió Chusa) aparecido en 1904 en la revista madrileña *Nuestro tiempo* hasta los estudios más recientes de Israel Burshatin, entre otros, en el libro *Queer Iberia,* o los de Richard L. Kagan y Abigail Dyer en *Inquisitorial Inquiries.*

El artículo de Llanas Aguilamido titulado "Matrimonios entre mujeres" resalta por su amplitud de criterio y su sentido de la tolerancia. Relaciona la historia de Elena de Céspedes con otras parecidas de principios del siglo XX en España. En La Coruña, dos maestras Elisa-Mario y Marcela se casaron en 1901 ante el escándalo de toda España. Nuestro autor lo menciona a continuación:

Parecía increíble cómo en nuestro tiempo pudo llevarse a efecto; el talento, sin embargo, de la virago Elisa-Mario venció, como el de Elena de Céspedes, y la boda tuvo lugar. La intriga, como todos recordarán, se redujo a salir Elisa-Mario del pueblo donde cortejaba y celaba —hasta el extremo de pegarla frecuentemente— a Marcela, su amada, pueblo en el cual era demasiado conocida. Presentóse en La Coruña en traje de varón, y con todo el aspecto de un jovenzuelo nada afeminado, a una señora muy devota, diciéndola que criado en Londres, donde le habían hecho protestante, su deseo era abrazar en España el catolicismo. La mímica, los más pequeños detalles de esta comedia, fueron, según cuentan, extremados y de maestro; el gozo de intervenir y decidir en una conversión cegaron un poco a la excelente devota, y la conversión tuvo lugar, y con ella el segundo bautismo de Elisa, esta vez como varón, siéndole impuesto el nombre de Mario y extendiéndole la correspondiente fe, con la cual pudo atestiguar, donde quiso, una personalidad masculina que no tenía. Así se casaron; viendo en perspectiva las represalias de la sociedad lastimada, huyeron de España, refugiándose en Portugal. Actualmente, la pareja vive tranquila en Oporto.

Más adelante se pregunta nuestro autor:

¿Se podrá inferir aquí que la sociedad haya de mirar oficialmente con indulgencia —ya que hoy por hoy no las sancione— estas parejas homosexuales?

El problema está pidiendo quien lo estudie, hoy que tanto preocupan a los sabios las cuestiones psicosexuales. El homosexual entre individuos de sexo contrario, tan insatisfecho resulta como si se hallara aislado en el desierto; y un individuo insatisfecho es al fin un inútil; nada puede ni hace; o viene a loco o a un obseso peligroso. Apareado, en cambio, con otro homosexual, resulta apaciguado y puede ser útil a los demás. La molécula, el verdadero elemento social, quedan tan cerrados en este caso como el matrimonio corriente, pues hay en la pareja

253

amor, hay ayuda y sostén, lugar de reparo para la lucha y satisfacción perfecta del instinto, la única apetecida.

Si no se había presentado aún esta cuestión, es indudable que algún día, por muy triste y antipático que hoy nos parezca, ha de presentarse para su resolución.

¿Por qué no ocuparse en serio de ella ya?

Palabras premonitorias las de Llanas Aguilamido que ya han alcanzado su cumplimiento, pues en muchos lugares se acepta el casamiento legal entre individuos del mismo sexo.

La bibliografía sobre el asunto se extiende poco a poco. La de los casos de ambigüedad sexual, también. Casi a diario aparecen algunos ejemplos en los periódicos. Desde soldados que se vuelven soldadas. Creo recordar que uno de los más famosos fue después de la Segunda Guerra Mundial: un bravo soldado se hartó de pelear (como en el romance de la doncella guerrera), se sometió a una operación y a tratamiento hormonal, colgó el uniforme y se vistió de mujer.

En Pekín, Jin Xing, dueño del bar "Half Dream" se viste y maquilla como mujer. Se deja tomar fotos en postura femenina y, sin estar sobre aviso, pocos reconocerían en él a un hombre.

En Castellón, Alba Romero es ahora una guardia civil después de 11 años de servicio como hombre. Es la primera transexual dentro de la Guardia Civil española que hace público su caso y se encuentra feliz.

Mianne Bagger, danesa, es la primera jugadora de golf transexual que pasó de la competencia masculina a la femenina. Algunos países han modificado las normas del juego para admitirlo-admitirla. En una entrevista dice que lo que más le gusta es: "Vivir, vivir y vivir".

Un cantante mexicano en Nueva York, Héctor Larios, se siente mujer y sueña con ser una de las chicas de Pedro Almodóvar. Piensa en operarse pronto para definirse mejor y llamarse entonces Jacqui.

Dos malagueñas, Antonio y Mari se casarán de acuerdo a las nuevas reglas españolas, pero tuvieron que pasar once años para que pudieran lograrlo.

El Comité Olímpico Internacional acepta a los deportistas transexuales desde 2004. Está el caso de una polaca nacionalizada estadounidense y ganadora de medallas de oro, Stella Walsh Olson, de quien se supo que era hombre cuando al morir en un asalto a mano armada la autopsia reveló su verdadera condición.

Alex, una niña australiana de 13 años, educada y vestida toda su vida como hombre por su padre, quiere ser realmente hombre y luego de entablar un juicio ante la corte federal australiana obtuvo el permiso para someterse a operaciones y tratamientos hormonales. Los médicos especialistas admitieron que la niña se siente atrapada en su cuerpo, deprimida y con pensamientos suicidas, por lo que era preferible autorizar el cambio de sexo. El cuerpo sabe y piensa. Elige también.

La Armada española otorgó el derecho de reincorporarse a su puesto de cabo segundo a María del Mar Gordo, antes llamada José Antonio, transexual en espera de ser operada.

Mujeres piratas. Hombres vestidos de mujer por salvar la vida. Hombres usando la burka, el traje obligado para las musulmanas, y así encubrir los detonantes que los hará explotarse y matar la mayor cantidad de gente.

De todo en la viña del mundo.

Casos van y vienen. Situaciones se repiten.

No hay nada nuevo bajo el sol.

39

Historias de alquimia en clave

Yosef Magus vuelve a aparecer. Historias de alquimia se derraman por las paredes. Dragones, espadas encantadas, elíxires, el huevo filosofal. Los metales se tiñen de todos colores. La luz ilumina sin apagarse. Las velas no se derriten y crecen hasta alcanzar el techo sin quemarlo. Sólo luz y más luz, cada vez más esplendente. El *Séfer ha-Zohar* o *Libro del Esplendor* se refleja en cada resquicio, en cada ángulo, en el interior y en el exterior. Figuras piramidales se trasparentan y giran en leves círculos. Música de las esferas. Planetas en revolución. Luceros, astros, órbitas celestiales.

Todo vuela en torno a sí. Se desprenden las moléculas y los átomos son visibles. La entraña de las piedras se expone, y el oro y la plata brillan sin pensarlo. El sol y la luna toman forma de orfebrería. La naturaleza se imita. Los árboles se copian. Estalla el torbellino.

No es un sueño porque vibren los espejos y el azogue tiemble en círculos concéntricos, sino porque las imágenes son palpables y repetibles a voluntad. Es, ante todo, un juego de la mente que representa lo que piensa.

El gran sueño cumplido: la fuerza de la imaginación creadora.

Ríos y lagos inundan las piezas sin que se mojen ni ahoguen.

Flotan las ideas y un suave fluir enciende los corazones.

Los elementos han sido domeñados: el agua sólo se trasparenta, el aire sólo es acariciable, la tierra se construye y el fuego sólo dora.

Extraordinarios sucesos se auguran.

Yosef Magus extiende la mano y la mano mueve sus dedos a la manera flamenca para conciliar los elementos. No hace falta una vara mágica. ¿Para qué?

Los números son música pura, inaudible de tan invasora.

El misterio de la gravedad se invierte.

¿Acaso existe el tiempo?

La eternidad reina, de pronto, en el silencio.

El silencio todo lo invade.

Las imágenes se borran.

Es hora de cerrar los ojos.

La capa mágica y el arco iris desaparecen.

Sin ojos.

Es el turno de la doncella ciega.

Ciega de tanto llorar en el exilio.

De vagar por los desiertos sin hallar la tumba del descanso final.

El delirio llama a la puerta y hay que suspender el acto de la locura.

De la pérdida de la conciencia y la ruptura del ser.

Así lo comprende y lo compendia Yosef Magus, por lo que decide no tentar el reino de lo imposible. Abre los ojos y contempla a Elena y a María que han enlazado sus cuerpos. Se enlaza con ellas y su orgasmo es el matrimonio de los metales y las piedras dando a luz el universo total. Capítulo primero del Génesis:

> *todo nace por primera vez*
> *se separan las tinieblas de la luz*
> *se separan las aguas de las aguas*
> *surge la expansión de los cielos*
> *y es el tiempo día y mañana*
> *se reúnen las aguas en su lugar*
> *y la tierra se muestra seca*
> *dispuesta a producir semilla y hierba*
> *y el árbol que da fruto y sombra*

sol, luna y estrellas alumbran en sus reinos
del mar nacen las criaturas vivientes
y por el cielo vuelan las aves
los animales según su especie
pueblan los valles y los montes
y luego de un silencio sin medida
la imagen y la semejanza del hombre
consigo mismo nace.

Creado el mundo y sus elementos empiezan las combinaciones. La fuente central es la fuente de la vida, según antiguos poetas y el *Romance de la Rosa*:

Sus aguas son de agradable sabor y buenas para las bestias afectas de melancolía; surgen claras y vivas de tres manantiales admirables, que están cerca uno de otro, y que se reúnen en uno solo, si bien al contemplarlos tan pronto se verán uno como tres, pero jamás cuatro; esta es su singularidad.

Nunca se ha visto una fuente como ella, porque surge de sí misma, y son las otras las que alimentan las venas extranjeras. Se basta a sí misma y no toma ningún conducto extraño. No tiene necesidad de bases de mármol, ni de hojarasca, porque el agua no puede jamás faltar viniendo de una fuente tan alta que ningún árbol puede alcanzarla; todo lo más sería como un olivo bajo el cual pasa la ola y cuando el pequeño árbol siente las aguas frescas que mojan sus raíces inmediatamente le crecen mil ramas y se llena de hojas y de frutos, y se hace tan grande y grueso que es capaz de dar sombra como ningún otro árbol.

Ese olivo, con sus altas ramas, cubre de sombra la fuente, y allí, en la frescura de la sombra, se esconden los animales y nace el rosal con sus flores destilando sobre la tierna hierba. En el árbol hay colgado un rodillo que lleva esta inscripción en diminutos caracteres: *Aquí, bajo el olivo que produce el fruto de salvación, corre la fuente de la vida.*

En aquella fuente brilla un carbunclo admirable, mejor que todas las piedras preciosas. Es completamente redondo y posee tres facetas, estando colocado de tal forma que se le ve brillar desde todo el parque, y ni el viento, ni la lluvia, ni las nubes son capaces de oscurecer la intensidad de sus rayos, por lo bello y magnífico que es.

Es tal la virtud de la piedra, que cada una de sus facetas vale tanto como las otras dos, y que las dos no valen más que la tercera, y nadie es capaz de diferenciar una de otra, de tal forma están dispuestas que no se las podrán encontrar diferentes. Pero no la ilumina ningún sol ni existe sol alguno que ilumine como ese carbunclo.

Hace que la noche quede desterrada y que el día sea eterno, sin principio ni fin. Es, en realidad, un sol que se encuentra perpetuamente en el mismo lugar, sin atravesar los signos del año, ni por las horas que mide el día.

Es un sol sin mediodía ni medianoche.

El carbunclo posee un poder tan maravilloso que los que se aproximan y miran sus facetas en el agua son capaces de ver todo cuanto ocurre en el parque simultáneamente, y después de que han visto esto ya no serán nunca el juguete de las ilusiones, ya que se convierten en clarividentes y en sabios.

Aún más, los rayos de este sol único no perturban la vista ni deslumbran, sino que rejuvenecen, refuerzan y dan nuevo vigor a los ojos.

El parque encantado y la fuente de la vida son como el paraíso, bajo el olivo y entre las flores.

Escritos como éstos detienen horas a Yosef, Elena y María, dedicados a interpretar cada uno el verdadero sentido. Olvidan las enseñanzas recibidas y corren sus palabras como esa agua de otros sentidos que no son los tradicionales, apartándose de todo terreno trillado y creando su propia inventiva liberada, sin ataduras, en plena efervescencia.

Son los suyos juegos de palabras que se engarzan como las piedras preciosas de ese jardín encantado al que siempre se aspira a regresar, perdido en los tiempos y rememorado bajo la sombra de árboles imaginados y de perfumes olvidados.

Es poco ya lo que queda del tiempo de la libertad, como si lo adivinaran los tres personajes para cada uno de los cuales corren las aguas de esa fuente maravillosa que es llamada la fuente de la vida. Que no repite su curso ni devuelve su trasparencia.

40

Luz de los místicos y oscuridad de los vecinos

La presencia de Yosef Magus es perturbadora. Deja volar sus conocimientos como leves plumas. Que no pesa la sabiduría. Que no hace daño. Aunque así lo crean los ortodoxos. Su ciencia, su arte se desenvuelven con soltura. Parece desconocer las ataduras. De su palabra fluye un río de suave miel. Ahora explica a sus amigas las doctrinas prohibidas.

Elige el gnosticismo por su misterio, sus contradicciones, sus paradojas y el marcado tinte herético. Conocimiento perdido, pero inquietante. Yosef Magus lo trasmite. Lo que sabe, lo que ha entendido. Creencia sincrética, mezcla de magia, influencias babilónica y griega, conceptos del judaísmo, sobre todo del Génesis. Tergiversación de ideas. Presencia de lo negativo como positivo. Acudir al origen de las cosas, la materia y la forma, las trasmutaciones, el bien y el mal. Denunciar la enajenación, el engaño de los sistemas, las redes del mundo.

Elena lo discute. Sólo acepta lo que es convincente. María se ilumina. Su mirada se pierde en el horizonte.

Es hora de un refrigerio. Se apetece. María pone la mesa. Corta pan recién horneado. Un buen trozo de queso. Vino tinto apenas traído del mesón. Y a comer se ha dicho.

En paz y en tranquilidad están. Alguien se asoma por la ventana y rápidamente escapa. Ellos hablan y siguen comiendo sin darle importancia al hecho. Hay más historias que contar de los gnósticos. No se acaban.

Yosef Magus pasa a hablar de los antiguos cabalistas de Pro
venza y Gerona. En el pequeño pueblo de Hyères, frente al mar,
¿habrá habido cabalistas? Si sí, discutirían sobre el oculto nombre de Dios. Buscarían analogías, símbolos y metáforas. También relatos a la manera del género caballeresco. Como aquel
de la doncella recluida en el palacio y el caballero que ronda
su puerta sin atreverse a entrar. Cuando, por fin ella acepta verlo y le hace una leve seña, él se acerca. Ella le habla primero,
tras de una cortina, con palabras escogidas para que el amante
entienda y el discernimiento le penetre. Luego le habla tras
de un velo y su lenguaje se vuelve alegórico. Mientras aumenta
su conocimiento ella le muestra su rostro y le revela verdades
ocultas. Cuando él comprende que la doncella es la Torá alcanza la perfección. Entonces ella le dice: "¿Comprendes ahora
cuántos misterios estaban contenidos en aquella seña con la
que te llamé el primer día y cuál es su verdadero significado?"
Por primera vez, él entiende el verdadero significado de las palabras de la Torá, tal y como se encuentran en ella, palabras a
las que no se les puede agregar ni quitar una sílaba o una letra.
　—Por eso, dice Yosef Magus, los hombres deben perseverar
en la Torá, para convertirse en sus amantes, según he relatado.
Es también este el punto de encuentro entre cabalistas y gnósticos. Cuando la luz del conocimiento trasparenta toda palabra,
toda letra, todo silencio.
　A esto podemos agregar ideas sobre el cosmos, los ángeles y
un toque mágico. De esa magia en la que yo participo.
　—Como la de tu capa de todos los colores y su movimiento
rítmico, haya o no aire, agrega Elena.
　—Como tus apariciones y desapariciones entre paredes y altos
muros. Como si volaras y fueras invisible, dice a su turno, María.
　—Ilusión de ilusiones, todo es ilusión y juego de espejos,
nada más, concluye Yosef Magus.
　Pero magia o no, esa persona que se asomó furtivamente por
la ventana y no haberla tomado en cuenta, puede ser una grave
distracción de los tres personajes. Cada uno pensó algo distinto:

para Yosef fue un signo secundario: para Elena un probable paciente: para María, un vecino curioso. Los tres, demasiado tarde, habrán de descubrir que se habían equivocado.

Por ahora, prosiguen en sus relatos. Tantos de ellos, que es difícil escoger. Los sabios cabalistas seducidos por el poder mágico de las palabras las usan e intercambian en infinidad de variantes. Entre cábala, alquimia y gnosticismo, los sabios son llamados con los distintos nombres que Yosef Magus ha acumulado:

Sus nombres reflejan las facetas de un diamante frente a un espejo bruñido:

Los que descienden de la *mercabá* o carroza divina.

Los maestros del misterio.

Los maestros de la creencia.

Los maestros de la sabiduría interna.

Los entendidos.

Los intérpretes de textos.

Los de corazón sabio.

Los que conocen el camino de la verdad.

Los maestros del conocimiento.

Los que conocen la gracia.

Los hijos de la fe.

Los hijos del Palacio Sagrado.

Los sabios de las medidas.

Los que entraron y salieron en paz.

Los maestros de labores.

Los que cosechan los campos.

Los que pulen las palabras.

Los que miran a derecha e izquierda.

Los que miran arriba y abajo.

Los que miran dentro de sí.

Los que escuchan.

Los que guardan silencio.

Los que llevan el ritmo.

Los pacientes.

Los piadosos.

Los caritativos.

Los que leen los labios.

Los que saben oír.

Los que se despiertan al alba.

Los que contemplan la puesta del sol.

Los que aguardan la luna llena.

Los que cuentan las olas del mar.

Los que escuchan el canto de los pájaros.

Los que beben las gotas de la lluvia.

Los que recolectan el rocío.

Los que abren la palma de la mano.

Los que acarician las hojas del libro.

Los que cierran los ojos y ven.

Los que despiertan cuando todos duermen.

Los que encienden la chimenea.

Los que atizan el fuego.

Los que pisan con cuidado la tierra.

Los que reciben el aire en el rostro.

Los maestros del agua.

Éstos y más son los nombres de los sabios de la luz que un día habrán de ganar para siempre a las tinieblas. Los vecinos de la oscuridad se desvanecerán al fondo de un paisaje que ni a paisaje llega.

TERCERA PARTE

De la Libertad a la Esclavitud ¿a la Libertad?

41

Malsines y encantadores

Una vez experimentada la libertad el cambio de los hechos puede girar en redondo. El vecino sin importancia, el que observó furtivamente, al que no se le dio importancia, reclama sus fueros y decide actuar para sentir su presencia y adquirir una identidad.

Ese vecino o vecina, ya que el sexo es algo impredecible, que habrá de delatar a Elena y a María, cumple con su propósito del mal. Guiando al mal por el mal y a sabiendas de que la delación es anónima quedará anónimo. Será llamado el malsín o el delator y carecerá del privilegio de un nombre.

El malsín también persiguió constantemente a don Alonso Quijano, provocador de sus desdichas. Así, Elena igual sufrirá la persecución de malsines y encantadores a partir de ahora. Malsín, palabra hebrea, comprometida. Para acusar al acusador. Malsines que en el mundo han sido: en ellos mismos está su tragedia.

Un día, caminando por una callejuela, y de regreso de ver a un paciente, Elena vislumbra de lejos a Mateo Tedesco que huye de alguien que lo persigue. Se apresura a defenderlo, pues es diestra en estos lances, y con el puñal en alto amenaza al perseguidor, que escapa a toda prisa. Rápidamente Elena le dice a su amigo que se refugie en su casa y que después verán qué hacer. ¿El malsín?

Mateo advierte a Elena y a María que vienen tiempos difíciles. Cleo ha dado un salto y desde la mesa contempla a quienes hablan. Su memoria parece indicar algo. Cleo todo lo recuerda: su memoria no tiene fin. Lo malo es que no puede trasmitirla. Poco adivinan los humanos, son restringidos y no comprenden los signos. Cleo intenta sonidos y movimientos, pero no le hacen caso. Da otro salto y busca donde dormir, otra espléndida tarea sin remordimientos: como si la nieve volviera a caer.

Mateo Tedesco no puede quedarse mucho tiempo. El brazo largo de la Inquisición no cesa. Ya tiene planeada la salida de España por rutas escondidas que eviten su detención. Hay personas dispuestas a ayudarle y darle cobijo en su camino a la libertad. De Francia pasará a los Países Bajos para integrarse en la comunidad de Amsterdam.

Aprovecha los últimos días con Elena para hablar de cuestiones médicas y trasmitirle los recientes conocimientos adquiridos. No puede quedarse mucho más. La sombra que se asoma a la ventana sigue vigilante. Cleo huye a esconderse cuando la siente merodeando. Aunque en otra ocasión su veloz brinco a la ventana ha espantado a la sombra delatora.

Una madrugada, la del alba sería, Tedesco recoge sus escasas pertenencias y, sin despertar a Elena y a María, se dirige a su destino. De él se llegó a saber, mucho tiempo después, que tras de penurias y sobresaltos alcanzó su meta y fue bien acogido por la comunidad judeoportuguesa de Amsterdam y reconocido como un médico ejemplar entre los ejemplares.

Elena resintió no haberse despedido pero María la consoló diciendo que mejor era así para no retenerlo más y que emprendiese el camino de la libertad. Ahora las dos solas empiezan a preocuparse si no estarán ya en la mira de los acusadores y si no habrán de sufrir pronto alguna consecuencia. Deciden que es llegado el momento de cambiarse a otro lugar. Aún no ven la sombra pero hay una pesadez en el ambiente, como tormenta que se anuncia y no llega a cuajar o pájaro de mal agüero que ronda sobre la cabeza.

Empiezan a oír rumores cuando salen a la plaza. O silencios súbitos. Que pesan más los silencios.

Yosef Magus ha desaparecido y ya no hay quien las proteja. Podrían invocar a los encantadores y hallar la fórmula mágica, mas las palabras no son las adecuadas. Elena lee y relee los antiguos libros de la sabiduría oculta. Las palabras se borran según las sigue con la vista y las páginas quedan en blanco. Lo cree una maldición, mas no sabe que es una bendición. Cuando vengan a prenderla, los libros en blanco no formarán parte de una acusación de brujería, sumada a las otras acusaciones.

De este modo, los encantadores libran por ella una batalla que reducirá su condena.

Cuando pasea por el bosque para ordenar sus pensamientos, voces le susurran que huya y emprendan el camino como lo hizo Mateo Tedesco. Hojas rojizas y sueltas arrumbadas desde el otoño giran en remolinos a su paso. Una lechuza despierta de su sueño y vuela sobre su cabeza. Un zorro se detiene frente a ella y mueve sus orejas alternamente. Se deja acariciar y, de pronto, escapa despavorido.

Se oyen las voces de los encantadores y de los malsines. Es un remolino de ruidos. A lo lejos aparece la figura de Alonso Quijano y cuando se acerca dice:

—¿Lo ves? Tenía que ser así. El momento ha llegado. No escaparás. No podré desfacer tu entuerto: no soy real: sólo habito las páginas de otro libro y no puedo saltar al tuyo. Que aparezca aquí es un capricho, un acto de los encantadores que me han condenado a tener voz, pero nada más. ¿De dónde surgen los encantadores? Del deseo insatisfecho. De la imposibilidad hecha posibilidad. ¿Cómo resolver tu caso, Elena de Céspedes? ¿Cómo preparar tu defensa?

—Ya sabré, ya sabré.

—Por ahora piensa mucho, sopesa los hechos. Porque has hecho barbaridades.

—Ni tanto, no lo creas.

—Pero tus acusadores sí las consideran barbaridades.

—Algo encontraré a mi favor.

—Pues encuéntralo ya, en este mismo momento.

—No, aún no. Necesito que los hechos ocurran.

—Muy tarde, será muy tarde.

—Veremos.

—Dijo un ciego. Porque ciega estás.

—Cuento con la ventaja de la desesperación.

—Que no lo es.

—Que sí. O te hunde o te salva.

—Es decir, nada.

—Nada es mucho.

Elena-Eleno emprenden el camino de regreso. A veces, en el bosque, sienten la necesidad de regresar de inmediato, como si fuera a ocurrir una catástrofe. No es que ella o él lo evitaran, pero querrían estar presentes. Las dos partes de su cuerpo impelen una actividad imposible de clasificar. Como hombre, como mujer, ¿qué harían?

La catástrofe ha ocurrido. Cuando llega, María está temblando:

—Ya ocurrió. Las señas eran ciertas. De nada valieron las advertencias. Ya es tarde. Vinieron por ti.

—Huyamos.

—Imposible. Están aquí, esperándote. La casa está rodeada.

—Triunfaron los malsines y fueron vencidos los encantadores.

—No, sólo existen los malsines.

42

Interrogatorio

¿Para qué describir la cárcel, la tortura, la sangre derramada? Si todo es cuestión de palabras. Si el cuerpo quebrado no responde, pero la palabra quema. Todo basado en palabra por palabra. El escribano que toma nota, la pregunta bien pensada, capciosa. La sorpresa del interrogado: ¿cómo debe responder?, ¿cuál será la respuesta esperada?, ¿qué elegir?

Ante todo, ¿cuál es la acusación? Dejar en el limbo del discurso. Las palabras que giran, no las estáticas. Sus múltiples significados y cuál será el escogido. Cuál será el esperado. Recordar las enseñanzas cabalísticas para iluminar la palabra desde todo ángulo. Tal vez esto sirva. Dejar grandes espacios de silencio. Que el tiempo no se detenga. Que fluya a su ritmo.

Hay que crear una defensa mental ante el interrogatorio. Elena la forja poco a poco. Las enseñanzas de Mateo Tedesco y de Yosef Magus se vuelven prácticas. Aplica toda la teoría concebida. No dejarse intimidar. Mirar fijamente al interrogador y hacerle bajar la vista. Mas no jactarse del triunfo. Puede haber venganza. Al contrario, hacerle creer que tiene la última palabra. Llevarle, poco a poco, a lo que te sea leve. Un extraordinario juego mental. Un ajedrez sicológico. Un tira y afloja. Pero sin que parezca que tú ganas. Que la pérdida sea la menor. Porque perder, vas a perder. Pero que sea lo mínimo. O casi.

Esta es la parte sórdida. Imperativa es su denuncia. Aunque sea *a posteriori*. La memoria persiste y el pasado permanece.

No hay por qué borrar el mal hecho. Aunque sea para que no se repita. Que se reconozcan los errores. Que duela lo que duela.

El juicio comienza. Burladora de Toledo fue llamada. Catalogada. O burlador, sinónimo de libertino, que hace gala de enamorar y deshonrar a las mujeres. Prometerles matrimonio y no cumplirlo. O peor aún, ser bígamo.

Arrestada primero junto con María por el nefando crimen de sodomía, se declara inocente por ser, en realidad, Eleno. El corregidor que la acusa insiste en que la ofensa es de orden civil y moral. Interviene entonces el Tribunal de la Inquisición aduciendo que el caso le pertenece, pues se trata de un acto de brujería y de violación del sacramento matrimonial. Eleno se vuelve a declarar inocente pues, en realidad, tampoco es hombre sino hermafrodita y como tal sus diferentes matrimonios se han debido a su duplicidad sexual. Por lo que su ambivalencia de ninguna manera es un acto de brujería o de invocación a los demonios, sino un fenómeno anatómico. Pide la liberación de María, ya que ella lo considera hombre. Recibe la airada respuesta de que eso lo decide el Tribunal.

La audiencia abre su sesión el 17 de julio de 1587 presidida por don Lope de Mendoza, inquisidor. Preguntas van y vienen. Absurdas. Grotescas. Insistentes. Aburridas. Con dobleces. Con trampas. Desdichadas. Perversas. Envenenadas. Sicalípticas. Pornográficas. Verdaderamente obsesionados los inquisidores con el sexo, pidiéndole pormenores a Elena-Eleno, mandando traer médicos, desnudándola, palpándola y llegando a conclusiones ridículas. Más una comedia de errores que una tragedia. Lo cual aprovecha Elena-Eleno para desconcertarlos.

Entre las preguntas: si había sido esclava.

—La marca en mi mejilla es marca de esclava o es marca de mi barba incipiente. Mas no de infamia. Se puede escoger entre ambas. También puede ser una tercera marca: cicatriz de soldado valiente. Y hasta una cuarta: operación de una pústula, ya que cirujana soy.

Sobre sus orígenes: si es cristiana vieja o nueva.

—Asunto peliagudo éste. Mi madre era pagana de África, pero se convirtió puntualmente al cristianismo. Mi padre era cristiano. (Y aquí, entre nos, no aclaro si nuevo o viejo, porque esto me condenaría, aunque yo muy bien sé que era novísimo, así que por ambas partes estoy perdida. Pero como buscan más bien si sodomizo o no, tal vez no pongan atención a esa respuesta, que yo sé bien por dónde van los tiros, como cumplido soldado.)

Luego vino una pregunta compuesta de otras preguntas sobre por qué siendo mujer se casó con otra mujer, si creía que podían casarse dos mujeres y si se burló del sacramento matrimonial a sabiendas.

—De ninguna manera. Soy hombre, Eleno de Céspedes, por eso me casé con María del Caño, por respetar el sacramento matrimonial y no caer en la tentación del amor extramarital. Como hermafrodita poseo genitales masculinos y puedo casarme con una mujer sin burlarme para nada del santo matrimonio, más bien me casé por servir a Dios y cumplir con sus mandamientos; nunca pensaría que dos mujeres se casaran. (Aunque, entre nos, quién sabe, a lo mejor esta puritana España en siglos venideros apruebe el matrimonio homosexual. Cómo me río de la Inquisición, no sabe lo que le espera.)

No es fácil convencer al Tribunal y vuelve a la carga el interrogatorio: que cómo hizo para engañar a tantos testigos, entre ellos: médicos, curanderos, comadronas, cirujanos, amantes femeninas, amigos masculinos, conocidos de todo tipo y hasta el párroco de Madrid. ¿Cómo los engañó a todos?

—No, si no los engañé, ellos se lo creyeron.

—Entonces fueron tus malas artes transexuales y diabólicas, así como tu persuasión al hablar lo que los convenció.

—Más bien se convencieron por evidencias innegables de carácter anatómico-fisiológico.

—Lo que quedó asentado es que poseías un pene de tamaño normal, un par de testículos bien proporcionados y que no se detectó presencia alguna de órganos genitales femeninos, con lo cual se cae tu presunción de ser hermafrodita.

—Pero también hay testimonios de quienes sí comprobaron la existencia de ambos sexos en mi persona. Y lo más intrigante: tuve un hijo.

—Sea lo que sea, igual recibirás condena, pues el travestismo no puedes negarlo.

—Pues que sea lo que sea. Frase teatral. Que así soy lo que soy. Frase bíblica.

La tortura fue inventada por débiles mentales. Ya que el cerebro no les funciona como debe ser, sus circunvoluciones se dirigen a la exaltación del mal, a la perversión de los sentidos y al triunfo de lo escabroso. Y lo peor, con una justificación teológico-absurda o ideológico-política. Pero siempre creyéndose en el centro del universo de la verdad.

¿Cuál verdad? Una verdad inventada es una mentira creída. Si para creer en la verdad no hay verdad. Pésima razón la de quien busca razones para justificarse en nombre de algo inexistente. Quien quebranta el cuerpo de otro, máxima creación del mismo nombre que profana, ha perdido su cuerpo y su alma. No es nadie el torturador y ni a nombre llega. Por eso, descuartiza, tritura, ahoga, quema, revienta, desencaja, arranca, arrastra. Como no se siente a sí, explota al máximo a quien sí siente y sí sabe lo que es. Quisiera robarle la identidad y ser él eso mismo que destruye. En vano: su derrota carece de medida y mientras más derrotado más se ensaña con el cuerpo postrado.

Cuando llega la muerte es tarde para una satisfacción alcanzada. Muere sin morir el torturador y carece de recompensa, pero es inútil saberlo.

Cien azotes en Ciempozuelos y cien en Toledo. ¿Quién los sufre? ¿El cuerpo desgarrado o el alma muerta?

¿Cómo se soportan cien, doscientos latigazos? ¿El cuerpo es tan bondadoso que se recupera? ¿El látigo ensangrentado sirve para otra vez? Hay que cuidar el látigo, lavarlo cuidadosamente para que su vida sea larga. ¿El brazo del verdugo no se hiere también? Hay que cuidarlo para que sirva para otra vez. ¿Y el inquisidor, también hay que cuidarlo para que sirva para otra vez? Desde luego. Son productos reciclables. Sumamente reciclables. La víctima no. Ésa es desechable. Úsese y tírese. Presérvese al torturador, ante todo. En toda época, en todo momento, en todo lugar.

Donde hay un hombre hay una tortura.

43

La realidad es una exageración

Los inquisidores descubrieron que la realidad es una exageración. Los hombres aman lo exorbitado, lo grotesco, lo desapacible. Lo fuera de foco. Los extremos: o la tragedia o la comedia. Eso es todo.

Y a eso se dedicaron. Los inquisidores.

Recordaron esas Venus de la Edad de Piedra, tan amplias, deformes, colgantes. Monstruosas, pero adorables. Nada de rostro: el pleno en círculos. La redondez de la materia. La espesura. La desmesura.

Y pensaron en Elena-Eleno. Dos sexos en uno. Por eso no la destruyeron. Nada más la exhibieron. La contemplaron. La mujer doble. El hombre en duplicado. Los sexos desarreglados. Uno por aquí, otro por allá. O juntos. Más bien juntos.

La encerraron en un hospital para seguir su labor de contemplación. De vez en vez la desnudaban: qué formas, qué contornos, que colgajos, qué desprendimientos. Qué elocuencia, también. Porque sabía desnudar la palabra.

La describieron hasta el mínimo detalle. Cicatrices se desdibujaron. Operaciones se reconstruyeron. Se quitó y se puso. Se agregó y se mutiló. Palabras.

Senos de la enormidad o de la disminución. Muslos concéntricos. ¿Desviados? Sexo amplio y envolvente. Penetrante. Mirada divergente. Glúteos imposibles. Por demasiado o por escaso.

Las formas variaban. Según el día, la perspectiva, el estado de ánimo, Elena pasaba de una realidad a otra. Podía cambiar de sexo a placer. Pero también el espectador podía ver opuestas realidades, según su perspectiva, sus prejuicios, sus obsesiones.

Se trataba de un caso camaleónico.

Escapaba al afán clasificatorio de los inquisidores. Por lo tanto, el diabolismo seguía siendo inspirador. Eso decían.

O bien, por un caso de fijación por esas Venus primitivas, la Willendorf y otras, se sentían atraídos antes de la rebelión de las masas. Trece mil años de exageración. En un punto o en otro. O las formas desbordadas o la perfección inexistente. Las otras Venus, las griegas, son también un fenómeno de exageración. ¿Quién es así de bello? Ojalá.

No es de extrañar que los inquisidores fueran tan exagerados e inventaran esas perfectas máquinas de destrucción e instrumentos de refinada tortura.

Pero no sólo los inquisidores, sino todo ser humano piensa en la tortura: desde las cavernas hasta los rascacielos, de norte a sur y de oriente a occidente. Aplicada en plena trivialidad. A gran escala. O en mínima, como el pequeño clítoris que se le extirpa a las niñas musulmanas para que no sientan nada de placer, sino el dolor de la ablación.

Exageración de exageraciones, todo es exageración. Pobre de la realidad que no se ajusta a la realidad. Debe ser borrada.

Elena-Eleno lo saben y a eso se dedican. A crear exageraciones. A borrar la realidad. Porque de algo hay que vivir.

Para empezar, ¿qué es realidad? Si todo es engaño de los sentidos. Plena imaginación. Lo real es lo que existe. ¿De verdad? Pero si todo existe o no existe, según se quiera ver. Lo real es una cosa. Su etimología así lo define.

Exageremos, pues, la cosa.

Elena no es una, sino dos. Cosas.

El juicio de la Inquisición sigue. Las contradicciones también. Algunos extractos del juicio afirman:

Al desnudar a Eleno que desde su prisión fue obligado a usar prendas femeninas, un testigo lo vio como hombre:-*Tenía su proporción y forma de miembro de hombre proporcionado a su cuerpo, ni grande ni pequeño, antes más grande que pequeño, y le parece que tenía una señal debajo de los testículos, pero no advirtió tanto a esto que pueda decir si tenía sexo de mujer.*

Y otro testigo lo vio como mujer: *Todo lo que aquí tiene dicho acerca del miembro del hombre que es ficción y embuste, porque ésta nunca fue sino mujer como nació y es de presente.*

Y otros más aseguraron que *era pública voz y fama de que ésta era macho y hembra y que tenía dos sexos.* Para llegar a afirmar *que por su aspecto era capón.*

Tres o cuatro hombres llamados al proceso pero que sólo la miraron por delante, *porque nunca ésta consintió que la mirasen por detrás porque no viesen la natura de esta mujer y los dichos hombres dijeron que era hombre.*

Ella misma declaraba: *Porque yo naturalmente he sido hombre y mujer y aunque esto sea cosa prodigiosa y rara que pocas veces se ve, pero no son contra naturaleza los hermafroditas como yo lo he sido.*

Según Elena todo provino a raíz de su parto: *Con la fuerza que puso en el parto se le rompió un pellejo que venía sobre el caño de la orina y le salió una cabeza como medio dedo pulgar que parecía en su hechura cabeza de miembro de hombre, el cual cuando tenía deseo y alteración natural, le salía y cuando no estaba con alteración se entumecía y recogía a la parte y seno donde estaba antes que se le rompiese el dicho pellejo.*

Y explicaba por qué ahora era mujer: *Si ahora no aparece en mí el sexo masculino es porque me dio una enfermedad en la cual se me vino a consumir ello. Como cirujano que he sido y soy me lo curé y fui cortando poco a poco hasta que no quedó nada de él. Cuando me trajeron a este Santo Oficio traía unas llagas y costras, las cuales vieron los médicos que me entraron a ver y dijeron que caídas las costras quedaría cicatrizado aquello donde estaban.*

Mas los inquisidores insistían y se apoyaban en explicaciones médicas, como en el caso de la supuesta polución siendo mujer: *Podía ser una humedad que suele salir de la madre natural-mente, como a todas las demás mujeres en el tiempo que tienen acceso y deleitación con varón, y que así si esto caía en el bajo de las otras mujeres con quienes entraba podía engañarlas.*

Finalmente, otro testimonio médico establecía que la susodicha era mujer, sin lugar a dudas, y que había engañado con gran perfección a las mujeres con las que había hecho el amor: *Todos los actos que como hombre dice que hizo fue con algunos artificios, como otras burladoras han hecho con baldés y otras cosas como se han visto.*

El caso quedó resuelto y se cumplió la condena. En cuanto a considerar a Elena como partícipe del pecado nefando se presentó de manera velada. Tal vez se estaba preparando el terreno para futuras obras teatrales en las que el disfraz de mujeres como hombres iba a significar una regocijante situación, al mismo tiempo que ambivalente expectación.

Don Gil de las Calzas Verdes esperaba su turno a ser descrito por Tirso de Molina años después, con un atuendo digno de haber sido confeccionado por Elena de Céspedes durante su desempeño como sastra. Este don Gil, todo de verde vestido, que, en realidad es doña Juana, se le califica de capón. Su criado, Caramanchel, muy bien podría haber conocido la historia de Elena-Eleno a juzgar por sus palabras:

> *Aquí dijo mi amo hermafrodita*
> *que me esperaba, y, ¡vive Dios!, que pienso*
> *que es algún familiar, que en traje de hombre*
> *ha venido a sacarme de juicio,*
> *y en siéndolo, doy cuenta al Santo Oficio.*

Por si fuera poco, una mujer, doña Inés, se enamora de don Gil-Juana, aludiendo a los nombres del *Burlador de Sevilla*, la otra comedia en la que Tirso llama a sus personajes don Juan y doña Inés. Como si se tratara de un caso de intratextualidad, *avant la lettre*. Mientras que doña Juana-don Gil se define así:

279

> *Ya soy hombre, ya mujer*
> *ya don Gil, ya doña Juana;*
> *mas si amo, ¿qué no seré?*

Y más aún, cuando se declara mujer pero se cambia el nombre a doña Elvira y se lo confiesa a doña Inés, ésta exclama:

> *¡Qué varonil mujer!*
> *Por más que repara*
> *mi amor, dice que es don Gil*
> *en la voz, presencia y cara.*

Para llegar el momento en que Caramanchel se pregunta:

> *¿De día Gil; de noche Gila?*

Y más adelante, afirma:

> *Azotes dan en España*
> *por menos que eso. ¿Quién vio*
> *un hembri-macho, que afrenta*
> *a su linaje?*

Para considerarse en peligro, pues ahora él tampoco sabe si es lacayo o lacaya:

> *No más amo hermafrodita,*
> *que comer carne y pescado*
> *a un tiempo no es aprobado.*

Realidad y ficción se juntan en este punto coincidiendo en lo mismo: la exageración es la buena regla a seguir.

44

La realidad es una ambigüedad

La realidad es una ambigüedad y la ambigüedad es una realidad. Es la realidad. De nada estamos seguros. Todo se bambolea. Todo oscila. Pero hay quienes creen que la realidad es concreta y estática. Conocida y esperada. Hasta sacan reglas. El sol sale, el sol se pone. Y, sin embargo, nunca es a la misma hora. Ah, pero dentro de un año, sí. ¿Sí? No. Tal vez.

Es un buen par de palabras: tal vez. La base de la realidad. Tal vez una afirmación exagerada. Pero necesaria.

Por ejemplo. ¿Qué hace Elena de Céspedes luego de ser azotada cruelmente por partida doble, ya que su naturaleza doble era? Reponerse, tratarse para curar sus heridas. Apenas curada y sin tiempo apenas para recoger sus pertenencias y esconder en una canasta a Cleopatra-Amenofis, es enviada al hospital-prisión. Ahí termina por reponerse y algo, muy importante, logra que la gata se quede con ella, con el pretexto de que acabará con cuanto ratón se aparezca.

Empieza, de este modo, su trabajo como médica y cirujana. Pronto adquiere gran fama y los enfermos la prefieren por encima de cualquier otro médico, monja de la Caridad, enfermera, practicante o voluntaria. Lo cual es bueno y malo. Es decir, ambiguo. Y, entre lo malo, salta la envidia que no es nada ambigua.

Así, su trabajo diario aumenta, relegando en ella más carga quienes aprovechan su habilidad a favor de su pereza. Que trabaje Elena y nosotros descansemos.

En la noche avanzada Elena se desploma en el catre que le recuerda el de su infancia esclava. Rápidamente, Cleo surge no se sabe de dónde (especulación felina de escondites inhallables) para acomodarse, como es su costumbre, en el hueco de las corvas de su ama. Lugar ideal, tibio y perfecto para su tamaño. Igual de placentero y de consolador para Elena-Eleno que agradece esa calidez de su necesaria compañera. Que las dos se funden y se esperan. No importa que Elena dé vueltas en la cama, que Cleo retoma su posición y sigue durmiendo en felicidad.

Los hombres habrán castigado a Elena, pero Cleo es su recompensa. Mientras no las separen son como el mar y la arena.

Por el hospital desfilan todo tipo de persona y toda clase de enfermedad. Elena aprovecha para leer intensamente los libros que le había dado Mateo Tedesco. Descubre nuevos casos y aplica sus conocimientos con un don agregado. Se interesa por el enfermo y escucha con atención lo que le cuenta, dedicándole el tiempo necesario, como pide Maimónides. De este modo, sigue en relación con el mundo externo y se entera de las últimas noticias.

Poco a poco reúne datos sueltos de sus amigos, como un rompecabezas que constara de pocas piezas, pero las necesarias para recomponerlo. En verdad, lo que hace es reinventar sus vidas. Y ellos la suya. Algunos aparecen por el hospital, enfermos o fingiéndolo, para así verla. De tal modo que la enfermedad pasa a ser motivo de invención y los síntomas oscilan entre ficción y manifestación.

Alonso de La Vera, soldado que regresa de las nuevas tierras allende el mar, quiere ser curado pero, en realidad, quiere ver y hablarle a Elena. Su rompecabezas es sencillo: vive en soledad y en silencio: ha aprendido a callar después de ver tanta muerte y tanta equivocación. Luego su rompecabezas no es nada sencillo: soledad y silencio son las mayores pruebas del conocimiento. Tal vez no hable con Elena, después de todo, sino que calle. Esa será su ambigüedad. Mientras recibe tratamiento para las heridas infectadas y, tal vez, pérdida de algún miembro. Dolor y silencio.

Lai, después de tanta contorsión y a pesar de las enseñanzas de Elena para no lastimar su cuerpo, lo ha destrozado. Su recuperación será lenta, pero habrá perdido la elasticidad y no es seguro que vuelva a su antiguo ser. ¿De qué vivirá, entonces?

Don Juan del Álamo sabe donde está Elena, pero no se decide a ir a verla porque si lo hiciera tendría que decirle la verdad. ¿Qué verdad? La extraña verdad.

Alonso Quijano es muy probable que sea obligado a ingresar en el hospital por sus acérrimos y envidiosos enemigos, que le impiden alcanzar la gloria. Sobre todo por los malsines y encantadores que no perdonan su cuerda locura.

Alteza y Bajeza ya se sabe que no han de vivir mucho y sus cuerpos deteriorados y expuestos al máximo reclaman un descanso. Confían en que Elena aliviará su padecer.

Seisdedos y Manopato no tienen remedio: Elena no les aconseja operarse. Después de todo: en eso consiste su gracia y su encanto. Son sumamente sensuales.

En cuanto a Mongoloide es conocido que su vida no será larga. Los síntomas se agudizan y sólo cabe acariciarlo y decirle suaves palabras.

Ana Enana puede padecer cualquier enfermedad, pero su pequeño cuerpo no resistirá mucho. Es una pena ver cómo se balancea su enorme cabeza y sus endebles piernas, que apenas la sostienen. Parece una interrogación venida a menos.

Epifanio el Loco no para de dar gritos y yace arrojado en un rincón, muerto de miedo, sin tocar la comida y el agua que Elena deposita a su lado.

De Sirenita nadie sabe nada y se teme que haya muerto. Podría estar navegando por aguas nórdicas a la espera de un autor que la recupere para iluminar uno de sus relatos fantásticos. O convertirse en una estatua que mira al mar.

Las historias se revuelven. La vida se altera. Un hospital es una colección de situaciones disparatadas. Nada es al derecho: todo es al revés. Pies y cabezas se trastrocan. Derecha e izquierda se invierten. Sangre, pus, huesos fuera de lugar. Cortes, incisiones, sangrías, desechos. Lo de dentro se sale y lo de fuera infecta.

Elena-Eleno vive en un terreno resbaladizo. Algún día quisiera salir al campo libre a caminar de nuevo entre bosques, llegar a los claros y sentarse junto a una corriente de agua. Todo le es prohibido: sólo puede tocar las pieles sudorosas y los líquidos derramados.

Sueña. Si algo ilumina a Elena son sus sueños: tan poderosos que de ellos se alimenta y borra su entorno. Todo se difumina, adquiere un tono ambiguo, no se sabe de qué color.

Sueña con su pequeña casa y María del Caño en el centro de ella, radiante. Con el equilibrio de su belleza. En paz. Amada y amante. La chimenea encendida. El buen olor de la madera quemada o del pan en el horno. Los cristales de nieve en la ventana. El viento y las hojas volantes.

Mas nada es así. Aunque sonría a solas nada es así.

Aunque tampoco importa.

Su vida tuvo un sentido.

Y ahora más que nunca.

Que alivia el dolor de los desahuciados, como ella.

Al margen.

Se siente vivir al margen.

Y, sin embargo, un margen consolador.

Como si no desesperarse desesperase a los otros, los injustos, los inquisidores.

Esa es su batalla ganada: que los otros no se vanaglorien de haberla aplastado.

Porque aplastada no está.

Sonríe.

Siempre sonríe y es una bendición su sonrisa que casi borra la ese de esclava en su mejilla, que se funde y se desdibuja.

45

Personificación

Si algo atrae de Elena-Eleno es sus múltiples personificaciones. Su potencial escritural. Elena-Eleno como escritora-escritor. Como una manifestación heterográfica. Siendo escrita. Es decir, en el proceso de ser escrita. Novelada. Novelado. Guardada en un cajón a la espera de ser editada. Publicada.

Su vida fuera de sí: en páginas: en libros sobre mesas de libreros y lectores.

Su vida oculta y su vida manifiesta, como los símbolos en los antiguos relatos.

Es de ayer y de hoy.

Habla y calla.

Se desliza por los siglos.

Patina en el tiempo.

Pátina del tiempo.

Posee las palabras.

Las que como brillantes lanzó contra los inquisidores.

Dardos que dieron en el blanco.

Era una y muchas.

Personas que representó a la perfección.

Buen soldado.

Buena sastra.

Buena médica.

Buena amadora.

Hombre-mujer.

Cambiante de vestuario.

Como en el teatro.

Mujer-hombre.

Ambigüedad-personificación.

Desafío-diversión.

Va por el mundo con sus variadas facetas: brilla en superficies pulidas y se refleja en un espejo. Se desliza como estrella fugaz. Lo que hace lo hace a fondo. No se deja vencer. Atrapada se las arregla para pasarla de lo mejor. Se adapta y se reconcilia. Camaleónica es.

¿Por qué el deseo del disfraz y de ser otra persona? ¿Otra máscara? Serpiente del desierto que toma el color de la arena o de la rama. Mariposa que finge alarmantes ojos. Melena exagerada de león perezoso. Rayada cebra. Aves multicolores. En cambio, descolorido hombre que tiñe sus ropas y las dibuja, a falta de original naturaleza. Todo se le va en el cerebro y de ahí saca sus inventos. Que no se queda quieto. Como Elena-Eleno.

Desde su nuevo disfraz hospitalario piensa:

Cambiar de traje es imaginarse lo que no se es. Es una alteración y una negación. Fui. Ya no soy. Soy. Luego soy.

Por eso la profesión de sastra me viene tan bien. También. Me hago todo tipo de vestimenta: masculina, femenina, de joven, de viejo, de marinero, de soldado de infantería, de capitán, de mosquetero, de princesa, de cualquier animal: ratón, cotorra, conejo, asno. Da lo mismo. Con tal de ser otra cosa diferente.

Y fingir. Sobre todo, fingir.

Fingir una historia con el traje elegido.

Y como no hay engaño sino fingimiento, ponerme en el lugar de, me permite trasgredir los límites e imitar a la perfección aquello que no soy, salvo por el momento de la personificación. Momento en el cual soy absolutamente otro ser. Por eso cierro la puerta y me trasfiguro.

Puedo ser, de igual modo, un blanco ángel, con alas y corona.

O un rojo demonio con tridente y cola.

Sobre mí, el cielo estrellado.

O a mis pies los cristales rotos de una ventana apedreada.

Personificar, ese es mi oficio.

Usar el lenguaje de otro modo. Tal vez, traducir sería otra personificación. Quienes hablan otro idioma, ¿no son personificadores? Cuando recuerdo las canciones africanas de mi madre y sus lejanas palabras, soy otra. Cuando Mateo Tedesco leía en hebreo la Torá, ¿no sería un antiguo pastor de la Galilea?

Cada palabra es la posibilidad de ser algo diferente. Un nuevo sentido requiere una nueva personalidad. Una nueva cara. Quienes se hacen cirugía estética quieren ser otros. No se hallan a sí en su estrecha piel. En su predeterminado cuerpo. Quienes se hacen un tatuaje imitan a la naturaleza. Una naturaleza invariable. Por la que no pasarán las estaciones ni las inclemencias. O una fantasía: lo que no puede existir. Pero que tanto se desea que existiera. O, por lo menos, que hubiera existido en una época mítica. En otro lugar, en otro planeta. Fuera del tiempo riguroso.

Poder volar. Poder navegar.

Escapar. De eso se trata: poder escapar.

Porque el alrededor se siente como una prisión.

Una camisa de fuerza. Hay que romper las camisas de fuerza que imponen los demás. ¿Quiénes son los demás? ¿Cómo se atreven a poner camisas de fuerza?

Yo nunca cosí una camisa de fuerza.

Para coser una camisa de fuerza hay que estar apegado a la ley. Y la ley la hizo otro. Ese otro que no quisiera ser.

Amo a los otros, mas no a todos los otros.

Los inquisidores.

Los inquisidores son otros otros: los verdaderos otros.

Los que nadie quisiera ser.

Pero que se imitan, que repiten, que cacarean, que viven por lemas.

Hay quienes sólo saben vivir en la piel de otros: en su piel de borregos.

Borregos que van y vienen hasta que caen en el precipicio y no se sabe nada más de ellos. El traje de borrego no sienta bien, borra las formas, pero es el más socorrido. El que más abriga, el que protege. El que aísla. El que disimula. El que agrupa.

Prefiero ser lobo estepario. El solitario, el abandonado. El que contempla el paisaje de este mundo desde una roca pertinaz. El que aúlla a la luna. El que reúne la nieve sobre su espeso pelaje y trota sin medida por uno y otro bosque de la desesperanza. El silencioso lobo que borra sus huellas y se lame sus heridas.

El lobo que está desapareciendo, poco a poco.

Eso quisiera ser. Eso soy.

Si nadie se pone en mi lugar, yo me pongo en el lugar de los demás. Así me examino. Desde fuera.

¿Qué espectáculo produzco?

Uno extraño.

Soy extraña, extranjera, exiliada: ex-esclava, mulata, oficiante y graduada. ¿Hermafrodita? Adicta a la sílaba ex.

Algunas cosas se saben, otras no. Yo misma no las sé de mí. Entre fronteras, así es como vivo. Nepantla: esa palabra del nuevo mundo que no designa ni una tierra ni la otra. A medio camino. Personificando.

46

Enfermedad

Los médicos Elenos saben que cada enfermedad es relativa, ambigua y real. Llega. Ahí está. Para quedarse. Nunca nadie se cura, aunque a veces parece que sí. Es un misterio. El más grande.

Elenao observa a los pacientes. A los impacientes. La enfermedad es el mayor signo vital. El que padece es un apasionado. Apasionado por vivir. Capaz de cualquier cosa por salir adelante.

La enfermedad está presente desde el nacimiento. O, tal vez antes, desde la concepción. Está incluida en los genes. Así que no hay modo de escapar a ella. Aunque ahora parece que sí: modificando los genes. Elena lo ha pensado, pero carece de los medios para probar su tesis estando presa en un hospital de finales del siglo XVI.

Si la herencia es determinante, algo de la vida puede preverse. Algo puede modificarse. Salvo la campanada final. Enfermedades van y vienen. ¿Qué hacer con ellas? Elena imagina una época en la que, si se dejan de lado los preceptos religiosos, se podrá operar, alterar, cortar por lo sano, injertar, colocar marcapasos, venas de plástico, cultivar células madre, radiografiar, implantar lentes intraoculares, en fin, casos de plomería anatómica y de almacenaje de piezas de repuesto.

El cuerpo es un cuerpo enfermo. Ahí están en potencia el origen y fin de todo mal. Las enfermedades se ponen de moda, aparecen y desaparecen. La población se diezma. Pensemos en la peste: real, imaginada, contada, cantada, bailada, descrita, pintada, grabada. Pasemos al mal español, mal francés, mal serpentino: pústulas, bubas, eflorescencias, erupciones exantemáticas y por otro nombre, sífilis. Saltemos épocas: la tuberculosis, exaltada en poemas, libros y óperas en el siglo XIX. El XX, tan lleno de enfermedades sólo porque son mejor conocidas y se les da el nombre exacto y pavoroso: cáncer; todo tipo de cáncer y, la joya de la corona, el síndrome de inmunodeficiencia adquirida.

Un hospital es una colección de enfermedades. Todos los enfermos del mundo reunidos. Los que se salvan y los que no. Los que piensan que entrar al hospital es morir. Los que tienen esperanzas. A los que no les queda más remedio, nunca mejor dicho, remedio.

Manual de enfermedades: hay que acudir al libro.

Poco a poco la carne se corroe. Su perfecta función se disloca. El cerebro cambia su dirección. Derecha e izquierda se invierten. La memoria se obstruye: no sirve de nada: se agota: se acaba: llega a su fin. Entrar y salir del hospital se convierte en una rutina. Hoy entro. Mañana salgo.

Sala de espera. La vida es una sala de espera.

Elena también espera, no sólo sus pacientes.

A veces quiere que corra el tiempo para terminar de cumplir su condena.

Otras veces, no tanto. Si corre el tiempo se acerca la muerte.

Ya no sabe si quiere salir o no. Se ha acostumbrado a una rutina. Animal de rutina es el hombre.

¿Escapar?

¿Dónde?

Las enfermedades la protegen. Las conoce, las describe, las intuye, las adivina. Se las sabe de memoria. Recurre a lo obvio, a lo que salta a la vista, pero que se deja de ver. La sorpresa no la abandona y esto es bueno.

Las sustancias enfermas se desbordan.

El pus hierve.

La sangre fluye.

La orina tiembla.

Las heces se desbordan.
Los tumores son grotescos.
Los huesos se quiebran.
Los músculos se revientan.
Los nervios se invierten.
Los tejidos crujen.
Nada queda en su lugar.
Todo se altera.
La hora de todos y la fortuna con seso.
La tumba espera.
No tiene prisa.
Está segura.
Hay lugar para cada uno.
Cuidado, recortado, listo.
Inevitable, con gusanos incluidos.
¿Por qué tiene que ser así?
¿Cuál es el sentido?
Innecesaria acumulación.
Tanto esfuerzo, esfuerzo de vivir, para nada.

La verdad es que, como Elena de Céspedes, me arriesgué demasiado. Pensé que el nombre me encubría, pero todo lo falsifiqué. Al no ser mi verdadero nombre lo estiré y lo estiré, más de la cuenta, y esto fue lo que pasó. Pero no puede darse marcha atrás. Ese es el gran error: que la marcha atrás no existe. Que no hay regreso, sino un imparable adelante, adelante, adelante. Es decir, fin y nada.

Para empezar no era mi nombre y luego lo hice masculino: Eleno de Céspedes. Qué poca imaginación.

Claro que, a ratos, me divertí. Es tan fácil engañar. Jugué a creérmelo: soy hombre, soy mujer. Da lo mismo. Que lo mismo da. Pero lo creía con firmeza. Soy lo uno y lo otro. ¿Y las mujeres? ¿Por qué me creían? No, no me creían. Me hacían creer que se lo creían.

También puedo creerme que, en verdad, soy hermafrodita. Esas descripciones que hice ante el tribunal de la Inquisición de tanto repetirlas me parecieron verdad.

Ahora, ante los enfermos de este hospital, veo tanto cuerpo desgastado que aparto la vista de los sexos: ya no me atraen: me repelen. El sexo es lo que más pronto se estropea, languidece, se retrae. Su vitalidad se desdice. No hay más qué pensar.

En el hospital se pierde el pudor de manera impuesta. Es otra inquisición: el cuerpo deja de ser cuerpo para ser cosa maltratada y manoseada. Se cambia el sentido del tacto, que deja de ser placentero: el mío y el de los enfermos. Me debo dominar y no acariciar, como quisiera, sino palpar para encontrar el foco de la enfermedad. Otra forma de duplicidad: engañar los sentidos y cambiarlos de circunstancia: no la que se quisiera libremente, sino la aprendida para curar. El mensaje cerebral no hacia el placer sino hacia el deber. El juramento de Hipócrates. Los preceptos de Maimónides.

Qué doble papel juega el médico. Y yo cuádruple papel. Pero lo logro. Sólo la mente es la que me permite saltar de una situación a otra. La imaginación detenida.

La enfermedad como el estado natural, ya que, sólo por intermitencias reina la salud. Aquí, en el hospital, la norma la dictan los enfermos. Poco puedo a pesar de mis conocimientos y mi práctica. Y mi intuición, sobre todo mi intuición. Ellos, los enfermos, dictan sus propias leyes y no cumplen con lo esperado. Cada uno imagina su exclusiva enfermedad y la desarrolla como quiere. O como puede. En cuanto a mí, apenas aplico lo que dicen los libros.

Se salvan los que están en coma y los robustos se mueren. Las dosis se alteran y no siempre dan el mismo resultado. Hay que observar los ojos del enfermo más que las palabras que pronuncia. Y sus manos, cómo mueve las manos de manera involuntaria, pero acompañando a los gestos. Y los gestos, gran delación de los sentimientos.

La tensión. Los músculos como los grandes delatores. La preocupación marcando el dolor. Los músculos engañados se encogen, impiden la libertad. Aprenden una nueva posición, lacerante, omnipresente.

Agudización. Los nervios se alteran. Esquizofrenia de la señal recibida desde el cerebro. Confunden su mensaje. Olvidan sus claves y contraseñas. Se pierden entre las dendritas. Hidra amenazada. Avanza el desconcierto. Cables más y más enredados. No hay principio ni fin, ni manera de saberlo.

Al borde del estallido: eso es una enfermedad.

Terror.

47

La identidad sin espejo

El caso de Elena de Céspedes es, sin lugar a dudas, un caso de identidad. Pero también de exilio. De aislamiento dentro de la sociedad y de deseo de trasgredirla. Si me aíslan, me burlo. Elena de Céspedes también fue llamada la Burladora de Toledo, como Juan Tenorio era llamado el Burlador de Sevilla. Ambos en busca de identidad, no muy definidos acerca de qué eran en verdad. Si se miraban al espejo contemplaban un rostro extraño, ajeno, no el que hubieran querido. Preferían no verse y desaparecer los espejos de sus casas.

Ambos, pues, exiliados al tener que luchar solos frente a los demás. Ambos, dados al cultivo de la burla como engaño. Engañar es ponerse un traje diferente cada día, por eso atrae. Es la posibilidad de ser otro. De fingir. De representar. De extender la personalidad. De abarcar. De aumentar. De llenar el cofre de los tesoros con todo lo imaginable. Cofre que no es cofre ni tiene tesoros. Sólo imaginación. Y de ésta la suficiente y aun más.

El exilio y quienes pertenecen a su reino desbordan cofres, arcones y recipientes con lo perdido y lo encontrado. No saben parar. Desconocen los límites. Deliran frente a un espejo vacío.

Arguyen que el mundo fue creado en un acto de exilio: reducir el gran universo a un pequeño universo capaz de contenerse en sí, limitado pero abarcable, comprensible. ¿Comprensible? La reducción provocó una leve ruptura por donde se cuela el mal a pedazos. El anhelo de su corrección es lo que mantiene la esperanza de un mundo mejor. ¿Feliz?

Son ellos, los exiliados, los diferentes, los que portan alguna señal como la letra ese de esclavo sobre la mejilla áspera de Elena, los que emprenden la lucha. Contra viento y marea. Sin saberlo son los sabios ocultos, los que cambiarán las leyes y establecerán la bondad. Pero lo ignoran y, a veces, yerran el camino. Sobre todo, el camino está lleno de obstáculos, piedras puestas por quienes aún se rigen por las mismas leyes de siempre, cómodas, conocidas, exageradas, excluyentes, diferenciadoras.

Hasta que llega un momento en que nada importa y es cuando el peligro se manifiesta. Se apartan las piedras y brotan las alimañas.

Elena de Céspedes no quiere saber nada de nada. Es suficiente lo que ha vivido y lo que ha disfrutado. Comienza la hora de la recolección. Añora y aquilata sus recuerdos. Cada uno de los pasos de su vida cobran un gran sentido. Una caminata hecha de pedrería preciosa. Un gran caleidoscopio extendido ante los ojos de la memoria. Rayos de luz que irradian sólo por ella vistos. El espejo, si es que lo hubiera, reflejaría el espectro de la luz. Arco iris nunca borrado.

Comprende ahora las palabras: cada palabra en su incrustación mágica. Pronuncia en voz alta nombres y verbos. Todo resuena. Todo produce su musical eco. Las palabras vuelan y son cantadas.

En el silencio de su reducida habitación los sonidos son sólo por ella escuchados. Por ella y por Cleo, que alterna el movimiento de sus orejas para indicar que ella también escucha la música de las esferas del cielo.

Ese es el sentido del exilio: oír lo inaudible y cantar el silencio.

Mas el exilio no sólo se manifestó en la contracción. Acto seguido, creados los elementos, los seres vivos, la pareja primigenia vivió una pausa increíble, ficticia, llamada paraíso. Pero la vida no podía reducirse a esa limitación, para comprenderla debería ocurrir el primero e irrepetible exilio: la salida del paraíso, a pesar de las advertencias, por propia voluntad.

Esa necesidad de comprobar, de experimentar, de descubrir qué es la muerte condujo a la primera pareja al deseo del exilio, a la salida sin retorno. Todo lo tenían resuelto Adán y Eva, salvo el conocimiento, el sexual y el conceptual, y todo lo arriesgaron por saberlo.

La muerte, ese conocimiento que no es conocimiento, marcó, a partir de entonces los exilios futuros. Un exilio sin retorno y sin esperanza alguna. De ahí los deseos de posponerlo. De ahí la medicina como la ciencia que más se acerca a la extensión de la esperanza. De ahí que Elena-Eleno aspirara a perfeccionar sus conocimientos sobre la vida humana.

Lo más seguro es que esos diez años de internamiento en el hospital sirvieran para indagar aún más en la sexualidad. Si pudo exponer tanto sobre el tema ante los inquisidores, ahora era su oportunidad de investigar sobre la práctica. Nadie le pondría un límite ya que se trataba de ella y sus pacientes. Sabía cómo hablarles y sus manos eran hábiles.

Escuchó muchas y variadas confesiones. Casos que se habían reflejado en las obras de teatro cuando había podido acudir a ellas. Dejaba de lado las prohibiciones religiosas y recordaba la mayor libertad de lo que le contaba su madre. Su propia vida era un ejemplo de continuas trasgresiones sin arrepentimiento. Había aprendido a usar el espejo dirigido hacia los demás para proporcionar la imagen que querían ver.

Pero en este momento empezaba a cansarse. Se sentía invadida por un deseo de descanso total. Necesitaba vacaciones, el dulce no hacer nada. Vacaciones aún no inventadas, sólo intuidas.

¿Quién pensaba en vacaciones en esa época y bajo condena? Nadie. Nada más Elena-Eleno. Pensamiento que se le entreveraba con el deseo de libertad. O, dicho de otra manera, el deseo de escapar. No creía poder soportar los diez malditos años de encierro en el mismo hospital, día y noche, sin poder salir a respirar el aire fresco. Ella que cambiaba de lugar siempre que podía, que se había recorrido buena parte del territorio andaluz y algo del castellano, se desesperaba por volver a sus andanzas y correrías.

De ahora en adelante soñaba cada noche con un plan de escape. Vigilaba las puertas y ventanas para encontrar algún resquicio por el cual escabullirse, algún horario en que la vigilancia se descuidara. No le importaba si volvían a atraparla. Necesitaba sentir de nuevo la fiebre del peligro y del enfrentamiento. Añoraba su vida de soldado. Las guerras nunca se acabarían y era el mejor oficio de todos. Le atraía la idea de embarcarse hacia el nuevo continente recién descubierto y volver a participar en batallas, y más que atender enfermedades, cuidar a los heridos de guerra. Si pudiera lograrlo.

De pronto, adquirió otro sentido su vida. El espejo ya no la reflejaría a ella sino a ese soldado que aspiraba a conquistar tierras y a recibir parte del botín. Encontraría otras mujeres, aprendería sus costumbres y también las conquistaría: tal vez a ellas no habría que prometerles casamiento y todo sería más fácil.

Su plan avanzaba día con día. Redondeaba los detalles, afinaba las posibilidades. Imaginaba impedimentos y obstáculos para luego resolverlos. Esperaba la oportunidad con calma, despaciosamente. Tendría que ocurrir. Algún día la puerta del hospital se abriría para ella. Estaba segura.

Así pasaron las cosas. El espejo reflejaba cada rincón. Su exilio se repoblaba de imágenes antiguas. Alguien aparecería y la ayuda tan esperada daría lugar a su escapatoria. ¿Quién de sus amigos le tendería esta vez una mano? Sólo necesitaba una mano bien extendida y un descuido de sus guardias.

48

Un descuido y una mano extendida

Y ambos tuvieron lugar: el descuido y la mano extendida.
Las cosas ocurrieron así. La religiosa que cuidaba la puerta principal del hospital solía quedarse dormida y roncaba sin remedio. Por lo que era fácil saber cuándo estaba desprevenida. Además, pensaba que nunca nadie se escaparía, tratándose de enfermos graves, como se lo había comentado a la propia Elena de Céspedes. Por ese lado, estaban bien las cosas.

Pero, Elena era encerrada con llave en su cuarto a la hora de dormir y sólo si la requería algún enfermo se le abría la puerta. Por ese lado, estaban mal las cosas.

¿Qué hacer entonces? Y si lograba salir, ¿con qué dinero se las arreglaría, si todo le había sido confiscado? Y la ropa, ¿con qué ropa no sería reconocida ya que la del hospital se distinguía a una legua de distancia?

Poco a poco se hacía historias y se imaginaba unas veces a salvo y otras apresada de nuevo. En ocasiones había visto a lo lejos a María del Caño y aunque tenían prohibido comunicarse, las señas entre ellas era un lenguaje comprensible. Claro que para organizar una fuga era impensable.

Habría que pensar en un ángel de la guarda. Esperarlo, atraparlo y convencerlo de que Elena de Céspedes ya no quería estar en ese encierro y que necesitaba aire fresco, nuevos amores y caminatas largas por campos y ciudades.

Sobre el amor había pensado mucho, pues, en realidad, era la causa de su condena. ¿Qué tiene el amor que la había llevado a esta situación extrema?

No negaba que se había saltado barreras. Verdaderas barreras en aquella época. Porque hoy no tendría ningún problema: que quería casarse, se casaba; que quería descasarse, se descasaba; que no quería casarse, no se casaba; que quería casarse mujer con mujer, adelante; que mujer con hombre, adelante también. Que quería tener hijos, con o sin ayuda del otro sexo, pues adelante: podía hacerlo por fecundación directa o indirecta. La imaginación abierta a todo exceso, naturalidad, neutralidad y todo lo que ocurrirse pudiera o pudiese. Elena-Eleno. He ahí el planteamiento filosófico. Ser o no ser. Antes de morir que es antes de vivir. Porque los términos, en el caso de Elena, ¿Eleno?, están invertidos. Sus dualidades se multiplican sin fin, como cajas chinas.

En cambio, sobre el amor y sus desenlaces pictórico-fatales Elena estaba a la moda de su época. Los espejos representaban lo que se ve y lo que está más allá, lo oculto, descubierto en un pequeño espejo, en un marco descuidado, en una pincelada breve pero contundente: el cuadro dentro del cuadro. El pintor que quiere incluirse en su obra. La abeja atraída por las flores pintadas. Los otros personajes no pertenecientes al cuadro pero que quieren hacer acto de presencia.

Es decir, ser lo que no se es. Lo que no estaba considerado. Haber quedado al margen. La dificultad de la definición. La lucha contra el tiempo y el espacio. En una palabra, trascender, trascender, trascender. AQUÍ ESTOY.

El hermafroditismo galopante.

Heme aquí.

He dicho.

He pintado.

He escrito.

He.

Abismada Elena necesita un nuevo abanico para nuevos aires. Su escapatoria tiene que ocurrir. Aunque sea soñada. O escrita. Descrita. Pero que ocurra.

Abismada Elena, como personaje dentro de una historia dentro de una historia, dentro de una historia. O, más bien, dentro de otra historia. Según el famoso recurso literario de la puesta en abismo o secuencia de planos repetitivos.

Abismo es una palabra que atrae mucho a Elena-Eleno. Su vida fue, es un abismo. Al borde. En el precipicio. En la confusión de planos y de sexos.

Por todos lados la misma situación. Como la de la histórica Elena de Céspedes, cuya información termina con la condena a diez años en el hospital y después no se sabe nada de nada. Lo que da lugar a cualquier tipo de especulación sobre su paradero.

Tramemos, pues, su escapatoria. Porque conociéndola, ella era capaz de arriesgarse sin pensar en las consecuencias. De perdidos, al río. María, que también debió conocerla muy bien, entendió esas señas desde lejos y sin cruzar palabra. Eran una petición de auxilio.

María que sí recibía, de vez en vez, un permiso para trasladarse en libertad, empezó a buscar a Yosef Magus o a Mateo Tedesco. Lo hizo mediante pequeñas señales que iba dejando por las calles, los caminos, en las tabernas, en las ventas.

Al que primero avistó fue a Yosef Magus y le hizo un gesto con las manos indicando el vuelo de una paloma, la trasmutación de la materia. Luego, descubrió a Mateo Tedesco, que aún no lograba escapar hacia los Países Bajos, en una oscura callejuela de la judería y pronunció a media voz la palabra hebrea *jofesh*, que significa libertad, pasando a su lado y sin detenerse. A buen entendedor, pocas palabras bastan.

Pero el tercer elemento clave para la escapatoria no fue el que se suponían. Otro personaje quiso ayudar, como lo había hecho en ocasiones anteriores. El que atestiguaba a su favor y que, sin saberlo Elena, había influido para que su condena no fuera tan severa, salvo los doscientos azotes que no pudo impedir y que le dolieron como en carne propia.

Don Juan del Álamo, el poderoso conde y también traficante de esclavos, responsable del cautiverio de la madre de Elena de Céspedes acude en ayuda de Elena. Más que la alquimia de Yosef Magus y la sabiduría y experiencia de Mateo Tedesco, influyen el dinero y las conexiones de Don Juan. Es un experto político en hacer y deshacer tratos, en ofrecer y rechazar, en amenazar y corromper. Tiene relación con amigos de otras naciones que le deben favores y eso es lo mejor cuando pedir es algo extraordinario y el deudor habrá de esforzase por cumplir.

Por lo pronto, hay que sacar a Elena del hospital-cárcel. Une fuerzas con Yosef Magus y Mateo Tedesco, ambos deseosos, a su vez, de trasladarse a otras tierras, porque el cerco persecutorio de la Inquisición se estrecha más y más. No es posible vivir en el temor constante de no usar la palabra adecuada y, en cambio, emplear la incriminatoria. Todo se ha vuelto cuestión de qué decir y cómo decirlo. Un manía lingüística obliga al silencio y aun el silencio es peligroso.

Se impone hablar en clave. Pero llega a ser cansino. Se añora la palabra sencilla, la que nombra las cosas por primera vez sin un significado oculto. Las cosas como son, la palabra y la cosa unidas en armonía; nada de dobleces, ni imágenes, ni metáforas. Un lenguaje matemático en que uno es uno y dos es dos. Nada más. O alfabético, en que a es a y be es be. Mas no algebraico, donde a y be son equis números.

Por lo tanto hay que apresurar la salida. Será salvación no para uno, sino para tres o cuatro. Dependiendo de las letras y de los números. De la combinación. Del azar también. Ante todo, de la suerte.

Las fuerzas se han reunido. Falta el factor decisivo. Y el factor decisivo se presenta. Camina por la calle don Juan del Álamo y el cuadro queda completo: el caleidoscopio se detiene: la última pieza del rompecabezas encaja perfecta.

—La persona que esperábamos.
—Hay que liberar a Elena-Eleno.
—Es impostergable.
—Manos a la obra.
—¿Y el plan?
—El plan ya está.
—Faltabas tú para cerrarlo.
—¿Y yo qué hago?
—Todo.
—¿Es decir?
—El gran dinero y la gran corrupción.
—Trato hecho.
—¿Aceptas?
—Operación concluida.

49

El vuelo

No hace falta decir cómo fue la salida de Elena-Eleno de España. El vuelo tuvo lugar. Pero antes, la mano dadivosa de don Juan del Álamo supo untar generosamente otras manos y el milagro ocurrió. Salió del hospital una noche oscura, sin que nadie lo notara, a la manera de Juan de la Cruz. Y emprendió el vuelo.

Afuera esperaban sus amigos. Yosef Magus vestía su espléndida capa de todos los colores, extendida ampliamente para recibir a sus compañeros y volar por los aires. *Volaverunt.* Como el grabado de Francisco de Goya y Lucientes.

Así que volaron y vieron abajo cómo los montes Pirineos cubiertos de nieve se enredaban en sus contorsiones. El aire era frío, pero ellos no sentían nada porque la capa multicolor los protegía. Siguieron volando y la geografía se extendía bajo ellos en un mapa ideal. Atravesaron pueblos y ciudades. Avistaron Burdeos, donde había una importante comunidad judía. Más al norte pasaron sobre París y Ruán y, de pronto, se preguntaron cuál era su meta final. No lo habían decidido, pero el problema era que la capa de Yosef sólo se dirigía hacia delante y era imposible retroceder.

Si querían descender a tierra había que descubrir el mecanismo de hacerlo y la capa, enloquecida, no respondía a las instrucciones de Yosef Magus. Algo fallaba en las fórmulas entonadas por su dueño o no eran las indicadas. O era necesario combinar con algún gesto olvidado. Todo lo repasaba Yosef y nada ocurría. Empezaba de nuevo y el resultado era el mismo. Seguían volando y volando, lo cual empezaba a ser alarmante.

Empezaron las opiniones, pero no había manera de aplicarlas. Ni de aplacarlas. ¿Qué hacer? Yosef se concentraba en sus enseñanzas alquímicas y cada nuevo intento resultaba peor. La capa se ladeaba, iba más despacio o más deprisa. Daba volteretas y se empeñaba en hacer cabriolas. Los viajeros se aferraban y daban gritos. Las cuentas no salían: repetir siete veces no servía, tres y cuatro tampoco. Las fórmulas y las oraciones se tropezaban unas con otras y carecían de sentido.

La magia, que es pura matemática como casi todo, no respondía ante un mal cálculo.

Hasta que Elena se iluminó:

—Cállate y deja quieta a la capa. No hagas nada.

—¿Y si nos caemos?

—Pues de eso se trata, de aterrizar, ¿no? Déjala que sirva de paracaídas.

—¿Y caer dónde sea?

—No nos queda más remedio.

—Bueno, capa de mil colores, ya no te digo nada.

—En todo caso dile que aterrice y que ponga los frenos para que no nos golpeemos.

—Querida capa: ¿ya oíste o tengo que repetírtelo?

La querida capa, que había oído y entendido, decidió buscar un lugar adecuado para descender y posar sin peligro a sus viajeros. Francia era abandonada y se dirigían ahora hacia los Países Bajos. Esto no les parecía mal a los viajeros pues en tierras protestantes no serían perseguidos. O no tan perseguidos.

Como no se elige el momento de vivir, Elena se perdió de conocer a Juan Luis Vives, porque ya había muerto y a Baruj Spinoza porque aún no había nacido; así que, deambuló entre Bélgica y Holanda desamparada. De Vives podía leer sus libros, especie de *best sellers* de la época, pero de Spinoza sólo podía adivinar qué iba a escribir. Tampoco llegó a tiempo para que Rembrandt la pintara, quien se hubiera deleitado por su doble humanidad y no sabemos de qué la hubiera disfrazado, probablemente de africana.

A medio camino entre el conocimiento y el desconocimiento se paseaba por las calles de Amsterdam pensando en qué fecha sería inaugurada la sinagoga portuguesa, cuando nadie imaginaba que eso ocurriría en 1732. A veces, intuía algo, como la futura vida de Anna Frank oculta tras una doble puerta para escapar a la persecución de los nazis. Buscaba una casa que sirviera para ese propósito y trataba de pensar en las páginas que escribiría la niña como testimonio de una época atroz. Recordaba hacia el porvenir que otra mujer joven, Etty Hillesum, también habría escrito un diario en Amsterdam y también habría sido enviada a la muerte en Auschwitz.

Entre tiempos y destiempos Elena de Céspedes y Mateo Tedesco se presentaron como médicos y pronto tuvieron una amplia clientela, ya que ser médico judeoespañol era una garantía de extrema calidad. Hasta Francisco I de Francia había solicitado servicios de médicos de ese origen para su corte.

La única gran tristeza de Elena fue que María del Caño nunca pudo llegar a Amsterdam, pues la amplia capa de Yosef no era tan amplia y no la incluyó. En cuanto a Juan del Álamo, tampoco llegó. No iba a abandonar su jugoso negocio de la compra-venta de esclavos y ya había cumplido con el papel de gran salvador y protector de los fugitivos. Se encargó de María por el resto de su vida y se la llevó consigo a su casa donde nada le faltó, salvó su adorada Elena-Eleno.

El único recurso entre ambas fue escribirse largas y tendidas cartas, esperar meses para las respuestas y anticipar la añoranza del correo aéreo, y no digamos del correo electrónico.

La capa de arco iris de Yosef Magus tuvo que ser enmendada. Gracias a las artes alquímicas pasó una temporada en hibernación acumulando fuerzas, aprendiendo nuevos códigos y descifrando símbolos y mezclas, al fuego del atanor. Parece que se recobraba poco a poco y que los hilos multicolores recobraban su esplendor. Sin embargo, cierta debilidad no pudo nunca ser enmendada y en el lugar menos esperado ocurría una leve ruptura por la que la luz se filtraba con demasiada intensidad e impedía su preciso funcionamiento. La distancia de sus viajes se vio reducida y una cierta inestabilidad en el sentido de dirección volvía peligroso su uso.

Sin embargo, Yosef Magus no se desharía de ella por ningún motivo ni intentaría tejer una nueva que la supliera. Le estaba agradecido por los servicios prestados y por haber salvado a sus amigos. Además, con la pérdida de eficacia volátil aparecían en ella unos nuevos signos que aún no sabía cómo interpretar. Signos que le intrigaban y que habrían de tener algún significado oculto.

Hablaba sobre ello con Mateo Tedesco y entre los dos intentaban resolver las leves señas emitidas por la capa de arco iris. Los conocimientos de Mateo acerca de las artes cabalísticas, aunque no eran extensos, le hacían pensar que algún fenómeno misterioso se anunciaba.

—No quiero ahondar mucho en este campo, pues se aparta de la ciencia médica, pero el mundo inexplicable de los sentidos ocultos también tiene su lugar en la razón. Ya Maimónides se debatía entre razón y fe.

—Puede ser que esos dos mundos no sean sino uno solo y que el error radique en su separación. A veces, por simplificar complicamos.

—Lo que debemos evitar es el prejuicio y la inclinación por una postura radical e inflexiva.

—Las cosas no son o blancas o negras, a pesar de que *albedo* y *nigredo* sean procesos alquímicos.

—Claro, pero podemos fusionarlos y en eso lograríamos una Obra Magna válida para todos los tiempos.

—Y la capa sería reparada.

—La capa de arco iris y cualquier capa rota en la naturaleza. ¿Imaginas si el gran techo del cielo, nuestra capa benéfica, empezara a agujerearse súbitamente y que las nubes no nos protegieran de los rayos inmisericordes del sol?

—Nuestra piel se quebrantaría y nuevas enfermedades acosarían al ser humano.

—Moriríamos calcinados y el fuego prevalecería sobre cualquier otro elemento arrasando bosques y tierras de labrantío. Los glaciares se descongelarían y las aguas de los océanos cubrirían islas y continentes. Grandes tempestades se desencadenarían y la vida se reduciría según fuera perdiendo espacio.

—El tiempo se revolvería y las estaciones olvidarían su periodicidad para alterar ciclos, movimientos y climas. Las aves perderían su rumbo y los animales marinos allegados a la playa se asfixiarían, mientras que los terrestres emigrarían tierra adentro en rumbos desconocidos.

—Eso es lo que la capa nos advierte. Si lográramos reparar sus agujeros el universo entero se repararía.

—Según corrientes venideras de la Cábala eso se anuncia como factible, ya que la ranura que permitió la entrada de la poderosa luz en los recipientes de la Creación (y con ella la presencia del mal) podrá ser corregida al fin de los tiempos y la armonía se restablecerá de nuevo.

—Luego la clave está en esa reparación que debemos realizar.

—En ese tejido que, como las redes de los pescadores, se renueva en cada ciclo vital.

—La espléndida capa recobrará su tacto suave y sus colores brillantes aplacarán la inmisericordia, restableciendo la bondad y la justicia sobre la faz de la tierra.

Elena-Eleno, que ha escuchado las últimas palabras emite las suyas:

—Vanas ilusiones, queridos amigos, la destrucción se acerca y la soberbia de los hombres los conducirá a su exterminio.

50

El fin se acerca

Todo llega a su fin. Sabemos que Elena y su doble personalidad habrá de morir y desaparecer. Desconoceremos dónde
fue enterrada. Dato que no importa. Porque lo que importa es
la vida y lo que sucede en ella. En la muerte no pasa nada, así
que deja de ser interesante. Por más que nos preocupemos y
escojamos tumba, lugar de entierro y elaboremos testamento.
Es inútil. Ya no hay nada que hacer. Perogrullo triunfa. *La hora
de todos y la Fortuna con seso.*

Así que alegrémonos. Tomemos lo inevitable con humor.
El gran descanso final se acerca. El túnel negro se avecina.

¿Qué más diabluras habrá hecho Elena-Eleno? Tal vez, al
final de su vida su sexo se inclinó más hacia la masculinidad.
Desarrolló barba y bigote, crecieron unos órganos sexuales y
otros disminuyeron. El traje masculino ya no fue travestismo.
Hubo cierta normalización y acallamiento de pasiones. Las cosas claras impiden ver el bosque.

Su vida se volvió rutinaria. Su nombre se definió: ya era
Eleno para siempre. A lo mejor hasta tuvo un nuevo hijo, pero
éste no dado a luz por ella sino por una mujer amante suya.

Otra versión propone que, en efecto, era hermafrodita y
que siguió en sus andanzas multimedia.

¿Qué fue de Cleo? Olvidamos mencionar que, en el famoso
vuelo de la capa de Yosef Magus, Cleo se acomodó en el regazo
de su dueña y que ella fue el elemento desestabilizador de la ca-

pa al emitir pequeños maullidos alarmantes y arañando, de paso, con sus afiladas uñas los delicados hilos de la capa milagrosa.

El modo de reparar la capa radicaba en la saliva de la propia Cleo, pero eso nadie lo supo. Una especie de saliva arácnida y enmendadora.

Cleo siguió compartiendo con su ama la doble personalidad biólogica y síquica, y vivió años tras años sin envejecer. Parece que ella sí encontró la fuente de la eterna juventud y no tuvo que preocuparse por entierros ni testamentos. De seguro, se bebió alguna de las fórmulas alquímicas de Yosef Magus. O fue precursora de Dorian Gray, representada en el rincón de algún cuadro cazando una mosca.

El problema se replantea. El dilema de los hermafroditas no se resuelve. Puede que sean bellos y eternos, según las estatuas griegas y los cuadros renacentistas, pero Elena-Eleno siempre dudó de su apariencia física. Por eso, la usó para sorprender y, aún más, para aterrorizar a los ingenuos. Sólo unos cuantos, como Alonso de La Vera y María del Caño, soportaron su desnudo. Tal vez los inquisidores sufrieron una fascinación morbosa, por lo que no se atrevieron a destruirla, sino a castigarla severamente.

Hoy, los hermafroditas siguen siendo un dilema aunque se intenten técnicas sicológicas y las familias y los médicos se enfrenten a la decisión de elegir sexo para el recién nacido, quien al crecer puede suceder que no esté contento con el sexo elegido por los padres y se sienta ambivalente o añore el opuesto.

Una de las últimas noticias al respecto es la del hombre embarazado, Thomas Beatie, transexual de Oregon que al operarse para ser hombre decidió no perder los ovarios ni el útero y ahora, en vista de que su mujer no podía quedar embarazada, decidió suspender el tratamiento hormonal y, por medio de inseminación artificial, ha logrado su deseo.

Lo que se impone es rechazar la ambigüedad cuando ésta puede ser en sí la solución. La solución para el paciente aunque no para el resto que exige un sexo o el otro, no la armónica combinación de los dos en uno o el cambio de uno a otro.

A lo mejor, los hermafroditas son como los miopes que se enfrentan al mundo con dos puntos de vista diferentes: con lentes o sin lentes.

De los demás personajes de su vida el fin queda abierto. Podrá imaginarse de ellos lo que se quiera. Continuar con sus historias o terminarlas. Pasarlas a otra época para probar que el ser humano, desde las cavernas hasta los rascacielos, es el mismo.

No hay mucho más que agregar. Las historias deben terminar. La condena se establece. Elena o Eleno, cualquiera que haya sido su decisión, nunca pudo apartarse de su naturaleza. La marca, igual que la ese de esclavitud sobre su mejilla, no se borraría, como tampoco su calidad de mulata. Su exilio del término medio fue para siempre. No sabemos si en Amsterdam alcanzó cierta extraña paz. Así se lo deseamos, por lo menos.

La imaginación rigió su vida. Se fue caminando al borde de un canal, lentamente, hasta que su figura desapareció.

ÍNDICE

Planeta

España
Av. Diagonal, 662-664
08034 Barcelona (España)
Tel. (34) 93 492 80 36
Fax (34) 93 496 70 58
Mail: info@planetaint.com
www.planeta.es

Argentina
Av. Independencia, 1668
C1100 ABQ Buenos Aires
(Argentina)
Tel. (5411) 4382 40 43/45
Fax (5411) 4383 37 93
Mail: info@eplaneta.com.ar
www.editorialplaneta.com.ar

Brasil
Rua Ministro Rocha Azevedo, 346 -
8º andar
Bairro Cerqueira César
01410-000 São Paulo, SP (Brasil)
Tel. (5511) 3088 25 88
Fax (5511) 3898 20 39
Mail: info@editoraplaneta.com.br

Chile
Av. 11 de Septiembre, 2353,
piso 16
Torre San Ramón, Providencia
Santiago (Chile)
Tel. Gerencia (562) 431 05 20
Fax (562) 431 05 14
Mail: info@planeta.cl
www.editorialplaneta.cl

Colombia
Calle 73, 7-60, pisos 7 al 11
Santafé de Bogotá, D.C.
(Colombia)
Tel. (571) 607 99 97
Fax (571) 607 99 76
Mail: info@planeta.com.co
www.editorialplaneta.com.co

Ecuador
Whymper, 27-166 y Av. Orellana
Quito (Ecuador)
Tel. (5932) 290 89 99
Fax (5932) 250 72 34
Mail: planeta@access.net.ec
www.editorialplaneta.com.ec

Estados Unidos y Centroamérica
2057 NW 87th Avenue
33172 Miami, Florida (USA)
Tel. (1305) 470 0016
Fax (1305) 470 62 67
Mail: infosales@planetapublishing.com
www.planeta.es

México
Av. Presidente Masaryk, 111, piso 2
Colonia Chapultepec Morales, CP 11570
Delegación Miguel Hidalgo
México, D.F. (México)
Tel. (52) 30 00 62 00
Fax (52) 30 00 62 57
Mail: info@planeta.com.mx
www.editorialplaneta.com.mx
www.planeta.com.mx

Perú
Grupo Editor
Jirón Talara, 223
Jesús María, Lima (Perú)
Tel. (511) 424 56 57
Fax (511) 424 51 49
www.editorialplaneta.com.co

Portugal
Publicações Dom Quixote
Rua Ivone Silva, 6, 2.º
1050-124 Lisboa (Portugal)
Tel. (351) 21 120 90 00
Fax (351) 21 120 90 39
Mail: editorial@dquixote.pt
www.dquixote.pt

Uruguay
Cuareim, 1647
11100 Montevideo (Uruguay)
Tel. (5982) 901 40 26
Fax (5982) 902 25 50
Mail: info@planeta.com.uy
www.editorialplaneta.com.uy

Venezuela
Calle Madrid, entre New York y Trinidad
Quinta Toscanella
Las Mercedes, Caracas (Venezuela)
Tel. (58212) 991 33 38
Fax (58212) 991 37 92
Mail: info@planeta.com.ve
www.editorialplaneta.com.ve

Grupo Planeta